延安文学考察

赵卫东◎著

中国大百科全书出版社

图书在版编目（CIP）数据

延安文学考察 / 赵卫东著 . -- 北京：中国大百科
全书出版社，2024.5
ISBN 978-7-5202-1497-1

Ⅰ . ①延… Ⅱ . ①赵… Ⅲ . ①中国文学—现代文学—
文学研究 Ⅳ . ① I206.6

中国国家版本馆 CIP 数据核字（2024）第 045518 号

出 版 人	刘祚臣
策 划 人	曾 辉
责任编辑	常 川
责任校对	齐 芳
责任印制	李宝丰
出版发行	中国大百科全书出版社
地 址	北京市阜成门北大街 17 号
邮政编码	100037
电 话	010-88390969
网 址	http://www.ecph.com.cn
印 刷	北京君升印刷有限公司
开 本	710 毫米 × 1000 毫米 1/16
印 张	16.5
字 数	200 千字
版 次	2024 年 5 月第 1 版
印 次	2024 年 5 月第 1 次印刷
书 号	ISBN 978-7-5202-1497-1
定 价	88.00 元

此书献给

我的父亲母亲

　　延安文学制度是中国共产党在延安时期文化领域的重要创获。它包括了对党的文学事业、"战线"和作家文学行为等的一整套规范设计以及保证这套规范得以实施的程序、机制和方法：制定文艺政策、组织"文化战线"、创办社团协会、规划出版刊物、改造作家思想、供给文学产品、引导文学批评等。延安文学制度发生在近代至"五四"以来的民国文学史、1940 年代的中国民族民主革命史、国际共运史等特殊历史背景下，获得了诸多与其诞生的特定情境密切相关的特殊性。它的生成与实践，标志着我国文学观念和文学制度的一个重大转型。延安文学制度孕育了当代文学制度，推动了为人民的文艺的诞生，至今仍在文化领域发挥着重要的影响。

　　本书将延安文学制度的生成置于 1930 至 1940 年代中期延安社会政治、军事、文化生态中，在 20 世纪中国民族解放战争史、现代文学思潮与制度演进史的大背景下，以思潮史、微观史学和文学社会学的方法，爬梳各种历史细节，呈现延安文学制度之发生、生成的来龙去脉，并对其本体特征的形态结构进行动态追踪与描述。

　　第一、二两章，对延安文学制度追根溯源，认为中共在"左

联"与"苏区"时期领导文艺战线、创设文艺制度的艰苦探索，
为延安文学制度的诞生做了重要的铺垫。尤其是苏区开创的"苏
维埃文学传统"，延安文学制度可谓与之一脉相承。两章对瞿秋
白与毛泽东的文艺思想简单分疏，认为瞿秋白在毛泽东文艺思想
的形成过程中起到了"中介"作用。

第三章探讨了延安知识分子政策的演化过程。延安知识分子
政策因应党在不同时期的任务和"问题意识"而有所调整，有其
具体的历史脉络可循。重要的是，在延安知识分子思想改造这一
大事件中，毛泽东和中共中央因势利导、顺势而为，建立了一套
推动"知识分子革命化"的体制机制。

第四章承续上一章知识分子政策研究，分析了延安文艺政策
演化的内在逻辑，对其前后变化的同中之异和异中之同加以比
较，认为其内在的基本观念和政策本质一以贯之。本章也对延安
文艺座谈会召开的契机做了初步的考论，并对广受争议的毛泽东
与张闻天在文艺政策上的"共鸣"与所谓的"纠偏"，从历史与
辩证的角度进行了新的解读。

第五章聚焦延安文艺座谈会，考察它与延安文学制度之间的
关系。以"延安文艺座谈会"的召开这一标志性事件为核心，对
围绕这一事件的多种因素进行梳理，证实了历史的"合力"才是
促成"座谈会"召开的原因。本书打破以毛泽东的《讲话》为文
艺政策和文学制度代名词的惯例，将《讲话》与他的《文艺工作
者要和工农兵结合》，以及另两个重要文献《中共中央关于执行
党的文艺政策的决定》、党务广播稿《关于延安对文化人的工作
的经验介绍》等放在一起作为战时文艺政策的"体系"，加以重
新解读。本章略叙《讲话》在国统区的传播情况，由此蠡测左翼
文艺界内部的某些歧见。

第六、七两章是以个案方式对上一章的展开。第六章考察为

祸左翼文化界多年的"宗派主义"发生发展的来龙去脉,分析了产生"宗派主义"的文化土壤以及解决之道。

第七章则从更小的事件"周扬组建鲁艺文学系师资"为切入点,对延安文人内部复杂的"人际关系"进行梳理。本书认为,作家作为一个从事文化创造的群体,往往以追求思想乃至行为方式的独异性为个性标签,这本为艺术人生的常态。然而,在延安这个刚刚诞生的抗日民主根据地内,却显然不能马上为其提供充分发扬个性的舞台,战时功利主义的文学观主导了那时人们对文化人行为方式的期待视野。周扬也好,丁玲、萧军也罢,都必须要在延安这个刚刚建立不久的民主根据地的现实中,去寻找自己的定位。

第八章以"文艺座谈会"召开之后连续发动的"文艺整风""知识分子下乡运动"等文学事件为中心,从事件路径的视角考察事件与体制形成之间的深刻关联。在事件背后,延安文学制度形成的历史必然性与历史偶然性相互交织的关系隐然可见。

第九章仍以个案研究的方式,从"文艺月会"组织的作家活动,侧面地对延安的文学社团组织方式和管理方式剪影。

第十章阐述延安文学批评话语方式的嬗变。第十一章,从"秧歌剧运动"、新歌剧《白毛女》的创演以及"京剧改革"三个个案,描述延安文学制度成功运作的实践经验。

总之,本书对催生人民文艺的延安文学制度的研究,无论还原、辨析还是评论,都力求站在历史唯物主义和辩证唯物主义的立场上,去接纳历史,同情历史,得出符合历史和逻辑的结论。在作者的视野里,历史不是任人打扮的小姑娘,而是以其庄严的面相,等待有心者与其机遇的那些时刻。

目录

第一章

"左联"：延安文艺制度"前史"

    延安文艺制度是"延安文艺传统"的核心，也是中国共产党延安时期在文化战线的主要创获。有学者倡议成立"延安学"，以对延安留下的精神遗产进行全方位、多角度的系统研究，这是极富想象力的学术前瞻，将会打通目前延安政治、经济、军事、文化等各领域研究各自为战、相互隔绝的现状。"延安学"要研究么？我认为首先要研究那些形成了某种"传统"的东西。要透彻地研究"传统"，不但要研究"传统"本身，还要研究"传统"的传统或其"前史"，只有这样，才能真正把握住"传统"的来龙去脉与本质特征。"延安文艺传统"留下了丰富的遗产："为工农兵服务"的观念影响深远，小说、诗歌、散文、戏剧各逞其妍；但是最重要的，还是决定这些东西何以产生、为其助产的延安文艺制度何以产生。延安文艺制度不是无中生有或平地起高楼，它脱胎于中国共产党之前领导左联和苏区文艺运动时积累的宝贵经验。它的来源主要有两个：一是左联力倡力行的"文艺大众化"传统，二是苏区和红军文艺的传统，也即毛泽东要求延安文艺界着力发扬的"苏维埃文艺传统"。前者，由上海转移到延安的文化人艾思奇、周扬、丁玲等左联领导人不废前功；后者，延安文艺制度的主要创造者毛泽东曾亲于其事。而领导和塑

造这两个区域文艺运动方向与体制的，则是曾任中共中央总书记
的瞿秋白。作为瞿秋白领导文艺战线的知音和战友，毛泽东与瞿
秋白的文艺思想合拍共振，瞿秋白的文艺思想通过毛泽东而在延
安文艺制度的宏大乐曲中留下了悠远的回响。概而言之，左联和
苏区的文艺运动，这两个虽是不同区域但同为共产党领导的文化
实践，为延安文艺制度的形成做了充分的铺垫和准备。本章试论
左联在中共创立文艺领导体制的最初尝试。

第一节　"左联"的创立与"文艺大众化"运动的开展

明确中国共产党开始关注和组织文艺工作的具体时间并不容
易。如果从党的第一任总书记、新文化运动的"开路先锋"陈独
秀发表振聋发聩、震古烁今的《文学革命论》算起，那当然可以
追溯到五四。但那时中共尚未建立，而陈独秀在建党之后的注意
力也已无关文艺，所以接下来的视线，最可靠的着落当然非左联
莫属。

如所周知，1927 年之后国民党对中共组织及其意识形态进行
全面清洗；1929 年 6 月，通过"确定本党文艺政策案"，要求文
宣系统以宣扬"三民主义"为旨归，发展"三民主义文学"，同
时取缔"鼓吹阶级斗争"的"革命文学"。① 为阻击国民党的文化
围剿，1929 年 6 月，中共中央在紧急情况下制订了《宣传工作
决议案》，对过去党在宣传战线上的失误进行了系统检讨，清算
了以为只有党的组织斗争才是实际工作的"错误观念"，强调指

---

① 参见倪伟：《"民族"想象与国家统制——1928—1948 年南京政府的文艺政策与
文学运动》第 9—10 页，上海教育出版社 2003 年版。

出过去 "忽视宣传工作，是党在全部工作上一个大的损失"，"党以前对于共产主义的宣传，认为非目前急要的事，因而完全忽视"。① 决议案规定了党在宣传工作上的任务、路线和组织，有学者认为，这份决议案是中共的宣传工作走向组织化、系统化轨道的标志。② 正是在这个大背景下，左联作为党在上海领导组织开展大众文化宣传工作的实体才应运而生。

1929 年底，中宣部领导下的文化党团以及上海第三街道支部负责筹建左联，在十二名筹备小组成员中，除鲁迅和郑伯奇外，其他都是中共党员。"党团" 是中共在左联内部设立的领导机关，以贯彻党的意志。其具体的职能主要有负责联络各左联团体、组织活动、传达和贯彻中央文委的指示。据阿英回忆："左联第一任执行委员会常委，有大致的分工。文委书记代表中央领导左联，左联常委会决定重要的事都要请示文委。"③ 就体制而言，左联尽管是一个基于 "统战" 目的的社团，但在实际的运作中，则完全为中共所掌控。

左联的成立，拉开了国共两党在文化战线角力的主战场。与国民党的文艺方针针锋相对，左联大力倡导无产阶级革命文学，宣传共产主义意识形态，并以 "文艺大众化" 运动的开展为其抓手。

首先，左联视文学为无产阶级革命的工具。左联纲领规定：无产阶级文学运动的目的在求新兴阶级的解放，它是这种解放斗争的武器，它要负起解放斗争的使命。文艺应该配合革命，紧跟革命，促进革命，做革命的武器和工具，成为共产党领导的整

---

① 《宣传工作决议案》，引自中央档案馆编：《中共中央文件选集》第 5 册第 251、257 页。中共中央党校出版社出版 1989 年版。

② 张广海：《政治与文学的变奏：中国左翼作家联盟组织史考论》，第 98 页，三联书店（香港）有限公司 2017 年版。

③ 吴泰昌：《阿英忆左联》，《新文学史料》1980 年第 1 期，第 19-20 页。

个无产阶级革命事业的一个方面军。左联决议把这种使命具体
化为：

> 苏维埃文学运动应该为（实）现苏维埃政权而斗
> 争。怎样使城市工人阶级更英勇负起他们自身的历史使
> 命，怎样使广大群众的政治教育文化水准提高，怎样使
> 文学的影响所到的地方，凝结坚强的斗争意志，怎样汇
> 合一切革命的感情来充实革命的发展，这不能不是苏维
> 埃文学运动的使命。①

其次，为落实文学对革命的"使命"，左联始终把推进文艺
大众化作为一项重要的工作。1931 年 11 月，左联执委会通过的
《中国无产阶级革命文学的新任务》，将文艺大众化提到一个新的
高度加以确认：

> 在创作、批评，和目前其他诸问题，乃至组织问
> 题，今后必须执行彻底的正确的大众化，而决不容许再
> 停留在过去所提起的那种模糊忽视的意义中。只有通过
> 大众化的路线，即实现了运动与组织的大众化，作品、
> 批评以及其他一切的大众化，才能完成我们当前的反帝
> 反国民党的苏维埃革命的任务，才能创造出真正的中国
> 无产阶级革命文学。②

---

① 《无产阶级文学运动新的情势及我们的任务》，见 1930 年 8 月 15 日《文化斗争》
创刊号。
② 《中国无产阶级革命文学的新任务》，见 1931 年 11 月 15 日《文学导报》第 1 卷
第 8 期。

决议强调大众化是建设无产阶级革命文学"第一个重大的问题"，认为它的解决"实为完成一切新任务所必要的道路"。

1932年3月，左联秘书处扩大会议做出的《关于"左联"目前具体工作的决议》，再次把实现文艺大众化放在首要地位。《决议》指出："'左联'的斗争还没有在实际生活斗争上发生很大的效果，那关键就在'左联'现在还没有真正的实行着转变——'面向群众'，因此，切实的全般的实行这个转变，就是当前的最紧要的任务！"①

左联推出的一系列决定和号召，扩大了文艺大众化需要解决问题的范围，强调了它在整个革命文学建设中的意义。1932年9月成立的致力于诗歌大众化的"中国诗歌会"，响应左联号召，提出了"要使我们的诗歌成为大众诗词，我们自己也成为大众的一个"②的要求。左翼作家在这个时期所写的分析革命文学其他问题的文章，也常常涉及大众化问题。

在一年多时间内，左联领导的刊物《北斗》《文艺新闻》《文学导报》《文学》《文学月报》等刊物热烈地讨论文艺大众化问题，形成了第一个文艺大众化讨论热潮。文艺大众化已然成为当时无产阶级革命文学运动的焦点。

第二节 形式·语言·"三观"："左联"文艺大众化的诉求

在讨论中，大众化作品应有什么样的形式和内容，以及作家如何向群众学习的问题，引发最多的争议。周扬认为，形式是实

---

① 《秘书处消息》第1期，1932年3月15日。
② 李新等主编：《中国新民主主义革命时期通史》，第2卷，第264页，人民出版社1962年版。

现大众化的"先决问题",没有大众化的形式,内容文艺大众化便难以真正实现。①瞿秋白则强调题材本身的重要性。他认为大众化作品应该写革命的"大事变"、劳动人民的斗争和地主资产阶级的罪恶等题材;他批评了一些作品中浅薄的人道主义、个人英雄主义等倾向,认为"普洛大众文艺的斗争任务,是要在思想上武装群众,意识上无产阶级化"。②无论周扬还是瞿秋白都提出了"到大众中去,从大众学习"的口号。瞿秋白对文艺大众化的期望似乎更加急切一些,他希望革命作家"一批一批地打倒那些说书的,唱小唱的,卖胡琴笛子的,摆书摊的里面去,在他们中间谋一个职业",以茶馆、工房、街头为活动场所,"去观察,了解,体验那工人和贫民的生活和斗争,真正能够同着他们一块儿感觉到另外一个天地"。③

　　语言的通俗化以及作品风格的民族化问题,也是讨论的一个焦点。为了尽可能地大众化,便要尽可能地通俗化,这是左翼作家达成的一个基本共识。郭沫若认为:"大众文艺的标语应该是无产文艺的通俗化",他为语言的通俗化高呼:"通俗!通俗!通俗!我向你说五百四十二万遍的通俗!。"④田汉也把通俗化理解为实现大众化的关键。成仿吾呼吁"要使我们的媒质接近工农兵大众的用语"。⑤这种背景下,甚至鲁迅等人创造的新的国语,也被认为与工农群众的话语之间存在极大的隔膜,被视同"新文言",列在反动之列。瞿秋白把文坛流行"欧化"的语言归咎于新文学运动,他从文学语言的通俗性这个标准出发而断言新文学运动已经走入了死胡同。他认为真正的"活语言",是琅琅上口、

---

① 《关于文学大众化》,《北斗》第2卷第3、4期合刊,1932年7月20日。
② 《普洛大众文艺的现实问题》,参见文振庭编:《文艺大众化问题讨论资料》。
③ 《新兴大众文艺的认识》,《大众文艺》第2卷第3期。
④ 《新兴大众文艺的认识》,《大众文艺》第2卷第3期。
⑤ 成仿吾:《从文学革命到革命文学》,《创造月刊》1928年第1卷第9期。

妇孺皆晓的"大众"语言。①

语言、话语的革命正深刻触动着 20 世纪中国的一个历史焦点，即知识分子的思想、地位、立场、生活和创作方式，向着工农大众的尺度转轨。

左联讨论的问题涉及了创造无产阶级革命文学最重要的"人"的问题，即创作主体的"三观"改造问题。左联领导人认为，小资产阶级作家要到工农大众当中去，深入民众，去观察、了解、体验工人和贫民的生活与斗争，克服小资产阶级的劣根性，实现意识上的无产阶级化；尤其主要的是要开展工农通信员运动，并从中培养无产阶级新一代的作家，甚至以此来取代现有的"非普罗"作家。由文学和革命的关系、文学和群众的关系，由对苏联"同路人"作家的介绍，以及由列宁论托尔斯泰和恩格斯论巴尔扎克世界观的矛盾，引出改造世界观的问题。而这一问题到了毛泽东开始系统思考文化革命与政治、军事的关系时，就成为非无产阶级家庭出身的知识分子要想真正参加革命的一个先决条件。

"大众自己的创作"，是文艺大众化运动的旨归。为了繁荣大众文艺，培养大众作家，1930 年左联成立后，大规模的工农兵通信运动、平民夜校、工厂小报、壁报、短小通俗的报告文学创作活动繁荣一时。但事实上，无论就工农群众的知识能力，还是他们自身的经济条件，大众文艺的创作主体仍然只能是知识分子作家群体。对五四白话文的否定，对大众语的提倡，以及鼓吹方言作为文学语言的正宗，乃至力主以民间形式对欧化文体取而代之等一系列文学行为，最终都指向了如何使知识分子话语趋近乃至

---

① 参见瞿秋白：《大众文艺的现实问题》，丁易编：《大众文艺论集》第 96—127 页，北京师范大学出版社 1951 年版。

转变为工农群众话语。本质上看，这一时期的文学实践，实乃毛泽东在延安提出"创立新鲜活泼的为中国老百姓所喜闻乐见的中国作风和中国气派"之预演。

为切实推进文艺大众化运动，除了讨论各种相关问题以外，左翼作家在创作实践中也作了一些尝试。比如，《大众文艺》发表了若干"大众文艺小品"和"少年大众"作品；左联专门责成文艺大众化研究会"创作革命的大众文艺（壁报文学、报告文学、演义及小调唱本等等）"。① 鲁迅、瞿秋白都写过一些通俗歌谣。欧阳山和草明创办《广州文艺》，努力创作大众文艺和方言小说。中国诗歌会提倡用"俗言俚语"，"写成民谣小调鼓词儿歌"。郑伯奇主编的《新小说》以登载通俗作品相号召。阿英"钱杏村"主编的《大晚报》副刊《火炬》专门开辟《通俗文学》版，登载通俗文艺作品。

1937 年以后，参与当年文艺大众化运动的上海左翼文化界的部分人士又在延安集结，重续当年的话题。重温延安围绕"民族形式""文艺大众化"等问题的"画风"，延安开展的文艺大众化问题的讨论与当年左联关于文艺大众化运动的"问题意识"之一脉相承，是显而易见的。

---

① 见 1932 年 3 月 9 日"左联"秘书处扩大会议通过的"各委会的工作方针"，载《秘书处消息》第 1 期，1932 年 3 月 15 日。参见文振庭编：《文艺大众化问题讨论资料》。

第二章

苏区文学与红军文学：
延安文学制度的红色"基因"

1936 年 11 月 22 日，中共中央和红军还在陕西省的保安县，强敌环伺，险象未除。这天，由丁玲提议创办的根据地第一个文艺协会"中国文艺协会"成立。会上，毛泽东应邀发言，他借机表达了对文艺和文艺家的期待，就是要"发扬苏维埃的工农大众文艺，发扬民族革命战争的抗日文艺"。[①] 两个"发扬"，既是毛泽东战时一贯的文艺理想和信念，也是中共中央在苏区以及红军这一政治、军事集团的文化实践。从"苏维埃的工农大众文艺"和红军文艺，到延安的"工农兵"文学，在体制上有着明显的承继关系。

第一节　宣传动员与"扩红"：苏区与红军文学的发生

这里所讲的"苏区文学"，主要指中央苏区从创建到长征之

---

① 《在中国文艺协会成立大会上的讲话》，原载 1936 年 11 月 30 日《红色中华》，此处转引自《延安文艺研究》1985 年第 3 期。

前的文学。

"红军文学"的概念，专指红军创造的文学。如所周知，苏区是中国共产党领导红军创建的。苏区作为当时的"国中之国"，是在国民党统治区内开辟的一块红色根据地。苏区与红军密不可分。整个土地革命战争时期，中国共产党既是一个政治集团，同时也是一个军事集团。1927 年至 1934 年间，党的政治和军事活动几乎都在围绕"围剿"与"反围剿"展开，所以，它的政治和军事是合二为一的。同样，我们在梳理二者的关系时，也无法将它们进行有效的区分。本书只能笼统地将它们并提为"苏区与红军文学"。

苏区和红军文学与苏区的兴衰相伴随。

苏区成立后，当务之急便是"扩红"，就是动员当地农民参加土地革命，保卫苏区，为完成中共的使命而积蓄力量。为此，向农民进行宣传，"唤醒"农民沉睡的阶级意识，使他们认识到自己的阶级地位，进而加入到红军队伍中，是"扩红"工作能否成功的关键一环。而宣传、动员，正是苏区文学的宗旨。

早在红色武装创建之初，毛泽东就根据从事农民运动的经验，不把红军视为一个单纯的战斗单位，而同时赋予了"宣传队"的职能。在"三湾改编"后，红军明显地加强了文化宣传工作：各连队都成立了俱乐部，俱乐部的职能之一就是组织战士开展各种文化娱乐活动，同时进行军事纪律和红军宗旨方面的教育。

毛泽东率领队伍到达井冈山后，为了提高红军的宣传效果，红军开始进行"化装宣传"，这是在之前单调地写标语和演讲基础上的提高。后来，取材于当地真人真事的剧本也出现了。1927 年，在于都的里仁演出了话剧《收谷》，可称苏区最早的演剧活动之一，剧本由知识分子陈子才创作。该剧揭露了地主的压迫是民不聊生的原因。演出后，当地举行了武装暴动，显示了宣传鼓动工作的威力。

1929 年 12 月，红军第四军第九次代表大会在福建上杭县古田村召开。毛泽东草拟的大会决议案决议的第四部分，对宣传工作做了全面系统的规定和论述，强调了红军宣传工作的重要意义：

> 红军宣传工作的任务，就是扩大政治影响争取广大群众。由这个宣传任务之实现，才可以达到组织群众，武装群众，建立政权，消灭反动势力，促进革命高潮等红军的总任务。所以红军的宣传工作，是红军第一个重大的工作。若忽视了这个工作，就是放弃了红军的主要任务，实际上就等于帮助统治阶级削弱红军的势力。①

决议对红军宣传工作的现状表示严重不满，分别从内容和技术两个方面提出批评。对"宣传技术的缺点"罗列了十二条之多，分别是：

（一）宣传队不健全。

1. 宣传员由每大队五个缩小到三个，有些只有一两个，有些只有一个，有少数部队连一个都没有了。

2. 宣传员成分太差，俘虏兵也有，伙夫马夫也有，吃鸦片的也有，有逃跑嫌疑便把他解除武装塞进宣传队去的也有，当司书当不成器便送入宣传队去的也有，因

---

① 毛泽东：《红军宣传工作问题》，节选自《中国共产党红军第四军第九次代表大会决议案》。

残废了别的工作机关不要塞进宣传队去的也有，现在的宣传队简直成了收容所，完全不能执行它的任务了；

3. 差不多官兵一致地排斥宣传队（同时也是因为宣传员成分太差，工作成绩少，引起一般人对它的不满，"闲杂人""卖假膏药的"，就是一般人送给宣传员们的称号）；

4. 宣传队没有够用的宣传费；

5. 对宣传员的训练没有计划，同时对他们的工作……

（二）传单、布告、宣言等，陈旧不新鲜，同时，散发和邮寄都不得法。

（三）壁报出得很少，政治简报内容太简略，文出得少，字又太小看不清。

（四）革命歌谣简直没有。

（五）画报只出了几张。

（六）化装宣传完全没有。

（七）含有士兵娱乐和接近工农群众两个意义的俱乐部，没有办起来。

（八）口头宣传又少又糟。

……①

决议制订出"纠正的路线"，从宣传意义、宣传内容、使用问题到组织形式方方面面予以规范。在红军的宣传意义上，规定：

红军的宣传队，是红军宣传工作的重要工具，宣传

---

① 毛泽东：《红军宣传工作问题》，节选自《中国共产党红军第四军第九次代表大会决议案》，此处转引自：《中国人民解放军文艺史料选编·红军时期上册》，第9页，解放军出版社1986年12月版。

队若不弄好，红军的宣传任务就荒废了一个大的部分。因此，关于宣传队的整理训练问题，是目前党要加紧努力的工作之一。这个工作的第一步，就是要从理论上纠正官兵中一般对宣传工作及宣传队轻视的观点，"闲杂人""卖假膏药的"等等奇怪的称呼，应该从此取消掉。

在组织上，明确要求：

一、以支队为单位，军及纵队直属队均各成一单位，每单位组织一个中队，队长队副各一人，宣传员十六人，挑夫一人（挑宣传品），公差二人。每个中队的宣传员分为若干分队（按照大队或其他部队与机关的数目，定出分队的多少），每个分队有分队长一人，宣传员三人。

二、各支队宣传队，受支队政治委员指挥。各大队分开游击时，每大队应派去一个宣传分队随同工作，受大队政治委员指挥。直属队宣传队，受政治部宣传科长指挥。全纵队各宣传队，受纵队政治部宣传科指挥。全军宣传队，受军政治部宣传科指挥。

三、宣传队用费，由政治部发给，须使之够用。

四、改造宣传员成分的方法，除请地方政府选派进步分子参加红军宣传队之外，从各部队士兵中挑选优秀分子（尽可能不调班长），规定训练的材料、方法、时间、教授人等，积极地改进选宣传员的质量。

基本上，毛泽东这次做出的有关红军宣传的决议案，可称红军时期最重要的"文艺政策"。

1931年，李伯钊任教红军学校。她的到来，使苏区和红军的戏剧运动迅速打开了局面。当年成立的"八一剧团"，是苏区第一个比较有规模和正规的剧团。次年，党团苏区中央局在福建汀州水东街召开了招待"漳州工人参观团"的晚会，周恩来、罗明等领导同志出席了这个盛会，"八一剧团"在晚会上公演。演出后中央负责同志对剧团同志说："中央很重视话剧工作，因形势的发展，政治文化工作需要大力发展起来，为战争、为大众服务，准备成立单独的组织来领导全区的话剧工作，据说款项已经拨定，你们回去就可以开始准备工作。"

是年9月2日，工农剧社成立，在《工农剧社章程》中，明确规定工农剧社"隶属中央政府教育部领导"，后来，遵照苏区教育部意见以及剧社社员提议，并征得红军学校政治部同意，工农剧社改为隶属于工农红军学校政治部。同年，红军第一方面军第三军团政治部成立了火线剧社。次年2月，红四方面军成立了总政治部剧团。工农剧社当年召开的社员大会上，到会社员达八十余人。会议决定了今后的工作方针，要求各地俱乐部不断地将自己创作的剧本、歌曲等送交编审委员会，"以便积极开展苏区的戏运动，创造工农大众艺术"。会后不久，四十多名共青团员组织"蓝衫团"，而红一军团的战士剧社也与于年成立。

客观地说，尽管苏区和红军的文艺活动逐渐开展起来，但仍存在许多问题。主管红军宣传的杨尚昆曾在中共中央苏区中央局的机关报《斗争》上，对红军的宣传工作提出了许多意见。他明确要求纠正苏区工作不重视宣传的错误偏向，认为"过去苏区党的宣传工作鼓动工作，非常不能令人满意"。这首先就表现在对宣传工作的重要性了解不够。其次是没有建立起党的宣传鼓动工作的组织，三是宣传部门人员少，四是宣传鼓动工作的同志每天忙于写感言，发宣传大纲，写标语等。而"宣传鼓动工作，在党的整个工作中，占有极重要的位置"。他特别强调：

> 口头的、活动的宣传鼓动的方式应该很广泛地采用
> 起来，宣传鼓动队，要成为经常的组织，它不只是在纪
> 念节应该动员，而且要有计划的在广大群众中进行经
> 常的工作（集体的、个别的）。对于宣传鼓动员应该加
> 以经常的训练。召集宣传鼓动员的会议，把党的一切决
> 议，经过他们深入到广大群众中去。化装讲演，活报，
> 戏剧等是广大群众最了解、最富兴趣的宣传方式，虽然
> 有的地方，已经部分的开始，然而内容还要大的改善，
> 使它更通俗，更适合于群众的需要，尤其重要的是要吸
> 收广大群众来参加这些工作，训练和组织群众的积极
> 性，发挥他们的创造力。俱乐部、列宁室应当将内容充
> 实起来……[1]

从不重视到重视，体现在苏区出版的重要报刊《红色中华》
《青年实话》《斗争》《红星》等，也非同寻常地划出版面或出版
副刊刊登文艺作品。比如，中共中央机关报《红色中华》在 1933
年五一节创刊了文艺副刊《赤焰》，这是中央苏区唯一的文艺刊
物。发刊词指出，副刊的宗旨是："为着抓紧艺术这一阶级斗争
的武器。在工农劳苦大众的手里，来粉碎一切反革命对我们的进
攻，我们是应该为着创造工农大众艺术，发展苏维埃文化而斗争
的。"副刊要求文艺作者努力去反映苏区工农兵群众的生活实际，
反映苏区人民"为苏维埃政权而英勇斗争的光荣历史事迹"，并
指出这对"创造中国工农大众艺术"有极大的帮助。它向各通讯

---

[1] 尚昆：《转变我们的宣传工作》，《斗争》第 2 期，1933 年 2 月 4 日。

员发出了"努力去把苏区工农群众苏维埃生活实际，为苏维埃政权而英勇奋斗的光荣历史事迹，以正确的政治观点与立场在文艺的形式中写出来"的号召。《赤焰》提出的"要创造中国工农大众文艺"和左联的文艺大众化，以及延安的工农兵文学，何其相似乃尔。

1934 年，瞿秋白来到苏区后，担任中华苏维埃共和国临时中央政府人民教育委员，兼管艺术局工作，在他的直接领导下，颁布了《苏维埃教育法规》，其中包括《工农剧社简章》《高尔基艺术学校简章》《苏维埃剧团组织法》《俱乐部纲要》等，规定了各类文艺团体的方针任务，从而使根据地的文艺运动更加趋向组织化、革命化、群众化。而当时根据地的群众性文艺创作，特别是歌谣、戏剧、通讯报道等民族民间形式的创作演出活动更是十分热烈。

第二节　苏区与红军文学制度概略

综合苏区的文艺实践，苏区事实上已经形成了自己的文艺制度。这体现在：

一、苏区和红军的文艺活动，是在中国共产党的领导下开展起来的。

在苏区，无论是文化活动宗旨的拟订、人员的组织、时间的安排、经费的筹措，还是具体的活动内容，以及采用的具体文体，都由党的各级组织确定。

无论是党的领袖还是有战略远见的中共领导人，都认识到宣传鼓动工作对党的工作的重要性，都力图纠正由于党的组织中工农干部偏多而在实际工作中存在的对文化工作的忽视。傅钟在第一次文代会上代表部队方面向大会提交的报告中，总结了部队文艺工作的特点，第一条便是"党的坚强领导，有组织的进行活动"。他批评那种"误认为强的组织领导，会限制文艺的发展"的观点，指出，"唯其领导集中，思想一致，组织力强，才是文艺工作发展的优越条件"。傅钟的报告具体谈到：

> 党对于文艺工作的领导，如同对其他工作一样，是通过各级党委、政治部和部队首长来实施的。部队各级领导机关直至连队支部，经常布置指导文艺工作，许多部队领导者，从高级干部到下层干部不断表现对于文艺工作的关心。这个领导虽然不是全好，如具体指导尚感不足，但对部队文艺工作的这样发展，具有决定的重要性。[1]

傅钟的报告当然是对整个部队文艺工作的总结，但毫无疑问，也是对苏区文艺制度的一个概括。

二、苏区的文艺活动不是权宜之计，而是为了创造新的"工农苏维埃文化"。

1934 年 1 月，毛泽东在他所作的《中华苏维埃共和国中央执行委员会与人民委员会对第二次全国苏维埃代表大会的报告》中，为苏维埃文化教育改革定下了"创造新的工农的苏维埃文化"的目标。他说："为着革命战争的胜利，为着苏维埃政权的巩固与发展，为着动员民众一切力量，加入伟大的革命斗争，为

---

[1]　傅钟：《关于部队的文艺工作——在第一次中华全国文学艺术工作者代表大会上的报告》，转引自《中国人民解放军文艺史料选编·红军时期上册》，第 25 页，解放军出版社 1986 年 12 月版。

着创造革命的新时代，苏维埃必须实行文化教育的改革，解除反动统治阶级所加在工农群众精神上的桎梏，而创造新的工农的苏维埃文化。"并第一次为苏维埃政权确定了文化教育的总方针："在于以共产主义的精神来教育广大的劳苦民众，在于使文化教育为革命战争与阶级斗争服务，在于使教育与劳动联系起来，在于使广大中国民众都成为享受文明幸福的人。"

毛泽东在报告中还提出："为了造就革命的知识分子，为了发展文化教育，利用地主阶级资产阶级出身的知识分子为苏维埃服务，这也是苏维埃文化政策中不能忽视的一点。"①

在当时的苏区乃至后来的延安时期，文化教育方针通常也就是文化宣传和文艺活动的方针。

三、苏区的文艺宗旨是宣传和动员群众，为此明确文艺应该以大众化为旨归，在文体上以歌谣和话剧为主。

毛泽东为红军起草的关于宣传的决议案中，将传单、壁报、化妆宣传等群众喜闻乐见的方式，作为主要宣传工作予以提倡：

　　（二）传单、布告、宣言等宣传文件，旧的应加以审查，新的应从速起草。

　　宣传品分布的适当有效，应是宣传队技术问题的重要一项。邮寄宣传品从邮件中夹带宣传品，或在邮件上印上宣传鼓动口号，政治工作机关应该注意去做，且要做得好。

　　（三）壁报为对群众宣传的重要方法之一。军及纵队各为一单位办一壁报，由政治部宣传科负责，名字均叫做《时事简报》。内容是：1.国际国内政治消息；2.游

① 参见《中央苏区文化史料汇编》第80-81页。

击地区群众斗争情形；3. 红军工作情形。每星期至少出一张，一概用大张纸写，不用油印。每次尽量多写几张。政治简报的编印，应注意下列各项：1. 要快；2. 内容要丰富一点；3. 字要稍大点要清楚点。

（四）各政治部负责征集并编制表现各种群众情绪的革命歌谣，军政治部编制委员会负督促及调查之责。

（五）军政治部宣传科的艺术股，应该充实起来，出版石印的或油印的画报。为了充实军艺股，应该把全军绘画人才集中工作。

（六）化装宣传是一种最具体最有效的宣传方法，各支队各直属队的宣传队均设化装宣传股，组织并指挥对群众的化装宣传。

（七）以大队为单位在士兵会内建设俱乐部。

（八）宣传队中设口头宣传股及文字宣传股，研究并指挥口头及文字的宣传技术……①

而在李伯钊等人加入中央苏区后，化妆宣传很快就升级成了演剧，话剧演出在苏区也变成了家常便饭，不再是一种高冷的文化活动。

苏区的文艺活动主要由"红色歌谣"和苏区戏剧组成。苏区出版的《革命歌谣选》编后记，称赞群众创作的歌谣是"农民作者用自己的语言做出的歌，它包含农民心坎里要说的话，它为大众所理解，为大众所传诵，它是广大民众所欣赏的艺术"。②

---

① 毛泽东：《红军宣传工作问题》，节选自《中国共产党红军第四军第九次代表大会决议案》，此处转引自《中国人民解放军文艺史料选编·红军时期上册》，第13页，解放军出版社1986年12月版。

② 《〈革命歌谣选集〉编完以后》（1934年1月6日），此处转引自《苏区文艺运动资料》，第223页，上海文艺出版社1985年版。

苏区戏剧是红军宣传群众最重要的形式。红军每"打一个胜仗打下来，要'演几台戏'"。① 苏区戏剧的宣传效果和兵士对戏剧的热情在埃德加·斯诺的《西行漫记》中留下了详细的记叙："红军占领一个地方之后，往往是红军剧社消除了人民的疑虑，使他们对红军纲领有个基本的了解，大量传播革命思想，进行宣传，争取人民的信任。例如，在最近红军东征山西时，成百上千的农民听说随军来了红军剧社，都成群结队来看他们演出，自愿接受用农民喜闻乐见的形式的戏剧进行的宣传。"② 当年的参与者曾撰文说："这儿的戏剧都很群众化，对白也很通俗易懂，每个戏都能深入群众，抓住群众的心坎和脉搏，使群众得到深刻的印象，使群众的紧张、悲哀、兴奋、愤懑和舞台上所演的融化在一片。"这些戏"都是依照当地的风俗习惯和环境所写的，很能适合群众的兴趣情绪"。③

歌谣和戏剧之所以能成为苏区文艺的主要形式，关键在于大众化和通俗化的需要。当时有关文化宣传的各种文件、各级领导的重要讲话和文章，几乎都强调通俗化。1929 年《古田会议决议》要求"说话通俗化"，"说话要明白"，"说话要有趣味"。④ 苏维埃制订的《俱乐部纲要》则强调："一切稿件的文句都要浅显，简短通俗（像口头上说的话一样）。"⑤ 苏区领导人除毛泽东、瞿秋白、周恩来是文艺通俗化的倡导者外，一般关心文艺的人也是如此。杨尚昆强调："我们的宣传必须简单、明了，为广大群众所

① 傅钟：《深入批判〈纪要〉，繁荣文艺创作——在中国文学艺术工作者第四次代表大会的发言》，转引自汪木兰、邓家琪编：《苏区文艺运动资料》，第 288 页。

② 埃德加·斯诺：《红军剧社》，转引自《苏区文艺运动资料》，第 207 页。

③ 雷铁鸣：《戏剧运动在陕北》，《解放周刊》第 1 卷第 8 期，1937 年 6 月 28 日。

④ 《中国共产党第四军第九次代表大会决议案》，转引自《苏区文艺运动资料》，第 11 页。

⑤ 《俱乐部纲要》，转引自《苏区文艺运动资料》，第 38 页。

了解。""内容还要大大改善，使它更通俗，更适合群众的需要。"①

苏区的歌谣、戏剧等文艺活动尽管粗陋，却迎合了以农民为主体的大众的需要，为完成红军的政治、军事目标发挥了重要作用。

四、建立、健全文艺活动的专门领导和管理机构。

苏区的临时中央政府教育人民委员部下面设立艺术局，直接领导文艺工作。在这之前，1930 年在瑞金成立的工农红军学校，除政治、军事学习外，还开展戏剧创作与演出活动，当时在政治部下面还设立了俱乐部，文化、体育、戏剧等管理委员会，其中戏剧管理委员会成员有伍修权、赵品三、李伯钊、危拱之等人。

中央苏区第一个专业化的剧团"八一剧团"成立，由苏区和红军的领导人黄火青、伍修权、赵品三、李伯钊、危拱之等负责。叶剑英、何长工倡导并组织了瑞金红军学校俱乐部和工农剧社。后来，苏区中央局宣传部成立了高尔基戏剧学校，李伯钊担任校长。

1931 年召开第一次工农苏维埃代表大会前，还专门成立了文娱小组。1932 年 9 月 2 日成立了工农剧社，将这一机构挂靠在临时中央政府教育部（次月改为隶属于工农红军学校政治部）。会上讨论通过了《工农剧社章程》，使戏剧工作有了可以依循的约束性的规定，把公演、编辑、出版、研究、审查等与戏剧有关的工作作为工农剧社的主要任务。

1933 年 3 月 5 日，工农剧社召开会员大会，讨论今后工作并就戏剧内容、形式、人才培养等加以研讨，决定成立蓝衫剧团，稍后于同年 4 月 4 日工农剧社创办的蓝衫剧团学校举行开学仪式，

---

① 尚昆：《转变我们的宣传鼓动工作》，载《党的建设指南》，1933 年，转引自《苏区文艺运动资料》第 247—248 页。

由李伯钊出任校长兼蓝衫剧团团长。后来，由教育部部长瞿秋白建议改为"高尔基戏剧学校"，剧团也改成"中央苏维埃剧团"，更好地进行文艺大众化工作。

除演剧活动的领导和组织外，各地设立的列宁室下面一般又设立讲演、游艺、识字等小组，游艺小组下面分为音乐和化装两股，音乐股负责歌咏与器乐等活动，化装股负责讲故事、讲笑话、化装宣传表演等活动，这都与苏区文艺运动的开展有关，使其组织上非常明确与严密，有利于使群众文艺活动经常性地开展起来。①

五、创办文化报刊，出版文艺作品，并建立剧本的审查制度。

据统计，苏区从1931年开始，陆续创办报刊达二十余种，除较少的一些专门文艺刊物外，更多的是以副刊的形式刊载文艺作品的。举起大端则有：

1931年3月9日，中共中央机关报《红旗周报》创刊。

1931年7月1日，在于都创刊王稼祥任主编的中共中央机关报《战斗》。

1931年7月1日，在永丰龙冈出版《青年实话》(后迁于都)。1933年1月5日改为周刊，总编辑部和印刷厂均迁往瑞金，印数达28000份，影响甚大。

1931年12月11日，《红色中华》在瑞金叶坪创刊出版。初为周刊，第五十期改为三日刊，第一百四十八期改为周三刊。1932年2月由中华苏维埃临时政府机关报改为中共苏区中央局、中央政府、中华全国总工会、少共苏区中央联合机关报。1935年2月5日经中共中央书记处电示停刊。1935年11月25日在陕北

---

① 参看钟俊昆：《中央苏区文艺研究》，2009年，第28-29页，中国社会科学出版社。

瓦窑堡复刊。1937 年 1 月 29 日改名为《新中华报》。沙可夫、杨尚昆等曾先后任主笔、社长。

1932 年 6 月 21 日，江西省苏维埃政府机关刊物《红的江西》周刊创刊发行。

1932 年 8 月 1 日，苏区少年先锋队中央总队机关报《少年先锋》在瑞金创刊发行。

1932 年 8 月 1 日，中央苏区反帝总同盟机关报《反帝战线》创刊出版。

1932 年 8 月 1 日，《革命与战争》在瑞金首刊，先后由中国工农红军政治部、中国工农红军学校政治部和中央革命军委编印。

1932 年 8 月 23 日，湘赣省苏维埃机关报《红报》创刊，三日一刊。

1932 年 12 月 11 日，中华苏维埃共和国中央革命军事委员会机关报《红星报》创刊号在宁都小布出版。陆定一、邓小平先后任主编。

1933 年夏，中华全国总工会苏区执行局主办的《战斗》在瑞金刊行。

1933 年 7 月，中央教育人民委员部编辑出版《苏维埃文化》。

1933 年 10 月 5 日，苏区中央儿童局机关刊物《时刻准备着》在瑞金创刊。

1933 年，湘赣省军区政治部出版《热河血》《相声双簧》《义勇军》等剧本。

1934 年 1 月 6 日，出版《革命歌谣集》，瞿秋白编《苏区剧本集》。

1934 年 6 月 30 日，中央教育人民委员会《教育通讯》在瑞金沙洲坝创刊。

1934 年 7 月，中国共产主义青年团机关刊物《列宁青年》在瑞金创刊。

这在印刷等物资都非常紧张的苏区与红军中，已是殊为难得。[①]

大量的文艺作品，尤其是剧本的创作在苏区后期逐渐进入丰收期。如果发表在报刊上的文艺作品由出版机关在发稿时把关，那么，那些甚至未经出版就演出的剧本，是否也要经过适当的程序加以审查呢?

中央苏区对此亦有规定。比如戏剧演出，曾规定"各县应织新剧团，经常出发表演新剧"，但为了保证质量，同时规定了剧本审查制度"新剧本须经区以上之政府审查方得演出"。[②]

戏剧的演出要有一定数量的演员和剧本。工农剧社经改造后有了较大起色，"新加入了一些社员，成分上有了些改变，组织上比较健全，工作上有了些进步。如最近编辑的剧本及排演的新剧都能站在正确的政治立场上及阶级立场上而走向艺术化的道路，现在把革命歌谱经过修改汇集成册出版，将来并要继续将剧本印成单行本出版，以供全苏区文化教育的采用"。[③]

第三节　毛泽东文艺思想的孕育：苏区与红军时期的探索

学术界有人认为毛泽东讲话中提出的"两个发扬"中的第一个发扬，即"发扬苏维埃的工农大众文艺"，正式标志着毛泽东文艺思想开始形成，因为"这里包含了为工农大众服务的思想，这是《在延安文艺座谈会上的讲话》中提出的文艺为人民服务思

---

① 参看钟俊昆：《中央苏区文艺研究》，第 28-29 页，中国社会科学出版社，2009 年。
② 同上。
③ 同上。

想的雏形"。①还有论者将毛泽东文艺思想的形成往前推到1934年1月毛泽东作为中华苏维埃共和国临时中央政府主席所作的《中华苏维埃共和国中央执行委员会与人民委员会对第二次全国苏维埃代表大会的报告》中关于苏维埃文化教育的性质、任务和总方针的论述。理由是这个论述同样叙述到了工农文艺的问题。②其实，在较早时期，尤其是苏维埃时期，毛泽东无暇也不可能对文艺问题进行专门的研究。那时，他是将苏区和红军的文化教育问题、宣传问题、文艺问题合在一起进行考虑的。

　　我们这样说，也并不意味着毛泽东对这些问题的思考是从苏区时期才开始的。这里我们不妨先将毛泽东早年的宣传思想做一简单的梳理。

　　1926年前后，毛泽东曾主持广州、武昌等地的农民运动讲习所，其时他特别设置了"革命歌""革命画"等专门课程，并布置学员在全国范围内广泛搜集群众歌谣。他说："中国人不识字者占百分之九十以上，全国民众只能有一小部分接受本党的文字宣传，图画宣传乃特别重要。"他是把整个农民文化与农民教育作为农民运动和国民革命的组成部分加以研究。为此，他把《农民文学》《农民成语》《农村教育》《中国农民的观念及思想》等列入他为讲习所编印的《农民问题丛刊》中。之所以如此，是由于毛泽东较早认识到共产党革命必须依靠农民的力量。1926年他说："农民问题是国民的中心问题，农民不起来参加并拥护国民革命，国民革命不会成功。"③这是他较早依据农民在共产革命中的作用采取的文化教育措施。

---

① 参见宋贵仑：《毛泽东与中国文艺》，人民文学出版社，1993年，第5页。
② 参见王少青：《关于毛泽东文艺思想形成的时间与标志》，《湘潭师范学院学报》1996年第5期。
③ 《国民革命与农民运动》（1926年9月1日）。

　　1928 年 10 月，毛泽东在他起草的《湘赣边界各县党第二次代表大会决议案》中，批评各县的党"太没有注意宣传工作，妄以为只要几支枪就可以打出一个天下"，明确指出："共产党是左手拿宣传单，右手拿枪弹，才可以打倒敌人的。"

　　一年以后的 1929 年 12 月，由毛泽东起草的《古田会议决议》的第四部分，特别就红军的宣传工作加以论述。决议指出，红军除了打仗，还要"负担宣传群众，组织群众、武装群众，帮助群众建立革命政权以至于建立共产党的组织等项重大的任务"；"红军宣传工作的任务，就是扩大政治影响争取广大群众"，"为实现上述总任务服务"，"所以红军的宣传工作是红军的第一个重大工作，若忽视了这个工作就是放弃了红军的主要任务"。将红军中的文化活动定义为"宣传"，这是毛泽东在革命年代的一个重要思想。《古田会议决议》的贯彻改变了红军不重视宣传工作的局面。这在红军的建军史和红军文艺史中，都是非常重要的一个篇章。

　　当然，解读毛泽东苏区时期的文化宣传见解的最重要的文本，还是他为红四军第九次党代会所做的"决议案"。上文我们已经引用了大量这个决议案的有关内容，此处不赘。

　　细读这个决议案的内容，我们便会发现，毛泽东对红军宣传工作从内容到形式包括组织实施的体制细节，都已经有了非常具体和成熟的思考。应当说，在当时所有的党的高级干部中，能对宣传工作如此深思熟虑地思考和部署，异常难能可贵，也无出其右者。

　　此后直到 1934 年 1 月，大概毛泽东一方面全力谋于军事，一方面不得志于"王明派"的排挤，他并未再就宣传问题有所建言。直到 1934 年第二次全国苏维埃代表大会召开，毛泽东才在他所作的《中华苏维埃共和国中央执行委员会与人民委员会对

第二次全国苏维埃代表大会的报告》中继续他的文化思考。他
为苏维埃文化教育改革定下了"创造新的工农的苏维埃文化"的
目标。

在经过艰苦卓绝的长征到达延安之后，毛泽东在延安第一个
文艺协会"中国文艺协会"成立之时，旧事重提，他对苏维埃文
艺传统念兹在兹。协会的发起词"培养无产阶级作家，创立工农
大众的文艺，成为革命发展运动中一支战斗力量"[1]，擘画了未来
文艺的服务对象和创作主体。1939 年，毛泽东主持通过的《中央
关于宣传教育工作的指示》，指出共产党的宣传部门"应注意宣
传鼓动工作的通俗化、大众化、民族化，力求各种宣传品的生动
与活泼，特别注意戏剧歌咏等等的活动"。1940 年的《新民主主
义论》又这样展开他对未来文化主体的畅想："这种新民主主义
的文化是大众的，因而即是民主的。它应为全民族中百分之九十
以上的工农劳苦民众服务，并逐渐成为他们的文化。"

联系起来看，从苏区到延安，无论是文艺精神还是具体的文
艺形式，其间有着一以贯之的内在线索。

第四节　瞿秋白对毛泽东文艺思想形成的"中介"作用

上文我们在分疏左联和苏区文艺制度的形成与特点时，对瞿
秋白的文艺观念做了一些引述。事实上，瞿秋白还是左联的实际
领导人之一，过去出版的一些中国现代文学史教材把他和鲁迅并
提，称赞他们是指引左联的"双子星座"。上文我们提到 1931 年
左联执委会通过的决议《中国无产阶级革命文学的新任务》，茅

---

[1] 《中国文艺协会的发起》，载《红中副刊》(1936 年 11 月 30 日)。

盾对之评价甚高，认为"这一决议在'左联'的历史上有十分重
要的作用，它标志着一个旧阶段的结束和一个新阶段的开始。可
以说，从'左联'成立到一九三一年十一月是'左联'的前期，
也是它从'左'倾错误路线影响下逐步摆脱出来的阶段；从一九
三一年十一月起是'左联'的成熟期，它已基本上摆脱了'左'
的桎梏，开始了蓬勃发展四面出击的阶段。"茅盾特别指出："促
成这个转变的，应该给瞿秋白记头功。"① 据说这个决议是瞿秋白
和冯雪峰两人起草，最后由瞿秋白定稿的。②

　　有学者对瞿秋白在特殊时段、以特殊身份、通过特殊途径，
对左联工作的开展所发挥的特殊作用做了如下总结：树立了鲁迅
的威信，增进了领导层的团结，提高了左联组织的凝聚力；帮助
左联摆脱"左"的桎梏，促使左联进入一个全面发展的新阶段；
领导了第二次文艺大众化的讨论，促进文学大众化；系统译介
经典作家的文艺论著，为传播马克思主义文艺理论作出突出贡
献；组织左翼文学阵营成功地抵御和反击了各种错误思潮的围
攻；等等。③

　　瞿秋白文艺思想最值得重视的地方，也是有别于多数五四作
家及左翼文论家的一点，是他将现代文艺的生产和服务对象完全
放置在工农大众身上。例如，他在《鬼门关以外的战争》中完全
从工农大众接受新文学的程度来为新文学定性。由此他既否定梁
启超等人发起的文学改良运动，也把五四文学革命创造的新式小

①　茅盾：《"左联"前期·回忆录十二》，《新文学史料》1981 年第 3 期。
②　参见刘小中：《瞿秋白与中国现代文学运动》，第 125 页，南京大学出版社 2002
　　年版。
③　刘小中：《瞿秋白与左联》，《甘肃社会科学》2003 年第 1 期。另有同题论文可资
　　参考，如张小红：《瞿秋白与左联》，《华东师范大学学报（社科版）》，1999 年第
　　1 期；蒋明玳：《瞿秋白与"左联"》，《广播电视大学学报（哲学社会科学版）》
　　2002 年第 1 期等。

说贬为"'不像人话'的所谓白话写的"东西，并据此要求发动"第三次文学革命"。① 在《学阀万岁》一文中，他认为"文学革命"造成的新文学不是"无产阶级文学"，视其同"国民革命"一样"差不多等于白革"，将其贬为"像马和驴子交媾，生出一匹骡子一样，命里注定是要绝种的"，"是'不战不和，不人不鬼，不今不古，非驴非马'的骡子文学"，并激烈批评一些五四作家为"高等无赖，而且还只是些书生"。②

在《普洛大众文艺的现实问题》中，瞿秋白首先引用了列宁所说的："这将要是自由的文艺，因为这种文艺并不是给吃饱了的姑娘小姐去服务的，并不是给胖得烦闷苦恼的几万高等人去服务的，而是给几百万几千万劳动者去服务的，这些劳动者才是国家的精华，力量和将来呢。"③ 如何为这些"精华"服务呢？瞿秋白说：

> （作家，引者注）要到群众中间去学习。在工作的过程之中去学习，即使不能够自己去做工人、农民……至少要去做"工农所豢养的文丐"，不是群众应该给文学家服务，而是文学家应当给群众服务。不要只想群众来捧角，来请普洛文学导师指导，而要去向群众唱出"莲花落"讨几个铜板来生活，受受群众的教训。④

在瞿秋白的意识中，文艺大众化的实质，就是一方面号召作家实心实意向大众学习，为大众服务；另一方面则预期为大众自

---

① 《鬼门关以外的战争》，《瞿秋白文集》（文学编）第3卷，第150页，人民出版社 1991年版。（以后本文在引同一书名时不另注明版本。其余注释亦从此例）
② 《学阀万岁》，《瞿秋白文集》（文学编），第3卷，第176-177页。
③ 《普洛大众文艺的现实问题》，《瞿秋白文集》（文学编）第1卷，第461页。
④ 同上，第481页。

已直接创作和拥有的"大众文艺"。瞿秋白的文艺大众化思想通过上文引述过的左联决议《中国无产阶级革命文学的新任务》得以在左联贯彻实施。决议明确："为完成当前迫切的任务，中国无产阶级革命文学必须确定新的路线。首先第一个重大的问题，就是文学的大众化"；"今后的文学必须以'属于大众，为大众所理解，所爱好'（列宁语）为原则，同时也须达到现在这些非无产阶级出身的文学者生活的大众化与无产阶级化。"当我们把瞿秋白和左联的有关文艺大众化的观点与毛泽东《在延安文艺座谈会上的讲话》对照阅读时，总能感觉到二者之间在旨趣上的共通之处。

　　瞿秋白不但在左联发展史上打下了自己深深的烙印，还在苏区文艺大众化运动中，起到了中流砥柱的作用。1931 年 11 月，他还在上海领导左联时，就被第一次中华苏维埃全国工农兵代表大会选为中央工农民主政府的宣传部长；1934 年 2 月到达苏区后，他身兼中央工农民主政府教育人民委员部部长与艺术局局长两职，在一个完全由自己的政党掌握的政权里，瞿秋白发挥出了组织领导文艺工作的特长。短短两三年的时间，瞿秋白便开创了苏区文艺工作的新局面，他的突出贡献，首先在于加强了党对文艺事业的领导，健全了苏区文化建设的规章制度。同时，他创办戏剧学校，培养文艺骨干；组建戏剧团体，锻炼文艺人才；制定剧本审查和预演制度，提高戏剧的演出质量。在苏区的文艺宣传路线上一以贯之，就是坚持走文艺大众化的道路。①

　　苏区时期的瞿秋白和毛泽东的工作有重合之处。毛泽东认为瞿秋白"是有思想的"。1950 年，他在给《瞿秋白文集》题词中写道：

---

① 参见张军：《瞿秋白对中央苏区文艺运动的贡献》，《武汉理工大学学报（社会科学版）》2004 年第 5 期。

瞿秋白同志死去十五年了。在他生前，许多人不了
解他，或者反对他，但他为人民工作的勇气并没有挫下
来。他在革命困难的年月里坚持了英雄的立场，宁愿向
刽子手的屠刀走去，不愿屈服。他的这种为人民工作的
精神，这种临难不屈的意志和他在文字中保存下来的思
想，将永远活着，不会死去。瞿秋白同志是肯用脑子想
问题的，他是有思想的。他的遗集的出版，将有益于青
年们，有益于人民的事业，特别是在文化事业方面。[①]

在延安文艺座谈会召开前，毛泽东曾对萧三表示："假如他
（指瞿秋白，引者注）活着，现在领导边区的文化运动该有多好
呀！"[②]据延安作家李又然回忆，延安文艺座谈会召开之后，毛泽
东把《讲话》稿"放了半年才拿出来，在这半年之中，主席阅读
了《海上述林》等等"著作。[③]瞿秋白的《海上述林》是由鲁迅代
亡友编辑出版的一部关于马克思主义文艺理论和高尔基等文学作
品的译著。毛泽东选择在正式发表《在延安文艺座谈会上的讲话》
之前重温瞿秋白的文艺观点，显然是想从中得到一些启发。确如
有学者所分析的，"只要我们将最能反映二人（指毛泽东和瞿秋
白，笔者按）文艺思想的代表性文章作比较分析，就不难发现二
人在文学的源流、目的、功能以及普及与提高、继承与创新、文
学创作与批评标准等一系列问题的阐述上有很多相似之处"。[④]也
有人把瞿秋白看成是从胡适的文学观到毛泽东的文学观的一个

---

① 毛泽东1950年12月31日为《瞿秋白文集》的题词，见《瞿秋白文集》第1卷，第1页，人民文学出版社1953年版。
② 《忆秋白》，第176页，人民文学出版社1981年版。
③ 李又然：《毛主席——回忆录之一》，《新文学史料》1982年第2期。
④ 刘小中：《瞿秋白与中国现代文学运动》，"绪论"，第11-12页，南京大学出版社2002年版。

"中介环节"，认为瞿秋白的文艺大众化观是从五四的平民文学到延安的工农兵文学之间的转折点，它正式确定了新文学建设中的支配一切的"政治律"，包括界定了一个很长历史时期的文学思潮的因素：世界观、认识方式与思维方式、表达方式或运用语言的方式。[①] 我们是否也因此可以说，瞿秋白在左联和苏区领导文艺大众化运动的思想和体制成果，经由他的左联和苏区的同事与战友，以及他之后的毛泽东，而最终在延安文艺制度建构这篇大文章里，留下了他的另一种浓墨重彩呢？

---

① 丁言模：《中国新文学建设的"中介环节"——论胡适、瞿秋白、毛泽东的文学观》，瞿秋白纪念馆编：《瞿秋白研究（8）》，第350-351页，学林出版社1996年版。

第三章

延安知识分子政策的演化

中国共产党在处理与知识分子的关系问题上，虽曾陷入迷惘，为之徘徊既久，然亦终能涉过险滩而步入不惑之途。总结建党以来知识分子政策方面的经验与教训，无疑具有重要的历史与现实意义。诚然，从党内发生"知识分子问题"到逐渐取得对这一"问题"的理论与实践解决，是一个曲折的过程；在这一过程中，延安时期又是一个承上启下的关键阶段。梳理这一学术史，我们发现，尽管随着20世纪90年代以来知识分子研究在国内外渐成"显学"，延安时期知识分子及其时党的知识分子政策研究也在社会学、历史学、马克思主义中国化、党建以及文学等研究领域中均有涉及，但论其成果，则无论数量还是质量都难以与其在党史中的重要性相提并论。而且，这些成果较多侧重在对延安时期知识分子政策进行静态的提炼、归纳与反思，而缺少了对其"来龙去脉"的动态考察。本章钩沉相关史料，以期尽可能地呈现延安时期党的知识分子政策的演变过程，并就其前后的"变"与"不变"略作分析。

第一节 "开门纳士"与知识分子在延安的聚集

众所周知，中国共产党是由知识分子创建的政党，在其成立之初，知识分子在党内居于当然的重要地位，并未成为一个"问题"。然而，1927 年国民党"清共"，导致党的处境陡然处于悬崖。在对这场国民党导演的反革命政变的急切反思中，党内却得出了"小资产阶级知识分子"太多、"党的组织不够纯洁"的结论。知识分子成为革命暂时陷入低潮的"替罪羊"。党的"知识分子问题"由此而生。

为解决"组织问题"，"指导干部工人化"的组织路线被推上前台。1927 年 11 月，在上海召开的中共中央临时政治局扩大会议形成的《最近组织问题的重要任务议决案》中，明确指出"中国共产党组织上的主要缺点：'有很大的政治意义的——就是本党领导干部并非工人，甚至于非贫农而是小资产阶级知识分子的代表……'"[①] 会议通过的《中国现状与党的任务决议案》更认为党内的"机会主义遗毒犹存的主要原因之一，便是党的指导干部是非无产阶级的成分。本次会议命令各党部立刻用最坚决的方法，使指导干部工人化，肃清其中的机会主义分子。"[②]

在这一思想指导下，对党组织的改造实际上也就变成了对党内知识分子的排挤。文件要求几乎将所有的知识分子干部统统换成"工农分子的新干部"。[③] 为坚决贯彻"领导机关工人化"，在 20 世纪 30 年代，竟然直接将苏联对知识分子和苏共党内持不同意见者的"肃反"运动移植到了中共党内，中央苏区党内知识分

---

① 中央档案馆编：《中共中央文件选集》第 3 册，第 469-470 页，中共中央党校出版社 1991 年版。
② 中央档案馆：《中共中央文件选集》第 9 册，第 466 页，中共中央党校出版社 1991 年版。
③ 《中共中央文件选集》第 3 册，第 471-472 页。

子除少数高层干部外，大部分遭到了整肃。而对这一重创党的生机的错误路线的纠正，因为随后被迫进行的"长征"，只能留待将来了。

1935 年底，面对日本帝国主义侵略导致的中华民族的空前危机以及"一二·九"运动促发的民族觉醒，中共中央审时度势，在瓦窑堡召开政治局扩大会议，通过了张闻天代表中共中央制定的《关于目前政治形势与党的任务决议》。决议指出，要战胜日本帝国主义，党必须从关门主义中解放出来，建立最广泛的抗日民族统一战线。在这个旗帜下，"我们应该团结一切可能的、反日的基本力量，应该团结一切可能的反日的同盟者，使全国人民有力出力，有钱出钱，有枪出枪，有知识出知识"。决议以苏维埃人民共和国的名义宣告："中国共产党是中国工人阶级的先锋队。他应该大量地吸收先进的工人雇农入党，造成党内的工人骨干"，但"中国共产党又是全民族的先锋队，因此一切愿意为着共产党的主张而奋斗的人，不问他们的阶级出身如何，都可以加入共产党。……由于中国是一个经济落后的半殖民地与殖民地，农民分子与小资产阶级出身的知识分子，常常在党内占大多数，但这丝毫也不减低中国共产党的布尔什维克的地位。"[1] 应当说，这是党建史上有关党的组成成分尤其是关于知识分子在党内地位及作用的带有拨乱反正意义的文献，它在事实上开启了解决苏区时期所谓"知识分子问题"先河的同时，也解决了知识分子在党内的合法性这一根本性和原则性问题。

作为面向全国各阶级、阶层的"统战宣言"，《中共中央关于目前政治形势与党的任务决议》也在寻求合作的最大公约数，具有先进思想和先进技能的知识分子当然是中共必须争取的对象。

---

[1] 《张闻天文集》，第 2 卷，第 41 页。

诚如陈云所说：

> 在中国，大部分的知识分子是可以为无产阶级服务
> 的。现在各方面都在抢知识分子，国民党在抢，我们也
> 要抢，抢得慢就没有了。日本帝国主义也在收买中国的
> 知识分子为它服务。如果把广大知识分子都争取到我们
> 这里来，充分发挥他们的作用，那么，我们虽不能说天
> 下完全是我们的，但是至少也有三分之一是我们的了。①

基于全党一致的"人才战略"，延安向全国知识分子敞开大
门，不但理解和同情中共的知名文化人在被邀之列，向往"革
命"和抗日的青年学子，延安各类学校也对他们虚席以待。1937
年，毛泽东曾经一再指示，延安"抗大"一定要向全国革命青年
大开入学之门，把"抗大"招生的广告，从延安贴到西安，每根
电线杆上都贴上一张。② 由于一系列吸引知识分子的政策有效实
施，就有了陈云1938年9月所谈到的"天下英雄豪杰云集延安"
的景象。③

　　1939年12月1日，毛泽东代表中共中央做出了《大量吸收
知识分子》的决定，决定要求"全党同志必须认识，对于知识分
子的正确的政策，是革命胜利的重要条件之一"。并指出，"我们
党在土地革命时期，许多地方许多军队对于知识分子的不正确态
度，今后决不应重复"；"在长期的和残酷的民族解放战争中，在
建立新中国的伟大斗争中，共产党必须善于吸收知识分子，才能
组织伟大的抗战力量，组织千百万农民群众，发展革命的文化运

---

① 《陈云文选》第1卷，第180-181页，人民出版社1995年版。
② 李志民：《革命熔炉》，第245页，中共党史资料出版社1986年版。
③ 《陈云文选》第1卷，第112-113页。

动和发展革命的统一战线。没有知识分子的参加，革命的胜利是不可能的"。同时又客观深入地分析了历史上排斥和打压知识分子恶习的原因："这种现象的发生，是由于不懂得知识分子对于革命事业的重要性，不懂得殖民地半殖民地国家的知识分子和资本主义国家的知识分子的区别，不懂得为地主资产阶级服务的知识分子和为工农阶级服务的知识分子的区别，不懂得资产阶级政党正在拼命地同我们争夺知识分子，日本帝国主义也在利用各种方法收买和麻醉中国知识分子的严重性，尤其不懂得我们的党和军队已经造成了中坚骨干，有了掌握知识分子的能力这种有利的条件。"文件要求"一切战区的党和一切党的军队，应该大量吸收知识分子加入我们的军队，加入我们的学校，加入政府工作"。[①]

在此氛围下，延安"开门纳士""礼贤下士"风闻天下。从1937年到1940年末，知识分子络绎不绝于从国统区到延安的各条道路。知名文化人如艾思奇、周扬、周文、林默涵、冯牧、陈涌、陈企霞、陈荒煤、徐懋庸、胡采、于黑丁、萧军、欧阳山、周立波、何其芳、卞之琳、严文井、舒群、韦君宜、吴伯箫、刘白羽、周而复、张庚、贺敬之等人，便是其中的代表。

如何来安置文化人（当时延安各界对"知识分子"的统称）并把他们派上用场，亦是党面临的一项具体而繁重的工作。在当时主管意识形态工作的张闻天支持下，延安的各类协会和刊物如雨后春笋，纷纷成立或出版；而文化人也都能得以在各类协会、学校以及研究机构中从事各种文化活动。文艺界一时人才济济，点缀延安姹紫嫣红，俨然战时中国的另一个文化中心。

---

① 毛泽东：《大量吸收知识分子》，《延安文艺丛书·文艺理论卷》（上），第39页。

第二节 "人尽其才"与知识分子的"自由主义问题"

《大量吸收知识分子》使党在延揽人才方面收益甚大。为使知识分子既能在延安安身立命，又能人尽其才，在张闻天主持下，中共中央颁布了一项优待知识分子的重要文件《关于各抗日根据地文化人与文化团体的指示》。这个指示对如何优待文化人做了一些具体的规定，如：

（二）应该用一切方法在精神上、物质上保障文化人写作的必要条件，使他们的才力能够充分的使用，使他们写作的积极性能够最大的发挥。须知爱好写作、要求写作，是文化人的特点。他们的作品，就是他们对于革命事业的最大供［贡］献。

（三）党的领导机关，除一般的给予他们写作上的任务与方向外，力求避免对于他们写作上人工［为］的限制与干涉。我们应该在实际上保证他们写作的充分自由。给文艺作家规定具体题目、规定政治内容、限时限刻交卷的办法，是完全要不得的。

（四）对于文化人的作品，应采取严正的、批判的，但又是宽大的立场，力戒以政治口号与偏狭的公式去非难作者，尤其不应出以讥笑怒骂的态度……

（五）估计到文化人生活习惯上的各种特点，特别对于新来的及非党的文化人，应更多的采取同情、诱导、帮助的方式去影响他们进步，……对于文化人生活习惯上的过高的苛刻的要求是不适当的。

（六）各种不同类的文化人，……可以组织不同类的文化团体，如文学研究会、戏剧协会、音乐协会、新哲学研究会等。……这些团体的任务，一般是：介绍、研究、出版、推广各种文化作品；吸收与培养各方面的文化人材；指导大众的各方面文化活动；联络文化人间的感情与保护他们的切身利益；……纠正有些地方把文化团体同其他群众团体一样看待及要他们担任一般群众工作的不适当的现象。

（七）上述各种文化团体，一般的只吸收文化人及一部分爱好文化的知识分子。……团体内部不必有很严格的组织生活与很多的会议，以保证文化人有充分研究的自由与写作的时间。

（八）文化人的最大要求，及对于文化人的最大鼓励，是他们的作品的发表。因此，我们应采取一切方法，如出版刊物、剧曲公演、公开讲演、展览会等，来发表他们的作品。[1]

目前所见，这份指示是延安时期对文化人最为优待的文件，代表了延安前期知识分子政策的主要特点。

文件的贯彻，构建了一个对知识分子以及延安的文化发展非常有利的生态。文化人在延安是衣食无忧的"公家人"，享受着比一般工农干部还要优渥的物质待遇，以及国统区无法比拟的发表文章和结社的自由。

徐懋庸回忆自己在抗大生活情况说："红军出身的各级领导干部，一般每月的津贴费，最高不过四五元，而对一部分外来的知识分子，当教员或主任教员的，如艾思奇、何思敬、任白戈和

---

[1]　原载《共产党人》第 12 期（1940 年 12 月 1 日），此处引自《张闻天选集》第 1 卷，第 291-293 页，人民出版社 1985 年版。

我这样的人，津贴费每月十元。一九三八、一九三九年间，延安的物价很便宜，猪肉每斤只值二角，鸡蛋一角钱可买十来个。所以，这十元津贴费，是很受用的。我第一次在延安时，还兼了鲁迅艺术学院的一点儿课程，另有每月五元的津贴费，此外还有一些稿费，所以，我是很富的，生活过得很舒服。"[1]一个日本八路的记载佐证了徐懋庸的说法："八路军内的津贴费用分为五等：士兵一元五角；排级二元；连级三元；营团级四元；师级以上，包括毛主席等中央领导同志均为五元。"[2]延安作家方纪回忆作家们的日常生活在这样的："当时，作家们对生活也无过分要求，大家待遇都一样，每日无非一斤菜二钱油：每逢开饭时间，'小鬼'（对通讯员亲切的称呼）用两个半截煤油桶作饭担挑上山来，一边是香喷喷的金黄色的小米干饭，一边是清水煮白菜，一吹哨子，大家各自从自己窑洞中出来去打饭。"[3]

从国外初来延安的冼星海致信远方朋友，对这里的供给制大加夸赞："这比起上海、武汉时虽不如，但自由安定，根本不愁生计，则是那里没有的。如果比起在法国的生活，更好得多了。"[4]1941年，设于国民党战时陪都重庆的共产党机关报《新华日报》对此渲染道：

> 总起来看，延安的学术研究工作还刚开始，……不过在延安，应该负起更大的责任：因为这里有着学术研究的有利条件，自由研究，自由讨论有着完全的保障；

---

[1] 《徐懋庸回忆录》，第121页。

[2] 小林清：《在中国的土地上——一个日本八路的自述》，第88页，解放军出版社1985年版，此处转引自朱鸿昭：《延安文人》第47页，广东人民出版社2001年版。

[3] 方纪：《新的起点——回顾延安文艺座谈会前后》，《新文学史料》1982年第2期。

[4] 冼星海：《我学习音乐的经过》，转引自朱洪昭：《延安文人》第48页，广东人民出版社2001年版。

物质条件虽然还是很不够，但是也有了必要的具备，尤其是理论空气的环境，安静的家居（窑洞）和规律而又活跃的生活。从这几点上来讲，延安正是研究学术的乐园哩！[①]

然而，对于越陌度阡历经磨难来到延安的文化人来说，"抗日""干革命"的共同理想和憧憬在来延之前毕竟抽象，而居延期间享受的特别优待，则又几乎使他们中的一些人几乎忘记了延安还只是一块新生不久的"抗日民族根据地"，战争的阴云还时刻笼罩在它的上空。诚如周扬所说，"他们没感觉到是进入了一个新时代，没感觉到有一个要熟悉面前这些新对象的问题。他们还是上海时代的思想，觉得工农兵头脑简单，所以老是想着要发表东西，要在重庆在全国发表，要和文艺界来往，还是要过那种生活。身在延安，心在上海，心在大城市……这些人都三四十岁了，有自己的一套，而且有些作家的架子还蛮大的。"[②] 这种心态和习惯当然也无可厚非，何况这些都是他们在"大后方"生活多年形成的。在"宽松"和"包容"的氛围里，文化人的生活和工作就逐渐发生了一些后来被视为与党的期待并不合拍的"自由主义问题"。主要表现在：

一、"关门提高"

战时的延安毕竟还只是一个刚刚有了初步民主的地方，延安作为国民党统治区内的一块"飞地"，也只是由于大批刚刚到来

---

① 弩秋：《陕甘宁边区的学术研究》，《新华日报》1941 年 1 月 7 日。

② 周扬：《与赵浩生谈历史功过》，《新文学史料》1979 年第 2 期。

的红军和文化人而改变了它贫瘠荒凉的原貌。红军中有文化的占
比极小，有一次在新四军第五师驻地，"鲁艺"学员演出国统区
的一个大戏，演员穿旗袍，战士在台下看了骂"婊子"，往台上
扔石头。当地百姓更无法接受和欣赏新文化作品。在延安桥儿沟
的"鲁艺"所在地，当地群众对"鲁艺"师生的文化活动十分不
满，编了这样一首顺口溜："戏剧系装疯卖傻，音乐系呼爹叫妈，
美术系不知画啥，文学系写的'一满解不下'（延安方言，意即
不懂）。"作家们受到鼓动或邀请自愿赶往前线采风，但回来以后
往往写出来的东西是"四不像"，不但接受者不满，自己也觉得
十分尴尬。"鲁艺"教师何其芳在自己上前线采访战斗英雄后，
认为知识分子的思想感情和工农战士之间是存在着距离的，硬要
去写，吃力不讨好。[①]他对要求"鲁艺"学生去前线搜集材料的
方法表示质疑，认为作家还是要"写熟悉的题材，说心里的话"。
"知识分子作者最好就写知识分子"，"写我们知识分子的经历也
可以写出中国，写出中国必然发展的道路与前途"。[②]知名作家周
立波回忆自己前期的延安生活说："我们和农民可以说是比邻而
居，喝的是同一井里的泉水，住的是同一格式的窑洞，但我们却
'老死不相往来'。整整的四年之久，我没有到农民的窑洞里去过
一回。"[③]这种环境无形当中也鼓励了文化人的"结社办刊"，因
为这原本就是他们在上海等大城市已经习惯了的生活状态。据统
计，在1937至1948年，延安共有至少七十五个文艺社团或单位，
刊物也有三十余种。

　　在被期许为"中共文艺政策堡垒"的"鲁艺"，在院长周扬
力行的"正规化"办学思路下，师生讲习世界名作、演出苏联等

---

① 陆地：《七十回首话当年》，《新文学史料》1989年第4期。
② 何其芳：《关于艺术群众化问题》，《何其芳文集》第4卷，第46页。
③ 周立波：《周立波全集》，第300页，人民文学出版社1959年版。

的"大戏"，又显然与党希望"鲁艺"与"抗日"宣传相配合，与当地百姓的文化需求产生了明显错位，使得不少关心根据地文艺的人士产生了"鲁艺"在搞"关门提高"的印象。

二、"宗派主义"

文化界人士由于文艺观点和个性习惯等的不同，特别是左联时期人事纠葛的流毒，在延安文艺界也发生了比较严重的"宗派主义"问题。其主要表现即为延安两家最大的文艺单位"鲁艺"与"文抗"的对立。严文井曾回忆道："当时，鲁迅艺术学院住了一批作家，延安文艺界抗敌协会也住了一批作家。两边各办一个刊物。鲁迅艺办的刊物叫《草叶》（从惠特曼的诗集里来的），延安文艺界抗敌协会办的刊物叫《谷雨》（大概是从日历上来的），两个刊物的名称都很和平，可是两边作家的心里面却不很和平。不知道为什么，又说不出彼此间有什么仇恨，可是看着对方总觉得不顺眼，两个刊物像两个堡垒，虽然没有经常激烈地开炮，但彼此却都戒备着，两边的人互不往来。"[1]"鲁艺"和"文抗""山头对立"的说法也曾使"鲁艺"的学生被动地卷入其中，如那时的"鲁艺"学生陆地就回忆说："从'鲁艺'方面传来的说法是：'鲁艺'培养出来的人，写出佳作为什么不给《草叶》而拿给《谷雨》？简直是对'鲁艺'的背叛，向'文抗'投降。"[2]

而除了"两派说"外，还有黎辛的文艺界"三个山头说"（陕甘宁边区文协、中华全国文艺界抗敌协会延安分会与鲁迅艺术学

---

[1]　严文井：《延安文艺座谈会前后》，《新疆日报》1957年5月23日。另参见赵卫东：《延安文人的宗派主义问题考论——以鲁艺和文抗为中心》，《中国现代文学研究丛刊》2015年第3期；以及赵卫东：《周扬与鲁艺文学系人事考》，《广西师范学院学报》（哲学社会科学版）2018年第3期。

[2]　陆地：《延安"部艺"生活点滴》，《新文学史料》1995年第2期

院[①]）以及于敏的"四个山头说"（两个大的是"鲁艺"、"文抗"；两个小的是青年艺术剧团和民众剧团[②]）等。

三、"杂文潮"

杂文本来是鲁迅开创的一种新文体，鲁迅比之为"匕首"和"投枪"，用它作为"社会批评"和"文明批评"的工具。在与新环境深度磨合后，本来就对现实比较敏感的作家，发现延安等抗日民主根据地还残留着一些消极落后现象，包括在党领导的各项工作中，也都程度不同地存在着诸如官僚主义、效率低下等问题。其实，这些问题也都被毛泽东等领导人看在眼里，并有所批评。但作家居然也要像鲁迅在国统区那样举起杂文这个武器对准延安的消极落后现象"嬉笑怒骂"，这就发生了毛泽东所不满的"立场"和"态度"问题。

1941 年，曾经深受毛泽东器重的知名作家丁玲在延安带有"同仁刊物"性质的《文艺月报》创刊号上发表《大度、宽容与〈文艺月报〉》，寄望《文艺月报》能"展开深刻的、泼辣的自我批评，毫不宽容地指斥应该克服而还没有克服，或者借辞延误克服的现象"，她希望文艺能"刺刀向内"，利用文学开展延安社会的"自我批评"。1941 年，中共中央机关报《解放日报》创刊，丁玲任文艺副刊主编，她在 1941 年 10 月 23 日的《解放日报》上发表《我们需要杂文》，大张旗鼓地为杂文张目。此后，延安作家艾青的《了解作家，尊重作家》、罗烽的《还是杂文时代》、萧军的《杂文还废不得说》、丁玲的《三八节有感》、王实味的

---

① 黎辛：《延安文艺座谈会的前前后后》，《纵横》2002 年第 5 期。
② 于敏：《光辉思想映照文艺新天——延安文艺座谈会前后》，《当代电影》2001 年第 4 期。

《野百合花》和《政治家·艺术家》等杂文接连发表，它们或呼唤杂文，或指陈时弊，一股颇具影响的"杂文潮"由是兴起。

上述三个方面，未必能代表文艺界的所有表现，但这些问题足以吸引党内高层领导对文艺界知识分子"问题"的关注。譬如王实味的杂文，就起了毛泽东的警觉和不满，毛泽东由此形成了对延安文艺界问题颇多、需要整风的强烈观感。事实上这股汹涌而来的"杂文潮"的确与弥漫在彼时延安上空的战争空气以及战时的集权要求迎头相撞，发生冲突也就在所难免。从战时延安的视角看来，文艺界应该继续向国民党要求民主，尤其应该满腔热情地歌颂"工农兵"这一人民战争的主体，而不应不加区分地暴露延安社会的所谓"阴暗面"。事实上，毛泽东也认为延安社会各个方面广泛存在的消极现象应该批评，他发动"全党大整风"的目的就包含了改善延安各方面工作的愿望；但他强调这种批评必须站在党的立场上，用与人为善的态度，而不是不加区分地对人民内部矛盾"嬉笑怒骂"。对"宗派主义"和"关门提高"，毛泽东也在对文艺界密集调研的基础上，逐渐形成了解决问题的思路。

以史实而论，延安文艺界与知识分子在"革命"初期出现一些不能完全与党的期待完全合拍的问题，似也并不值得大惊小怪。连党自身都曾有过不少探索的曲折，对知识分子在追求革命的过程中产生的某些偏颇和失误，当然也应付之以"历史的同情与理解"。如果将这些问题归咎于前期优待知识分子的政策，无疑更是曲解了历史。说到底，前期对知识分子实行优待，是党在特定阶段采取的有利于党的整体事业的战略举措，是恢复党的生机、增强党的力量、提升党的声望、改善党的形象的必要之举，同样应该得到历史的公正评价。

第三节　文艺界整风与
《关于延安对文化人的工作的经验介绍》

　　1941 年，旨在清算"六大"以来思想和组织路线错误的"全党大整风运动"在延安渐次展开。这次整风，最早的设计并非针对文艺界和知识分子。随着整风的深入，毛泽东对文艺界和知识分子的关注程度迅速升高。通过密集调研，毛泽东结合自己业已形成的一些不良观感，掌握了延安文人当中存在的所谓"关门提高""宗派主义""和党闹独立性""把艺术放在政治之上""偏重提高而忽略普及"等问题，并响应作家们的一再要求，利用整风中形成的组织气氛、话语环境，将本来针对党内的"整顿三风"运动顺势导向文艺界，通过召开文艺座谈会而制定出新的文艺政策。①应当说，《在延安文艺座谈会上的讲话》（以下简称《讲话》）在解决了文艺政策问题的同时，也对知识分子政策的调整发其先声。毕竟，文艺政策和知识分子政策是高度关联的。

　　《讲话》提出了知识分子的改造问题，随后的文艺界整风将其作为"主题"运动予以推进。为配合《讲话》对"知识分子改造问题"的阐述，《解放日报》登载了苏联领导人列宁、斯大林和苏联享有崇高威望的作家高尔基有关知识分子的文章。列宁和斯大林谈知识分子的文章题为《列宁、斯大林等论党的纪律与党的民主》，此文系列宁的《进一步，退两步》中关于"知识分子"

---

① 胡乔木曾回忆整风和文艺座谈会之间的关系，认为"有可能座谈会前已开始整风，但整不下去，各说各的吧"。胡乔木：《胡乔木回忆毛泽东》，第 56 页，人民出版社 1994 年版。另参见赵卫东：《一九四〇年代延安文艺政策演化考论》，《中国现代文学研究丛刊》2010 年第 2 期。

看法的摘编。① "无产阶级革命导师"列宁对知识分子的认识问题
比较复杂，在不同情况下对知识分子的"革命性"和"动摇性"
有所侧重。在此文中，列宁尖锐地提出了"知识界与无产阶级间
的对抗问题"。他把知识分子分成两类，一类是加入了无产阶级
的阶级斗争，改变了自己的性质；另一类是普通知识分子，以资
本主义社会为立脚点，是知识分子阶级的标本人物，与无产阶级
有相当的对抗。列宁分析说，知识分子与无产阶级的"对抗"是
表现在"情绪中以及在思维中的一种对抗"。容易产生这种"对
抗"的知识分子，是像尼采、易卜生一类的，凭靠个人的品质、
知识、能力、信念的"表现本人个性的完全自由"来获得相当的
意义。

　　高尔基论知识分子的文章为《论绦虫》和《关于学究》。《论
绦虫》在批评所谓固守"个人主义"的"小布尔乔亚"时说：
"小布尔乔亚对我们国家机构所做的也正像寄生虫一样，并且我
知道这些寄生虫的有害的环节。"高尔基指责旧知识分子站在反
对革命的方向，"在精神上和物质上支持着国家过去的主人——
也就是工农的敌人；并且在目前，用暗害者和破坏分子的资格与
苏维埃国家的敌人站在一起"。②《关于学究》更开宗明义地说：
"这一篇短文的目的是想讨论到学究的愚蠢的。"他所说的学究，
"首先是一个知识分子"，"学究以为他是文化的主宰者"，"学究
相信世界上最好的安乐椅便是他坐着的那一把"，他批评学究对
于工农力量缺乏认识。高尔基还分析了书籍对学究的负面影响，
以及"新的阶级"对于书籍的态度。他说："一个学究可能念过

---

① 《列宁、斯大林等论党的纪律与党的民主》，《解放日报》编者进行了说明：这个
　材料是对 4 月 18 日发表的文章的增补，希望读者主意。这里增补的部分，有一
　大段是列宁论知识分子的观点。《解放日报》1942 年 5 月 16 日，第 4 版。
② 高尔基：《论绦虫》，《解放日报》1942 年 5 月 25 日，第 4 版。

不下一万六千册各种问题的书籍……可是我们常常可以看到一个
学究所获得知识的书册愈多，那么他的动摇的曲度也就愈长和愈
加具有痉挛性。"他这样表明对学究的态度：有些"学究们在那
儿企图竭尽他们虚弱的力量去恢复和修补小布尔乔亚的衣钵，去
重建布尔乔亚制度，……我们也只好不得已不管他们高贵的精神
而剥夺了他们行动、言论和工作的一切自由"。①

　　这两组文章的倾向性不言而喻，为"文艺界整风"中延安舆
论对知识分子政策的检讨定下基调。在"讲话""整风"以及"文
化人下乡"等一连串旨在转化与改造知识分子的活动中，1943 年
4 月 22 日延安发出了一份"党务广播稿"《关于延安对文化人的
工作的经验介绍》，对文化人工作进行系统总结并发布"指示"，
标志着新的"知识分子政策"的出台。

　　"党务广播稿"把文化人工作分作三个阶段说明：第一阶段
从抗战初期到陕甘宁边区文协第一次代表大会（1940 年 1 月），
这一阶段"因为当时我党忙于抗战"，"又因为当时政治环境还
不十分坏，而物质条件也不是那样困难，在文化人中所发生的
问题，也不是那样严重"。第二阶段"从边区文协大会到毛主席
召集的文艺座谈会前（一九四二年五月）"，在这一阶段内，1940
年"毛主席提出了新民主主义的文化，作为团结进步文化人的总
目标。但是毛主席提出的这个方针，当时许多文化工作同志，并
未深刻理解，使其变为实际。且强调了文化人的特点，对他们采
取自由主义态度。加以当时大后方形势逆转，去前方困难，于是
在延安集中了一大批文化人，脱离工作，脱离实际。加以国内政
治环境的沉闷，物质条件困难的增长，某些文化人对革命认识的

---

① M.高尔基《关于学究》（原文发表于 1930 年），陈适五译，《解放日报》1942 年 6
　月 18 日，第 4 版。

模糊观点，内奸破坏分子的从中作祟，于是延安文化人中暴露出许多严重问题"。"第三阶段，从座谈会到现在。在这一阶段中，就是把毛主席的结论，在文化人中展开讨论，从思想上转变他们，并采取具体步骤把他们动员到实际工作中。"①"党务广播稿"提出："总结我们这几年对文化人的工作，应当得出什么教训，作为今后工作的借鉴，作为各根据地对文化人的工作之参考呢？""四条"答案，既有对文化人加强组织管理以及思想改造的揭示，也列举了具体的落实举措。那么，"答案"显示的知识分子政策与之前的最大变化是什么呢？

四条中之前两条，以对比方法着重指出过去对文化人的"态度"过于"客气"，着重于如何"招待"，甚至流于"放任"，而造成了他们的许多问题；今后则"必须是当客气的时候客气，当批评的时候就应当批评。对做文化工作的党员，在党的原则问题上尤须严肃，不应迁就落后，造成党内的特别党员，致妨害党的统一与他们政治上的觉悟"。第三、四条尤为重要：

　　第三、过去我们的想法，总是把文化人组织进一个文协或"文抗"之类的团体，把他们住在一起，由他们自己去搞。长期的经验证明这种办法也是不好的，害了文化人，使他们长期脱离实际，结果也就写不出东西来，或者写出的东西也不好的。真正帮助文化人应当是分散他们，使之参加各种实际工作。

　　第四、根据文艺座谈会和整风的经验，在有准备有步骤的情况办法之下，是可以把文化人的思想弄通

① 《关于延安对文化人的工作的经验介绍》（一九四三年四月二十二日党务广播），《陕甘宁边区抗日民主根据地》（文献卷·下），第449-450页，中共党史资料出版社1990年版。

的，而上述的办法（思想及批评及实际工作）都是可以做得到的。不过要注意选择适当的时机，即是问题已经暴露，他们思想上又稍有准备的时机，来与他们一道讨论，而得到解决。整风运动是一个最好机会，应当利用整风运动来检查文化人的思想，检查我们对文化人的工作。

就此，应当说，"党务广播稿"结束了前期更加侧重于"统战策略"的知识分子政策，而开启了对知识分子既要打通他们为人民服务的思想，又要促使他们深入实际工作的新政策。

以上我们把这份"党务广播稿"视为全党必须遵守的新知识分子政策，是否有意高估了它的实在意义？回答这个问题，则必须了解"党务广播稿"作为一种党内文告所具有的极高的"概念"与"分量"。

也许，1941 年 5 月 25 日中共中央宣传部向全党发布的《关于电台广播的指示》，可以视作"党务广播"或"党务广播稿"的由来。这份文件指出，电台广播是当时各抗日根据地对外宣传最有力的武器，要求各抗日根据地广播内容应以当地战争及政治、军事、经济、文化教育等各方面具体活动为中心，并以具体事实来宣传根据地的意义与作用。[①]

1942 年 1 月 24 日，中共中央政治局发布《关于给〈解放日报〉写稿与供给党务广播材料的决议》，"同意毛主席指出今后《解放日报》应从社论、专论、新闻及广播等方面贯彻党的路线与党的政策，文字须坚决废除党八股。并决定由中央各部委（中

---

① 樊为之主编：《文化工作史·中共中央在延安十三年史》（上），中央文献出版社 2016 年版，第 359 页。

央同志在内）及西北局每月供给广播新闻消息一件，写社论或专论一篇。同时中央各部委局及西北局每月供给党务广播材料一篇（以一千五百字为适宜），交书记处办公厅"。[①]2月17日，中共中央办公厅发布《关于党务广播问题的通知》，指出："根据过去一年来党务广播的检查及各地反映，证明党务广播对全国工作的帮助是很大的。在某种意义上说，党务广播比办一个党内刊物的作用还大。因为在目前情况下，中央对全国党的领导、最迅速而有效的方式，除公开广播之外，就要靠机要电讯和党务广播。""党务广播是为帮助各地了解党的动向，掌握党的政策，交换各地工作经验，推广党内教育而设立的……"[②]

由此，将这份"党务广播"视为知识分子"政策"层面的"指示"，也就不难理解了。

第四节　延安时期知识分子政策的"变"与"不变"

以上我们通过相关文献，对延安时期知识分子政策的演化轨迹进行了大致描述。过去的一些研究依据1943年延安发出的党务广播稿《关于延安对文化人的工作的经验介绍》的说法，把延安时期的知识分子政策以文艺座谈会的召开划界，着意突出前后政策的差别。同时，在解释这种差别时，学界近年出现倾向于通过对毛泽东与其开国战友之间的"关系谱系"来解读中共高层决策演变的研究理路。反映在延安时期党的知识分子政策研究中，

---

① 《中共中央政治局关于给〈解放日报〉写稿与供给党务广播材料的决议》，中国社会科学院新闻研究所编：《中国共产党新闻工作文件汇编1921–1949》（上），新华出版社1980年版，第118页。

② 《关于党务广播问题的通知》，转引自中国社会科学院新闻研究所编：《中国共产党新闻工作文件汇编（上）1921–1949》，第122页，新华出版社1980年。

即有人认为张闻天是前期延安知识分子政策的"始作俑者",而他亦是毛泽东发动整风的目标之一;整风对张闻天工作的否定,即暗含了对张闻天领导制定的优待知识分子政策的否定。

"党务广播稿"以及后来研究者对此问题的近似认识,似应重新予以评价。

首先,对"党务广播稿"的说法,胡乔木早在1990年代已有反思。他说,"这份广播稿前面说的关于文委的话,多少有点附会,当然也不能说没有一点事实根据。但说文艺座谈会是为了纠正文委工作中的问题,这话不符合实际。这是后来的一种解释,是做文章"。① 而且,胡乔木还透露在当时延安有"一种潮流",即"认为那一段时期张闻天同志领导中央文委工作,搞得不好"。原因是对毛泽东提出的新民主主义文化方针,张闻天领导的"文委亦未充分研究,使其变为实际"。② 胡乔木的意思很明确,即认为"党务广播稿"是"整风运动"这一特殊氛围里的产物,是顺应当时对张闻天的批评而"做"的一篇"文章"。很显然,至少1990年代的胡乔木并不完全认同"党务广播稿"的观点。

其次,多数学者在分析延安前期知识分子政策时,主要依据的是张闻天主持制定的《中共中央关于各抗日根据地文化人与文化团体的指示》。但是,仅以这个《指示》来概括前期的知识分子政策,未免以偏概全。要全面把握延安前期的知识分子政策,还应注意《指示》"周围"的其他有关知识分子政策文本。

比如,1939年12月6日,中央军委依据毛泽东主持制定的《大力吸收知识分子》,向全军发出《关于军队吸收知识分子及教

---

① 胡乔木:《胡乔木回忆毛泽东》,第54页,人民出版社1994年版。
② 胡乔木:《胡乔木回忆毛泽东》,第53页,人民出版社1994年版。

育工农干部的指示》，便可视作军队系统贯彻党的知识分子政策的权威文件。这份指示要求军队各级"开干部会议讨论中央决定及此电（即《大力吸收知识分子》），彻底纠正一切排斥与拒绝知识分子参加我们军队的现象"的同时，对于知识分子干部，则应对其"好好教育"，使其"无产阶级化"。

而在 1940 年 5 月 24 日《一二九师抗战以来的工作总结报告》中，也有一段阐明军队与知识分子的关系的内容：

> 在本质上我们始终是共产党绝对领导的工农军队，同时又是最忠实于民族解放事业的军队。本军的成分主要是工人和农民，同时吸收一些小资产阶级分子参加，但这绝不等于我军在本质上已经由工农的军队变为工农小资产阶级的军队或划为统一战线的军队。……不能把军队本质和允许加入的成分混为一谈。必须认识参加我军的知识分子是"革命的知识分子"，革命知识分子是（愿意与）工农结合的，是愿意为工农服务的，所以他们绝不是代表小资产阶级的利益而加入我军的。只有这样认识，才会把这些革命知识分子看成为宝贵的财富，看成为建设党军的重要部分，看成为工农军队的组成部分。只有这样，才不会把革命知识分子看成是"客人"，看做是与工农相矛盾的部分，才不至于发生歧视知识分子的坏倾向，也才能发挥知识分子的积极性，积极的参加党军建设工作。[①]

这份文件从党和军队的性质立论，阐明了军队吸收知识分子

---

① 中国人民解放军国防大学党史教研室编《中共党史参考资料》第 16 册。

的"前提"和"底线"，即参加我军的知识分子"必须是革命的知识分子"。

其实，这两份文件的主旨，与张闻天主持制定的"优待"知识分子的政策并不矛盾，所不同者，仅在于其各自的侧重点而已。与其放大它们的差异，毋宁将它们看做是"互补"的关系更为恰当。

再次，在观察前后期政策的变化时，我们应该看到，领导人的决策固然很重要；但起决定作用的，是形势的变化。古语所谓"形势比人强"，即是此意也。例如前期在党的"统战"氛围中对文人采取了比较客气的"礼遇"；这固然和张闻天的处事风格有关，但更重要的，恐怕是这种做法在当时最符合党的总体利益，因而能得到所有人的理解。但当后期延安的形势已和早期不能同日而语时，文艺政策与知识分子政策当然也要随之改变以配合形势的变化。"因时制宜""因地制宜""与时俱进"，正是中国共产党制定各项政策的逻辑依据。

整风期间的 1942 年 9 月 17 日，中央军委亦曾发出《总政治部关于部队中知识分子干部问题的指示》。《指示》强调了军队中对待知识分子的政策有三个方面，即所谓"容""化""用"。"容"即容纳，"化"即使知识分子"革命化""无产阶级化"，"用"即正确的分配他们的工作。[1] 我们认为，"容""化""用"这几个字，尽管体现了中央军委对军队知识分子政策的规范，但倘若把它视作党在延安时期知识分子政策的"变奏曲"，即前期侧重在"容"，后期侧重在"化"，而其目的始终在于对知识分子的"用"，不是更加符合历史的事实吗？

---

[1] 《中共中央文件选集》第 13 册，第 439 页。

第四章

延安文艺政策的演化

1942年，中国共产党以新的文艺政策对延安文艺进行的根本性改造，是20世纪最重要的"文艺事件"，由此开启并一直持续到1970年代的工农兵文艺运动，在20世纪中国文学史中自成一段。这些事实的重要性毋庸置疑，可是怎么评价它却至今仍在争论之中。在当代不少学者眼中，延安文学犹如文学史上不合逻辑的入侵者，它的出现被视为对五四启蒙文学传统的背离：当前林林总总以启蒙视角编著的现代文学史中，延安文学总是带着或隐或显的"不名誉"身份，被当作一个无法处理而又不得不处理的尴尬事实压缩在一个小小的角落里。比如，不少研究者就将延安文艺座谈会召开以后文艺政策的调整视为一个不幸的偶然事件，而对座谈会召开之前文学"繁荣"的"昙花一现"耿耿于怀，对座谈会召开之后作家心态朝向"讲话"所昭示的方向则叹惋不置。那么，延安文艺政策是如何演化的？推动当时延安文艺政策演化的合力有哪些？如何看待延安文艺政策的演化？本章予以初步探讨。

第一节 前期延安的文艺政策

如所周知，1942 年 5 月毛泽东《在延安文艺座谈会上的讲话》（以下简称"讲话"），尤其是 1943 年 10 月这篇讲话的正式发表，以及 1943 年 11 月中共中央机关报《解放日报》刊发《中央宣传部关于执行党的文艺政策的决定》（以下简称《决定》），标志着延安开始有了一个正式的"文艺政策"或"文化政策"。那么，在此之前延安有没有"文艺政策"呢？这是一个首先需要厘清的问题。

事实上，这个问题早在当时就存在着认识上的分歧。比如萧军认为延安没有文艺政策，他说："应当有个政策，否则争论不休，没有标准，难明是非。"[①] 次年的"延安文艺座谈会"上，萧军发言中明确提出："可能时应制订一种'文艺政策'，大致规定共产党目前文艺方针，以及和其他党派作家的明确关系。"[②] 萧军这个意见既公开于参加文艺座谈会的党政要员以及诸多著名作家面前，又见诸党报——《解放日报》，而并未听到质疑或反对的声音，可见关于延安的"文艺政策"有待出台的看法，还是有相当普遍性的。

但是，在徐懋庸更早的回忆中，却提供了与萧军认识不同的反证。徐懋庸回忆说："1938 年 3 月末的一天，毛泽东、康生、张闻天、张国焘出面，代表中共中央和边区政府举行一次宴会，欢迎七八个新到延安的文化人。席间让作家发言，萧军发言的主要意思是'不同意延安的文艺为政治服务的方针，说是把文艺的水平降低了。最后康生作了长篇讲话，阐述党的文艺政策，中间

---

① 王德芬:《萧军在延安》,《新文学史料》1987 年第 4 期。
② 萧军这次发言的底稿以《关于文艺诸问题的我见》为题，发表于 1942 年 5 月 14 日的《解放日报》。

针对萧军的发言，不指名地批评了一通，萧军竟听不下去，中途退席'。"徐懋庸还接着回忆说："此后是中央宣传部召开的一次座谈会，有张闻天和中央宣传部的几位副部长吴亮平、杨松参加，成仿吾作了关于陕甘宁边区文化运动的报告。会上也要我讲话，我说听了成仿吾的报告，我才对党的文化政策，初步有了一个系统的、明确的概念。"[①]

那么，延安究竟有没有"文艺政策"呢？回答这个问题，恐怕要先对"文艺政策"一词本身加以辨析。

诚然，类似于1943年中共中央以"关于执行党的文艺政策的决定"为题，专门发布"文艺政策"的文件，在延安文艺座谈会召开以前，确实不曾有过。但是，可不可以认为，只有以这样的规格、又在文件中冠名"文艺政策"，才算是发布了"文艺政策"呢？问题似乎不是这么简单。事实表明，中共中央在长征结束后对文化以及与之相关的宣传、教育问题的关注度迅速提高，几乎每年都有这方面的文件公布，大致统计如下：

1.《中央为转变目前宣传工作给各级党委的信》（1936年1月27日）；

2.《中央关于宣传教育工作的指示》（1939年5月17日）；

3.《大量吸收知识分子》（1939年12月1日）；

4.《中央关于开展抗日民主地区的国民教育的指示》（1940年3月18日）；

5.《中央关于发展文化运动的指示》（1940年9月10日）；

6.《中央宣传部中央文化工作委员会关于各抗日根据地文化人与文化团体的指示》（1940年10月10日）；

[①]　徐懋庸：《我和毛主席的一些接触》，收入艾克恩编：《延安文艺回忆录》，第85页，中国社会科学出版社1992年版。另见徐懋庸：《徐懋庸回忆录》，第99–100页，人民文学出版社1982年版。

7.《中央宣传部关于充实和健全各级宣传部的组织及工作的决定》(1940 年 4 月 14 日);

8.《总政治部、中央文委关于部队文艺工作的指示》(1941 年 1 月 18 日)

9.《中央宣传部关于党的宣传鼓动工作提纲》(1941 年 6 月 20 日);

10.《中央宣传部关于各抗日根据地报纸、杂志的指示》(1941 年 7 月 4 日);

11.《中央宣传部关于各抗日根据地群众鼓动工作的指示》(1941 年 7 月 10 日)。[①]

从标题上看,以上多数文件的主旨是有关"宣传""鼓动""教育"的;但细察之下可以发现,内中几乎每个文件都程度不同的涉及文化工作(当然也包含文艺工作)的内容,而有的文件主要内容分明就是没有明确为"文艺政策"的文艺政策。这其中较有代表性的是《中央宣传部中央文化工作委员会关于各抗日根据地文化人与文化人团体的指示》。该《指示》内容共十三条,发布之目的是为"为了发展各抗日根据地的文化运动,正确地处理文化人与文化人团体的问题"。[②]内容上看,实为最具体的"文艺政策"。

除上述文件外,直接谈论"文化政策"的还有:

1. 1939 年 8 月 23 日,时任中共中央总书记的张闻天在中共

[①] 参见孙国林、贾桂芳编著:《毛泽东文艺思想指引下的延安文艺》,第 187-194 页,花山文艺出版社 1992 年版。并参考了中央档案馆编:《中共中央文件选集》第 11、12、13 册;中共中央党校出版社,1991 年。

[②] 《中央宣传部、中央文化工作委员会关于各抗日根据地文化人与文化人团体的指示》,收入《张闻天选集》时改为《关于各抗日根据地文化人与文化人团体的问题》。《张闻天选集》,人民出版社 1985 年版,第 290 页。

中央政治局会议的讲话，有一节的标题就是"文化政策"。①此文收入于《张闻天选集》，标题为《支持长期抗战的几个问题》；内容尽管不足三百字，但十分扼要地列举了如"提倡民族化、大众化的文艺，使文艺工作者到民众中去锻炼，在民众中活动"，"我们并不反对少数人从事'专门'的艺术，也不反对少数人有些欧化的倾向，而且还联合这些人反对共同的敌人"以及"我们的文化在内容上是民主主义的（也是三民主义的），并且提倡进行马列主义的宣传"等文化宣传工作的基本政策要点。

2. 1940 年 1 月 5 日，张闻天在陕甘宁边区文化协会第一次代表大会上做演讲，题目是《抗战以来中华民族的新文化运动与今后任务》，内中有一段关于"党的文化政策的话"，摘引如下：

　　进一步研究中国的实际、中国的历史、中国文化的各方面，求得在思想上正确地解决抗战建国中的各种重要问题。

　　大胆地创作、写作、著述、介绍、翻译，来打破各种限制，打破各种陈旧的观点与标准，建立新观点、新标准，以发展学术，提高学术；组织各种文化的、研究的、考察的团体，提倡自由研究、自由思想、自由辩论的生动、活泼民主的作风；建立各种专门研究机关，要求政府及社会团体划出一定的文化经费，以布置必要的文化设备与供给；组织新文化运动大师鲁迅先生的研究会或研究院等。②

---

① 《支持长期抗战的几个问题》，《张闻天选集》，第 241 页，人民出版社 1985 年版。
② 洛甫（张闻天）：《抗战以来中华民族的新文化运动与今后任务》，《解放》周刊第 103 期（1940 年 4 月 10 日）。

并且，他特别强调文化统一战线工作要针对文化的特点和文化人的特点；主张统一战线内部的意见上的某种不一致、意气之争、门户之见，应经过民主的方式来解决各种争论；提倡自由辩论与讨论的风气，争论一时不能解决也不要紧，不必过早做结论；对某个文化人的缺点的提出，也要经过适当的方式。这些，都可以说是张闻天一贯尊重文化人"其人格、其事业、其创作与意见"，"要同他们有真诚恳切的交谊，要有大气量，要谦逊，要能求大同而弃小异"的民主作风的体现。

张闻天的这个报告，首先在共产党的机关报《新中华报》上以"文协举行第一次代表大会"为题进行报道，文中对这个报告以"文化政策报告"相称。①

因而可以说，在文艺座谈会召开以前，尽管中共中央没有出台以"文艺政策"为名的文件，但延安已经有了大致的文艺政策则属无疑。

从以上所列文件中，可以对前期延安文艺政策的特点大致概括如下：

首先，一改对文艺和文艺工作者的轻视，认为文化工作对党的事业成败关系重大，要求各级党政军都要重视文化和文化人工作。

1930 年代中期，中共中央苏区曾在王明的错误领导下搞过一段时间的"肃反"，其间一度对党内知识分子大肆排挤和清洗，对中共的生命力造成严重损伤。长征结束后，张闻天、毛泽东等

---

① 《大会的第二日洛甫同志报告文艺政策》，《新中华报》1940 年 1 月 20 日，第 4 版。

人即开始纠正以往错误的知识分子政策和文化政策。[①]1939 年 5
月的《中央关于宣传教育工作的指示》指出："估计到中央文化
运动（文艺运动在内）在革命中的重要性，各级宣传部必须经常
注意对于文化运动的领导，积极参加各方面的文化运动，争取对
于各种文化团体、机关的影响，特别对于各种文化工作团。"《中
央关于发展文化运动的指示》指出，发展国统区文艺运动的意
义"在目前有头等重要性"，而在根据地，"我们有全部权力来推
行全部文化运动"，"要把运输文化粮食看到比运输被服弹药还重
要"。《总政治部、中央文委关于部队文艺工作的指示》指出："部
队文艺工作是部队政治工作的一个重要部门，因其不仅在于能够
帮助部队的政治教育与宣传鼓动，调节部队生活，提高部队战斗
情绪，而且是密切部队与群众联系及扩大我军影响的有力工具。"

　　其次，带有鲜明的统战性质，强调"文艺战线"的包容性。

　　《中央关于发展文化运动的指示》要求"各根据地上的文化
教育工作，……除党报与党校外，均应与一切不反共的资产阶级
知识分子及小资产阶级知识分子联合去做，而不应由共产党员包
办。要注意收集一切不反共的知识分子与半知识分子，使他们参
加在我们领导下的广大的革命文化战线，应反对在文化领域中的
无原则的门户之见"。《中央宣传部关于党的宣传鼓动工作提纲》
指出应区分大后方、敌占区和根据地的不同情况发展文化运动，
要"团结一切抗日不反共的文化力量，建立文化运动上最广泛的

---

① 参见 1935 年 12 月张闻天起草的党内文件《中共中央关于目前政治形势与党的任
　务决议》,《张闻天文集》，第 2 卷第 41 页；1939 年 12 月毛泽东起草的党内文件
　《大量吸收知识分子》,《毛泽东选集》第 2 卷，人民出版社 1991 年版。毛泽东文
　中说："没有知识分子的参加，革命的胜利是不可能的。"（第 581 页）"全党同志
　必须认识，对于知识分子的正确的政策，是革命胜利的重要条件之一。我们党在
　土地革命时期，许多地方许多军队对于知识分子的不正确态度，今后决不应重
　复；而无产阶级自己的知识分子的造成，也决不能离开利用社会原有知识分子的
　帮助。"（第 583 页）

统一战线，向着一个共同的目标：反对民族敌人——日本帝国主义，反对民族投降主义，反对黑暗复古主义"。

再次，对作家写作的内容限制较少，对作家的生活习惯和工作方式比较宽容。

《中央宣传部、中央文化工作委员会关于各抗日根据地文化人与文化团体的指示》明确要求各根据地"应该重视文化人，纠正党内一部分同志轻视、厌恶、猜疑文化人的落后心理。须知一个在社会上有相当地位、相当声望、能有一技之长的文化人，其作品在对内对外上常常有很大的影响"。"应该用一切方法在精神上、物质上保障文化人写作的必要条件"，"党的领导机关，除一般的给予他们写作上的任务与方向外，力求避免对于他们写作上人为的限制与干涉。我们应该在实际上保证他们写作的充分自由。""估计到文化人生活习惯上的各种特点，特别对于新来的及非党的文化人，应更多的采取同情、诱导、帮助的方式影响他们……""团体内部不必有很严格的组织生活与很多的会议，以保证文化人有充分研究的自由与写作的时间"等。《总政治部、中央文委关于部队文艺工作的指示》则要求："对部队外来的知识分子、文艺工作者，以及文艺工作的实习考察团体，必须以极热忱的、虚心的态度去对待他们，应该着重从他们学取较高的工作技术，对于他们的生活和工作，应给以耐心的帮助和指示，使之接近群众，诱导他们学取部队中朴实坦白的模范作风和实际工作的态度，不要使他们与群众脱离联系，而陷于孤独的生活，因而发生烦闷苦恼等等现象。在部队中分配他们的工作时，要顾虑到他们创作上的便利，要使他们比较有自由的时间和必要的物质条件。"

最后就是在工作内容上注重和鼓励发展通俗化、大众化的文艺运动。

《中央为转变目前宣传工作给各级党委的信》明确要求，"在宣传工作的方式与方法上也必须力求迅速的转变：第一，一切的宣传必须普遍深入，通俗简明，改正过去一些高谈阔论使人厌烦的宣传。更多利用一切活动的宣传方式，利用一切的机会，如各种会议演剧逢场去进行宣传鼓动工作，要多多采用挨户的、口头的、化装的宣传方法。"《中央关于宣传教育工作的指示》也强调"应注重宣传鼓动工作的通俗化、大众化、民族化，力求各种宣传品的生动与活泼，特别注意戏剧、歌咏等等的活动"。《总政治部、中央文委关于部队文艺工作的指示》指出："依据部队的特殊条件和需要，部队文艺工作的组织中心，应该放在通讯写作和戏剧工作上。各部队团以上之政治机关，应有专人负责通讯工作，并应以团为单位建立自己的剧团或宣传队。……还应当在连队中普遍发展歌咏工作。"

第二节　延安作家与文艺政策的调整

张闻天与前期延安文艺政策的关系十分密切，已是不争的事实。[①] 张闻天在 1938 至 1942 年间具体负责中共在文化、宣教方面的工作，上文所列文件中，已经收入《张闻天文集》的就有三篇，即：

1.《中央关于发展文化运动的指示》（1940 年 9 月 10 日）（收入《张闻天选集》时改为《发展文化运动》，第 288 至 289 页，人民出版社 1985 年版）；

———————

① 参见程中原著：《张闻天传》，当代中国出版社 1993 年版，以及傅道磊：《张闻天与延安文艺思想的过渡——毛泽东〈在延安文艺座谈会上的讲话〉前延安文艺指导思想初探》，《齐鲁学刊》1999 年第 2 期。

2.《中央宣传部、中央文化工作委员会关于各抗日根据地文化人与文化团体的指示》（1940年10月10日）（收入《张闻天选集》时改为《正确处理文化人与文化团体的问题》，第290至293页）；

3.《中央宣传部关于党的宣传鼓动工作提纲》（1941年6月20日）（收入《张闻天选集》时改为《党的宣传鼓动工作提纲》，第299至312页）。

除此之外，张闻天在1940年1月4日陕甘宁边区文化界代表大会上做的报告，即中共中央机关报《新中华报》以"文化政策"进行报道的《抗战以来中华民族的新文化运动与今后任务》，集中和宏观地道出了张闻天对于建设"有中国特色的中华民族新文化"的构想，是解读前期延安文艺政策和张闻天文艺思想的重要文献。

有学者已经证实，1935至1942年，"在党的领导者指导文艺运动的文献方面，主要是张闻天的一些党内指示及演讲和大会报告"。① 那么，能否把前期延安文艺政策完全看成是"张记"文艺政策呢？

显然不能。首先，前期延安文艺政策的指导文件除了张闻天的党内指示、演讲和大会报告外，还有更多其他难于考订作者的文件；它们之间在如何对待和管理文艺及文化人工作上，并无原则性的不同，甚至《部队文艺工作的指示》也几乎如出一辙。这些文件应该说是一种相互补充的关系，共同构成了战时延安的文艺政策体系。

其次，即便是张闻天起草的文件，在经过规定程序公布之后

---

① 傅道磊：《张闻天与延安文艺思想的过渡——毛泽东〈在延安文艺座谈会上的讲话〉前延安文艺指导思想初探》，《齐鲁学刊》1999年第2期。

即应视作中共中央高层集体的决定，而非完全张闻天个人的观念；这既是中共民主集中制领导体制的产物，也是中共中央办理文件的程序惯例决定的。

因而可以说，前期延安文艺政策反映了中共中央高层自长征结束后到 1942 年的短暂几年中，在对待文化和文化人工作上比较一致的观念，即努力建立"抗日民族统一战线"，以化解国民党的政治和军事攻势。应当看到，这一政策结出了累累硕果：到 1942 年 5 月之前，延安的文学社团（不含将近三十个"剧团"）有二十个左右，文学刊物二十余种，甚至有相当接近于同仁刊物的《文艺月报》存在着，而"文艺小组""街头诗""诗朗诵"以及"鲁艺""大戏"的演出等各种文艺活动更是令人目不暇接，延安俨然战时中国的另一个文化中心；延安以此在国人面前树立起了"抗战圣地""民主摇篮"的形象，有效地阻击了国民党对共产党、陕甘宁边区的妖魔化宣传，为共产党的政治和军事动员营造了一个非常有利的舆论环境。

延安制定新的文艺政策的原因，既由官方给出过确定不移的结论，也为当年亲与其事的绝大多数参与者的不断回忆所证实。官方不同时期的结论，基本维持了 1943 年 4 月 22 日延安发出的一份党务广播稿《关于延安对文化人的工作的经验介绍》的调子。

应当说，广播稿真实地反映了中共通过整风形成的对于一直以来延安文艺运动的理解，其研究价值不容小视。那么，具体到主持座谈会的毛泽东本人，又是一种什么样的思路与心态呢？

从上文所引徐懋庸的回忆可以推断，毛泽东应该知道延安已有"文艺政策"。但是我们又在他和萧军的对话中了解，他认为延安正忙于"打仗"，无暇制定"文艺政策"。显然，毛泽东的态度有些暧昧。这种"暧昧"，应该主要基于两个方面的原因：第一，中共中央高层并未专门研究文艺问题，也没有就文艺问题形成一致的结论；加之尽管已经出台了若干有关文化、宣传工作的文件，但是，专讲文艺且缜密系统的正式文件却付阙如，因而对"文艺政策"的观感基本上都是"草色遥看近却无"，毛泽东并无例外。第二，毛泽东整风前期忙于应对繁杂的政治与军事问题，每天函电交驰日理万机，且又在做着极其艰巨的改造中共的理论工作，自然对文艺较少关注，形不成对"文艺政策"的明确印象。

应该说，毛泽东对文艺政策的关注，有一定的被动性。这可由他与少年时期的好友萧三的谈话得到证实。1942年整风运动后，毛泽东曾对萧三说："我本来不管文艺的，现在文艺界的问题碰到鼻子上来了，不能不管一下……"[1]准此，如果把座谈会的召开放到整风的大背景下，则可能更接近历史的真相。这个真相简单说来即是：1942年由毛泽东正式发动的全党大整风运动，开始的设计并不涉及文人与文艺，但随着文人在整风中对党的批评使得毛泽东对文人和文艺的关注程度迅速升高。通过密集调研，毛泽东结合自己业已形成的一些不良观感，掌握了延安文人当中存在的所谓"自由主义""和党闹独立性""把艺术放在政治之上""偏重提高而忽略普及"等问题，并响应作家们的一再要求，利用整风中形成的组织气氛、话语环境，将本来针对党内的"整顿三风"运动顺势导向文艺界，通过召开文艺座谈会而制定出新的文艺政策。[2]事实上在座谈会召开之前，中央并未安排文艺界参加整风；要求文艺界整风是在座谈会上及之后5月28日的整

[1]　高陶：《萧三》，第295页，中国青年出版社1991年版。
[2]　胡乔木曾回忆整风和文艺座谈会之间的关系，认为"有可能座谈会前已开始整风，但整不下去，各说各的吧"。胡乔木：《胡乔木回忆毛泽东》，第56页，人民出版社1994年版。

风高级学习组的会议上才确定的。[1] 如果这里的分析不错，那么将文艺座谈会看作整风运动的"副产品"，可谓不虚。

毛泽东对文艺界问题的认识有一个发展过程。较早文人在延安逐渐聚集的统战时期，毛泽东对作家充满了期待，电报追赠丁玲《临江仙》词一事是最好的证明。但毛泽东又始终对文人持有一定程度的保留，诚如周扬 1951 年所披露的，"过去一说'文艺人'，就觉得不好听。毛主席在整风之前对我讲过这样一句话，他说：'你是搞文艺工作的。你要知道，党内并不是那样看重你们的！'在古田会议毛主席就提出了要注意文艺，但是对'文艺人'，对上海来的那些文艺人，就看着不顺眼"。[2] 丁玲在 20 世纪 80 年代重返文坛之后的认识则可能比较准确，她说：

> 毛主席统率革命大军，创业维艰，需要知识分子，也需要作家。他看出这群人的弱点、缺点，从个人角度可能他并不喜欢这些人，但革命需要人，需要大批知识分子，需要有才华的人。他从革命的需要出发，和这些人交朋友，帮助这些人靠近无产阶级，把原有的小资产阶级、资产阶级的个人立场，自觉地彻底地转变过来，进行整风学习，召开文艺座谈会，这都是很好的。[3]

应当看到，在引发毛泽东制定文艺政策的诸多因素中，文人的主动要求也不可忽视。上文所引萧军向毛泽东建言即是一例。分析原因，大概有：

---

[1]　毛泽东：《文艺工作者要同工农兵相结合》，《毛泽东文集》第 2 卷，第 425 页。

[2]　周扬：《在中国共产党第一次全国宣传工作会议上的报告》（1951 年 5 月 15 日），载《周扬文集》第 2 卷，第 68 页，人民文学出版社 1985 年版。

[3]　丁玲：《毛主席给我们的一封信》，《丁玲文集》第 5 卷，第 251 页，湖南人民出版社 1984 年版。

一、政出多门，且时相抵牾，使作家感到无所适从，因而要求中央予以规范，或统一"政策口径"。

由于中共中央彼时并没有形成一个有绝对影响力的权力中心，也由于中共中央没有发布类似后来以"文艺政策"为题的专门文件，这就为对文艺工作比较关心的领导人，依据各自的经验和见解而对文艺政策进行解释留下了很大的空间。又由于他们的看法不尽相同，反映在作家们那里，便常感无所适从。这种情况下，作家要求有一个明确的可以依循的"权威"文艺政策，自属情理之中。

二、作家的文艺见解也不尽相同，由此产生许多争论，急切要求中央出台一个明确的政策以资"仲裁"。

作家来延之后主要被安排在"文抗"和"鲁艺"两个单位。两边在文艺思想上的细微差别，却在后来演化成对立之势。"文革"结束后，周扬在接受美国记者赵浩生采访时明确说，当时延安有两派，一派是以"鲁艺"为代表，包括何其芳，"当然是以我为首"，主张歌颂光明；另一派以"文抗"为代表，"以丁玲为首"，主张暴露黑暗。① 这一说法尽管遭到丁玲丈夫陈明等人的反对，实际上也并非完全空穴来风。严文井曾回忆说：尽管"鲁艺"的《草叶》和"文抗"的《谷雨》"两个刊物的名称都很和平，可是两边作家的心里面却不很和平。不知道为什么，又说不出彼此间有什么仇恨，可是看着对方总觉得不顺眼，两个刊物像两个堡垒，虽然没有经常激烈地开炮，但彼此却都戒备着，两边的人互不往来"。② 何其芳曾发牢骚说："你反对他们（指'文抗'

---

① 赵浩生：《周扬笑谈历史功过》，原载香港《70年代》，1978 年 9 月号，本文引自《新文学史料》，1979 年第 2 期。

② 严文井：《延安文艺座谈会前后》，1957 年 5 月 23 日《新疆日报》。

一派^①）'暴露黑暗'，他们就说你有'宗派主义'，而这些反对者又想不通为什么反对他们'暴露黑暗'就是宗派主义……"^②奚如的文章说："延安文艺界表面上似乎是天下太平的，但彼此在背地里，朋友间，却常常像村姑似的互相诽谤，互相攻击；各以为是，刻骨相轻。"^③客观上说，文艺界对文艺问题有争论本属正常，甚至也是文艺民主的表现。但是，由于"文人相轻"的旧习太深，而且多数左翼作家思想中一元论或独断论的思想相当顽固，他们意识不到文艺见解上的不同本是可以求同存异的，有差异才会有和谐，才会有良好的生态，反而一定要争个是非曲直，甚至常常闹到中央领导面前要求立即给以仲裁。^④左翼作家这种近乎偏执的独断论心态，是他们急于要求一个"政策权威"的重要心理动因。

由于延安作家围绕"歌颂与暴露"问题上的论争，以及上海"左联"时期形成的"宗派"问题引发的各种人事与利益上的纠纷，还有一些为人处事的习惯上发生的"无原则"之争，给人们造成了一个比较消极的观感，被要求仲裁的毛泽东对此自然感同身受；这必然也是毛泽东召开座谈会的原因之一。当然，也许令作家们始料不及的，是新的文艺政策并不完全符合他们的期待。但在当时特定的情势和环境下，他们大多还是心悦诚服地认同和实践了这一政策。

---

① 引者注。
② 何其芳：《毛泽东思想的阳光照耀着我们》，此处转引自邹贤敏：《延安文艺界的一场论争——〈在延安文艺座谈会上的讲话〉历史背景初探》，《抗战文艺研究》1986年第2期。
③ 奚如：《一点意见》，1942年3月12日《解放日报》。
④ 1941年，周扬在《解放日报》上发表了《文学与生活漫谈》。文章尽管主张"在题材、样式、手法等等上必须容许最广泛的范围"，"在延安，创作自由的口号应当变成一种实际"，但由于将延安作家写不出作品的原因归结为"精神上的局促和狭隘"，引起了萧军等"文抗"作家的激烈反对。萧军在反驳文章被《解放日报》拒绝后曾持稿当面要求毛泽东仲裁是非，而被毛泽东巧妙地回避了。

总的来说，促使文艺座谈会召开的因素有多种，要为这些因素的重要性排定顺序既非必要也不可能。但可以肯定的是，毛泽东在《讲话》引言的开头部分阐明的"和大家交换意见，研究文艺工作和一般革命工作中间的正确关系，求得革命文艺的正确发展，求得革命文艺对于其他革命工作的更好的协助，藉以打倒我们的民族敌人，完成民族解放任务"[①]，则是根本性的。

值得关注的还有，以往研究者对后期延安文艺政策或文艺生态的考察，过多集中在《讲话》上，而忽略了另外一些相关文献。其中毛泽东在 5 月 23 日后的 28 日整风高级学习组会议上的讲话《文艺工作者要同工农兵结合》，[②] 堪称《讲话》的姊妹篇，是对毛泽东在"讲话"中未便说明和未能充分展开的思想的补充。它们与 1943 年 11 月《中央宣传部关于执行党的文艺政策的决定》、1943 年 4 月党务广播《关于延安对文化人的工作的经验介绍》以及 1943 年 3 月中央组织部、中央文委组织召开的"党的文艺工作者会议"上凯丰的讲话《关于文艺工作者下乡的问题》以及陈云的讲话《关于党的文艺工作者的两个倾向问题》一起，共同构成了后期文艺工作的政策体系。

第三节　文艺政策的"变"与"不变"

以往的宣传与研究给人们造成的印象或是把文艺政策等同于《讲话》，或是在讲述《讲话》的意义与背景时以《讲话》来否定前期的文艺政策，着力点在于强调前后期文艺政策之不同。1943

---

① 毛泽东：《在延安文艺座谈会上的讲话》，《解放日报》1943 年 10 月 19 日。
② 《文艺工作者要同工农兵相结合》，《毛泽东文集》第 2 卷，第 425 页。

年延安发出的党务广播稿《关于延安对文化人的工作的经验介绍》可谓始作俑者。该广播稿把延安文艺运动发展的情势、党对文化人的政策按照文艺座谈会的召开划界，以后非前，用以突出毛泽东的领导和文艺座谈会的作用。但诚如胡乔木曾指出的，这份整风后期的文件"有些说法是为了突出毛主席的贡献"，"是当时的一种潮流"使然。① 不可否认，前后期文艺政策确有很大的不同。但是，其中连续性的内容并不应该被忽视。

　　首先，前后期文艺政策的最大不同，可以概括为：一、与前期延安文艺政策鲜明的统战性质不同，后期文艺政策则比较强调作家的"党性"，强调作家应该在态度上和工农兵"打成一片"，强调作家不应站在党外说话，而应自觉地成为党的事业的"齿轮和螺丝钉"。二、与前期政策对作家"写什么"与"怎么写"基本上不加管制或限制不同，后期文艺政策不但要求作家为政治服务，为工农兵服务，还明确要求作家应该"歌颂"，反对对延安存在的问题进行所谓"暴露"。《讲话》中说："对于人民，这个人类历史的创造者，为什么不应该歌颂呢？无产阶级，共产党，新民主主义，社会主义，为什么不应该歌颂呢？……这种小资产阶级的个人主义者，当然不愿意歌颂革命人民的功德，鼓舞革命人民的斗争勇气和胜利信心。这样的人不过是革命队伍中的蠹虫，革命人民实在不需要这样的'歌者'。"② 三、后期文艺政策明确了对于"小资产阶级出身并在地主阶级教养下长成的文艺工作者"，鉴于他们"必然"要在和人民群众的结合过程中发生"脱离群众并妨害群众斗争的偏向"，因而必须经过"学习"和"批评"运动以"使这些分子觉悟"。③ 此为后来知识分子思想改造的

---

① 胡乔木：《胡乔木回忆毛泽东》，第53页，人民出版社1994年版。
② 毛泽东：《在延安文艺座谈会上的讲话》，《解放日报》1943年10月19日。
③ 《中央宣传部关于执行党的文艺政策的决定》，《解放日报》1943年11月8日。

源头。

其次，前后期文艺政策仍有很多联系而并未完全断裂。这表现为：一、后期文艺政策仍然强调了文艺和文化人对于党的事业的重要性。《讲话》不是要否定这种重要性，反而正是为了更好地实现这种重要性。这在《讲话》的引言部分以及《中央宣传部关于执行党的文艺政策的决定》中都有明确的说明。比如《中央宣传部关于执行党的文艺政策的决定》谈到："须知……革命文艺与革命文艺家的产生，对于根据地人民事业是有重要意义的。"[①] 二、后期文艺政策依然延续和强化了前期文艺政策对文学上"普及"的要求，如《决定》明确了目前时期"文艺工作各部分中以戏剧工作与新闻通讯工作为最有发展的必要与可能。其他部门的工作虽不能放弃或忽视，但一般地应以这两项工作为中心"。

当然，以上的对比主要是在政策的层面上。在实际操作中，政策层面上的东西确实被放大了。而这种放大，也反过来强化了人们对政策前后差别之大的感觉。

在观察前后期政策的变化时，近些年的研究似乎更倾向于从张闻天和毛泽东的主政风格之不同来寻找一些特殊原因。尽管这种观察不无可取之处，但是更应该看到的则是，共产党政策的"变"与"不变"，都很难说是某个领导人在起关键作用，形势的变化才是根本。例如前期在党的"统战"氛围中对文人采取了比较客气的"礼遇"；这固然和张闻天的处事风格有关，但更重要的，恐怕是这种做法在当时最符合党的总体利益，因而能得到所有人的理解。文艺政策当然也要随之改变以配合形势的变化。有些政策会逐渐演化升华为法律，而有些政策则随生随灭；"变"

———————————

① 《中央宣传部关于执行党的文艺政策的决定》，《解放日报》1943 年 11 月 8 日。

与"不变",端看其运用的效果如何。到目前为止,我们仍能在政治生活中感觉到政策对人的影响好像比法律的影响要大,其实就是中共在其艰苦的"斗争"历史中形成的善于因势利导制定符合形势发展的政策这一施政风格使然。

第四节 毛泽东与张闻天在文艺政策上的共鸣与"纠偏"

张闻天从苏区时期就与毛泽东共事,是毛泽东之前的中共中央书记,在党内负总责。到延安文艺座谈会召开前夕,两人在党内的地位和影响力有所消长。在文艺和文化人的政策问题上,他们有过一些共同的主张,但也存在一些分歧。毛泽东发动的整风运动中,对张闻天主管的文艺和宣传工作有所"纠偏"。

正如党史研究界所公认的,从长征到延安整风之前,毛泽东和张闻天在很多问题上的认识是比较一致的。即如上文所考,他们在推动党内改变长征之前苏区党歧视知识分子政策方面,都起到了非常重要的作用。中共中央进驻延安的前期,这一阶段党的文艺政策可以说是偏向于"放"或"容"。"放"的目的,显然主要是为了配合党"建立最广大的抗日民族统一战线"这一伟大决策的实施。

"放",也使得延安引得天下左翼文士引颈相望,使得延安的文化艺术蓬勃发展,文艺思想十分活跃,各种协会和期刊把延安这块荒寂的文化沙漠点缀得姹紫嫣红,形成了战时中国的一个文化奇观。张闻天的这一文化运作思路,在塑造延安"抗日圣地""民主摇篮"上,厥功甚伟。在"放"这一策略上,毛泽东在这一时期,同样是主张以"放",招徕更多的文化人加入到刚刚恢复生机的党的队伍中来的。事实上,非如此,所谓建立"最广泛的抗日民族统一战线",也就是一句空话。

在关于如何建设、建设什么样的"中华民族新文化"这个理论问题上,两人也有交集。

在中华民族面临亡国灭种的紧要关头,中国共产党人除了以血肉之躯奋起抵御外侮外,也没有忘记思考中华民族的未来。在中国共产党人的眼里,抗战不容悲观,中国民族必将在全民抗战的浴火中走向更伟大的重生。面对民族更加长远的未来,他们做出了气势恢宏的选择。

1940年1月4日,延安历史上空前的文化盛会——陕甘宁边区文艺界代表大会召开。时任中共中央政治局委员、书记处书记兼中央宣传部长的张闻天,为大会作了题为《抗战以来中华民族的新文化运动与今后任务》主题报告。①报告的第三节标题是"中华民族新文化的内容与性质"。张闻天首先讲到新中国须有新文化。中华民族的新文化必须是为抗战建国服务的文化。要完成抗战救国的任务,这个新文化的性质必须是:

> 民族的,即抗日第一,反帝,反抗民族压迫,主张民族独立与解放,提倡民族的自信心,正确地把握民族的实际与特点的文化;
>
> 民主的,即反封建、反专制、反独裁、反压迫人民自由的思想习惯与制度,主张民主自由、民主政治、民主生活与民主作风的文化;
>
> 科学的,即反对武断,迷信、愚昧、无知,拥护科学真理,把真理当做自己实践的指南,提倡真能把握真

---

① 《抗战以来中华民族的新文化运动与今后任务》,原载《解放》(1940年4月10日),第103期。此处引自《张闻天选集》第252-256页。

理的科学与科学的思想，养成科学的生活与科学的工作
方法的文化；

　　大众的，即反对拥护少数特权者压迫剥削大多数
人，愚弄欺骗大多数人，使大多数人永远陷于黑暗与痛
苦的贵族的特权者的文化，而主张代表大多数人民利益
的、大众的、平民的文化，主张文化为大众所有，主张
文化普及于大众而又提高大众。

　　除此之外，张闻天特别强调，"任何一个主义，一种学说，
包办新文化的企图，都是有害的。新文化运动中，除抗日的统一
战线外，应该有各种各样的广泛的文化统一战线"。

　　这表明张闻天将以思想、学说的差异化作为延安文化的基本
政策的立场。尽管张闻天也认为，在新文化中最有地位的，最能
得到推崇的主义与学说，应该是能够为新文化的全部要求的实现
而斗争的马克思列宁主义；但他又说，"为抗战建国服务，以民
族的、民主的、科学的与大众的因素作为自己内容的中华民族新
文化的性质，基本上是民主主义的，以马克思列宁主义的科学理
论为指导的社会主义文化，在新文化运动中起着最彻底的一翼
的作用"。张闻天在这里特别指出，目前的新文化还只是民主主
义的，而马克思列宁主义只是其中"最彻底的一翼"。显然，张
闻天没有以马克思主义来包办、代替、统一其他主义和思想的
观念。

　　张闻天报告之后的第四天，毛泽东也在这次大会上做了《新
民主主义的政治与新民主主义的文化》的报告。毛泽东延安时期
最为重要的思想"新民主主义论"，即由此而来。毛泽东对"新
文化的性质"的阐述，与张闻天如出一辙，都是"四化"，即
"民族的、民主的、科学的、大众的"。如果有什么不同，便是毛

泽东的"四化",没有将"民主的"单列,是他在解释"大众的"的时候,用"这种新民主主义的文化是大众的,因而即是民主的"[1]来表述的。

毛泽东的报告,也没有强调张闻天强调的"任何一个主义,一种学说,包办新文化的企图,都是有害的。新文化运动中,除抗日的统一战线外,应该有各种各样的广泛的文化统一战线"这种思想。

毛泽东的报告对张闻天的报告有所继承,更有所创新。毛泽东最大的创新,就是以"新民主主义"这个更富有理论性和提纲性的概念,为将来中华民族新文化的性质做了新的命名。这个"新概念"的提出,也就使得中国共产党在建设中华民族的新文化这一关系民族未来的大事件上,具有了无可取代的话语权。毛泽东之所以能成为全党的领袖,正在于他能以截断众流的理论勇气和精神魄力,始终从理论的高度,指引着中国共产党走在行动的前列、时代的前列。

毛泽东的报告既高瞻远瞩,又注重策略。毛泽东对战时的"民主"问题究竟如何认识,可从他在1943年6月6日给彭德怀的信中一窥端倪。此信不长,照录如下:

德怀同志:

你在两月前发表的关于民主教育谈话,我们觉得不妥。兹将我的意见列下:例如谈话从民主、自由、平等、博爱等的定义出发,而不从当前抗日斗争的政治需要出发。又如不强调民主是为着抗日的,而强调为着反封建。又如不说言论、出版自由是为着发动人民的抗日

---

[1]《毛泽东选集》第2卷,第708页。

积极性与争取并保障人民的政治经济权利，而说是从思想自由的原则出发。又如不说集会、结社自由是为着争取抗日胜利与人民政治经济权利，而说是为着增进人类互助团结与有利于文化、科学发展。又如没有说汉奸与破坏抗日团结分子应剥夺其居住、迁徙、通信及其他任何政治自由，而只笼统说人民自由不应受任何干涉。其实现在各根据地的民主、自由对于某部分人是太大、太多、太无限制，而不是太小、太少与过于限制，故中央在去年十一月曾发布关于宽大政策的解释，强调镇压反动分子之必要，你在谈话中没有采取此种方针。又如在现在各根据地上提倡实行复决权，不但不利，而且是做不到的。又如说法律上决不应有不平等规定，亦未将革命与反革命加以区别。又如在政治上提出"己所不欲，勿施于人"的口号是不适当的，现在的任务是用战争及其他政治手段打倒敌人，现在的社会基础是商品经济，这二者都是所谓己所不欲，要施于人。只有在阶级消灭后，才能实现己所不欲，勿施于人的原则，消灭战争、政治压迫与经济剥削。目前国内各阶级间有一种为着打倒共同敌人的互助，但是不仅在经济上没有废止剥削，而且在政治上没有废止压迫（例如反共等）。我们应该提出限制剥削与限制压迫的要求，并强调团结抗日，但不应提出一般的绝对的阶级互助（己所不欲，勿施于人）的口号。又如说西欧民主运动是从工人减少工作时间开始，亦不合事实等。你前说的《党内生活》已收到，俟研究后如有意见再告你。①

----

① 《给彭德怀的信》（一九四三年六月六日），《毛泽东文集》第3卷。

由此可见，毛泽东对民主的理解，绝非泛泛，而且最重要的是，毛泽东没有将民主不加任何具体条件的运用，而是特别指出，当前谈论民主，必须从"抗日斗争的政治需要"出发。

笔者认为，毛泽东在探索实现民主的途径上，更多强调了"有经有权"的原则。他和张闻天在对民主这个概念本身的理解上，并没有本质上的不同。

毛泽东对"民主"的瞻顾，还与二战时世界范围内形成的"战争文化"对人们的民主观念的塑造有关。

有学者认为，五四运动发展和强化了两种观念：革命与民主。[①] 革命是对传统和现实的反叛，民主则是人们想像新秩序的价值标准和观念基础。革命与民主并不是一回事，相反，革命过程中常常会与民主发生冲突，甚至以牺牲民主为代价。中国现代历史的发展说明了这样一个事实：发端于五四的激进主义者尽管崇尚民主，但他们对革命的热情常常到了不择手段的地步，甚至可能使他们在某个时期走到民主的反面。这一悖论不但凸显了近代以来中国社会思想的严重危机，也为解读延安时期的战时民主观提供了一个新的视角。

在考察延安文学生态时，陈思和教授提出了"战争文化制约论"，认为二战时期的"战争文化"对文学制度的形成，起到了某种深层次的规范作用。[②] 这为理解延安文学制度的发生，提示了另外一条新的线索。

"一切为了抗战"，这是国共两党在应对国族危机时，为紧急动员各种有形无形战争资材共同打出的一面旗号。文学因为可以鼓舞士气，凝聚民心，遂视为战时物质而被征用，这是理解作为

---

① 欧阳哲生：《自由主义与"五四"传统——胡适对"五四"运动的历史诠释》，欧阳哲生选编：《解析胡适》，第176—178页，社会科学文献出版社2000年版。

② 参见《陈思和自选集》，第68—69页，上海文艺出版社2001年版。

抗战文艺之一分支的延安文艺的一个大框架。

战争文化造就了两种观念。一种是绝对的效率观。为提高决策效率，抓住瞬时即失的战机，必须暂时将多数人的民主让渡给一人来独裁。这既是战争对人类民主的压迫，也是为求得民主必须要忍痛付出的代价。另一种观念是两极式思维范式。美国罗彻斯特大学的弗素教授在《大战与现代记忆》(*The Great War and Modern Memory*) 一书中认为，对事物采取简单的对立化观点是第一次世界大战的特色。当时不管是前线的军事报告、军事用语，或者后方的报纸书刊、日常词汇，无不充斥着两极分化的概念思维。整个世界被看作一个黑白分明、正邪对立的两极分化体，仿佛是两个迥然相异的世界被错误地拼凑在一块，有必要重新把它们按照明确的标准分开来。这一观点的逻辑结果是，人最重要的是在人生这块扩大的战场里站稳一个正确的岗位，所有从这个岗位看来是敌对的，一律可以不假思索地炮轰。这样，人在本来错综复杂的世界上的角色就变得最明确、最简单，而他藉以安身立命的种种道德价值也变得清楚易懂了。这种思维习惯，弗素教授称它作"现代的敌对习惯"(modern versus habit)。^①

战争的效率观强调意志的高度集中，因而"民主"必须要为意志乃至权力的"集中"让道。在这种氛围中，这样的文学观念就很容易得到人们的认同：文学必须正面歌颂人民的力量；思想启蒙或被认为远水难解近渴，缺乏短平快的实战效果，或怕因暴露民族痼病而为敌方利用或者瓦解人民内部力量，而被视同汉奸文艺。尽管理论上的救亡与启蒙并不矛盾，但是，战争要求的效

① 转引自傅葆石：《战争和文化结构的关系》，《复旦学报》1985年第6期。参见《陈思和自选集》，第103页，上海文艺出版社2001年版。

率，却以战争的粗暴方式抑制了五四启蒙话语中的民主内涵。非敌即友的认知模式强调思维的清晰和阵营的分明，服从命令和规定是革命，否则即是反革命，中间不存在不革命，因为按照当时的逻辑，"不革命"就是反革命。这一战时的文化框架既为延安文学的发展造就了一个基本的范型，也为一切话语力量设定了一个发挥作用的方向和限度。毛泽东在延安充分利用了战争这一创建文化规范的契机，将延安的各种力量加以整合，将它们纳入"新民主主义"的运作渠道中。以此来考察毛泽东的"新民主主义文化"的话语历程，以及张闻天的文化生态观，我们就不能简单化地将他们的思想观念对立起来进行考察。

20世纪40年代前期延安各种情势的发展，为毛泽东推动全党"大整风"提供了契机。1942年1月，整风尚未真正开始，张闻天就主动申请率团去陕北和晋西北农村搞社会调查。临行之前，他在中央研究院"以庄重的口吻说，毛泽东同志的学习态度和学习方法始终是扎扎实实的，脚踏实地的，理论密切联系实际的，是全党学习的楷模"，并严厉地进行自我批评："我没有什么值得学习的，我不过是一个缺乏实际的梁上君子罢了。"[1]

张闻天走后，延安的文化宣传事实上由毛泽东接管。1942年1月26日，毛泽东对中宣部的工作重新部署，亲自起草了《中宣部宣传要点》，认为对"主观主义、宗派主义的思想与行动，如不来一个彻底的认真的深刻的斗争，便不能加以克服，非有一个全党的动员是不会有多大效力的"。[2]并接连发表《整顿学风党风文风》和《反对党八股》的讲话，掀起了轰轰烈烈的延安整风运动。

---

[1] 江围：《难忘的岁月》，吴介民主编：《延安马列学院回忆录》，第103页，中国社会科学出版社1991年版。

[2] 《中宣部宣传要点》（1942年1月26日），《毛泽东文集》第2卷，第390—391页。

　　对张闻天主政延安文艺界的公开批评，是在 1943 年 4 月 22 日延安发出的一份名为《关于延安对文化人的工作的经验介绍》的党务广播稿中。此时，整风已经告一段落。广播稿将抗战后共产党对文化人的工作分为三个阶段。第一阶段从抗战初期到陕甘宁边区文协第一次代表大会（1940 年 1 月）。认为在这一阶段内，因为当时共产党忙于抗战，忙于其他工作，对文化人的工作注意不够。又因为当时政治环境还不十分坏，而物质条件也不是那样困难，在文化人中所发生的问题，也不是那样严重。第二阶段从边区文协大会到毛主席召集的文艺座谈会前（1942 年 5 月）。在这一阶段内，在边区文协大会上，毛主席提出了新民主主义的文化，作为团结进步文化人的总目标。"但是毛主席提出的这个方针，当时许多文化工作同志，并未深刻理解，使其变为实际。且强调了文化人的特点，对他们采取自由主义态度。"为了清算文化人身上发生的种种偏向，"中央特召开文艺座谈会，毛主席作了报告与结论，上述的这些问题都在毛主席的结论中得到了解决"。[①] 这就是第三阶段。胡乔木认为广播稿中的有些说法是为了突出毛主席的贡献，如说对毛主席提出的新民主主义文化方针，"文委亦未充分研究，使其变为实际"。这是认为那一段时期张闻天同志领导中央文委工作，搞得不好。这种说法是当时的一种潮流。[②] 无论是广播稿还是胡乔木 20 世纪 90 年代的解释，都表明在当时的延安，对张闻天对待文化人"采取自由主义的态度"，形成了一种广泛的否定性评价。

　　广播稿采取了以整风前后进行对比的笔法来写，确实体现了对张闻天的批评。但实际上，我们更应该从前后两个阶段党的文

---

① 《关于延安对文化人的工作的经验介绍》（1943 年 4 月 22 日党务广播），《陕甘宁边区抗日民主根据地》（文献卷·下），第 449 页，中共党史资料出版社 1990 年版。
② 《胡乔木回忆毛泽东》，第 53 页。

艺政策是在因应形势发展变化而采取的一种灵活性的策略转变这一角度来看待。从这一角度出发,他们之间的差别也就没有"广播稿"所说的那么大;而且,前后之间的继承性,也就会看得越发分明了。

第五章

延安文艺座谈会与文学制度

第一节　延安文艺座谈会动因小考

上文我们对延安文艺政策的分析，强调了这样一个事实：作家因为感觉延安没有一个统一、权威的文艺政策，而向毛泽东建言，希望中央给予文艺政策一个明确说法，是为延安文艺座谈会召开的一大原因。应当说，在这个原因之外，更重要的还是延安文艺界那时的"问题意识"，与当时延安正在开展的"全党大整风"撞了个满怀；而一直密切关注文艺界问题的毛泽东则不得不暂时放下了针对党内问题的"整风"，就势将"整风"导向了文艺界，是为文艺座谈会召开的根本原因。让我们通过相关文献，来还原这一过程。

众所周知，丁玲刚到延安时，毛泽东对她寄予厚望，曾有"纤笔一支谁与似，三千毛瑟精兵"一词电报追赠。这反映了毛泽东对文艺家倾注的满腔期待和极高的热情，希望他们能够组成一支名副其实的"文化大军"，和拿枪的士兵一道，真正发挥教育人民、打击敌人的作用。1938 年 4 月 10 日，毛主席在延安鲁迅艺术学院成立典礼上论述"艺术的作用和使命"时，把经过长征到达陕北的原苏区文化工作者称作"山顶上的人"，把由上海、北平等城市奔赴延安的文化工作者称作"亭子间的人"，说："亭子间的人弄出来的东西有时不大好吃，山顶上的人弄出来的东西有时不大好看。有些亭子间的人以为'老子是天下第一，至少是天下第二'；山顶上的人也有摆老粗架子的，动不动，'老子二万五千里'。"他要求这两部分人都不要以过去的工作为满足，都"应该把自大主义除去一点"，"作风应该是统一战线。统一战线同时是艺术的指导方向"。他还特别讲道："亭子间的'大将''中将'"到了延安后，"不要再孤立，要切实。不要以出名为满足，要在大时代在民族解放的时代来发展广大的艺术运动，完成艺术的使命和作用"。①

文艺界领悟和践行这样的期望，也许注定了要经历很多的曲折与坎坷。

周扬曾回忆作家们刚到延安时的状态说："他们没感觉到是进入了一个新时代，没感觉到有一个要熟悉面前这些新对象的问题。他们还是上海时代的思想，觉得工农兵头脑简单，所以老是想着要发表东西，要在重庆在全国发表，要和文艺界来往，还是要过那种生活。身在延安，心在上海，心在大城市，这怎么成呢？你以为这个问题简单吗？可不简单啊。结合，你怎么结合的了啊，这些人都三四十岁了，有自己的一套，而且有些作家的架子还蛮大的……"②

事实大致如此。在抗战进入相持阶段后，"抗日""干革命"

---

① 毛泽东：《在鲁迅艺术学院开学典礼上的讲话》（1938 年 4 月 10 日），《新中华报》第 432 期，1938 年 4 月 30 日。

② 周扬：《与赵浩生谈历史功过》，《延安文艺回忆录》，第 36 页，中国社会科学出版社 1992 年版。

等崇高行为已经日常化，作家对根据地的不适应以及周边环境对他们的某些不满都开始出现了。一方面，在浪漫的想象和救亡的热情经过时间的消磨后，作家们发现延安和其他根据地并非以前想象的那么理想和完美。应该说，他们的发现确是事实：延安作为国民党中央政权鞭长莫及的一块"飞地"，在经济和文化上相当落后，只是由于大批刚刚到来的军队和"文化人"才稍稍改变了它贫瘠荒凉的面貌；战时的延安还只是一个刚刚有了初步民主的地方，不但当地百姓中存在着诸多落后的观念和行为，就是在刚刚成立的初级民主政权和共产党的部门中，也不可避免地残存着诸如"官僚主义"以及轻视知识分子等不良作风。另一方面，与国统区相比，延安几乎没有新文化的市场，而当地的老百姓也很难接受和欣赏新文艺作品。

由"鲁艺"带动的延安戏剧界争演"大戏"的风气，[①] 以及"鲁艺"的"关门提高"，[②] 也是在当时偏重提高而忽略普及的大气候下发生的。其次，作家对结社和办刊等活动的热衷，也使得他们有意无意地把自己的活动局限于文人内部的小圈子。频繁的文艺社团和刊物的活动，活跃了延安的思想文化气氛，提高了文艺创作的水平。但是，作家之间热闹的交流，与在工农兵中间进行"普及"工作的相对冷清，两相比较，却更加深化了人们对文化人注重"提高"而忽略"普及"的观感。

与此同时，作家们随着对环境观察的加深，和经验积累的增

---

① 延安演"大戏"是在"鲁艺"的带动下形成的。大概从 1940 年前后开始，以"鲁艺"为中心，延安的戏剧舞台上排演了《钦差大臣》《大雷雨》《吝啬鬼》《马门教授》等外国名剧，以及《雷雨》《日出》《北京人》《上海屋檐下》《李秀成之死》等剧目。这些剧目被称为"大戏"。

② 实际上当时"鲁艺"开展的正规化办学还是为后来的戏剧创作和演出培养了很多有成就的专才，但因当时的正规化办学与"普及"的要求不适应，在延安整风后改变。

多，他们对文学与抗战、文学与生活两者之关系以及怎样更好地
发挥文学的作用，也有很多思考，如丁玲、艾青、罗烽、王实
味、萧军等相继发表文章，涉及根据地内以思想启蒙力促抗日救
亡的问题。丁玲在《我们需要杂文》中认为："即使在进步的地
方，有了初步的民主，然而这里更需要督促，监视，中国所有的
几千年来的根深蒂固的封建恶习，是不容易铲除的，而所谓进步
的地方，又非从天而降，它与中国的旧社会是相连结着的。而我
们却只说在这里是不宜于写杂文的，这里只应反映民主的生活，
伟大的建设。"文章最后写道："我们这时代还需要杂文，我们不
要放弃这一武器。"[1] 她的《干部衣服》和《"三八节"有感》两篇
杂文，则对延安逐渐滋生的官本位现象，以及男权以"革命"的
名义对女性所施给的压抑进行了有力的针砭。艾青的杂文《了解
作家，尊重作家》说："作家并不是百灵鸟，也不是专门唱歌娱
乐人的歌妓"，"作家除了自由写作之外，不要求其他的特权。他
们用生命去拥护民主政治的理由之一，就因为民主政治能保障他
们的艺术创作的独立的精神。因为只有给艺术创作以自由独立的
精神，艺术才能对社会改革的事业起推进的作用"。艾青呼吁人
们"从最高的情操上学习古代人爱作家的精神"。[2] 罗烽在《还是
杂文的时代》中认为，尽管自己很希望杂文的时代不要再卷土重
来，但在"光明的边区"也存在着"经年阴湿的角落"，"如今还
是杂文的时代"。他希望今后的《文艺》副刊"变成一把使人战
栗，同时也使人喜悦的短剑"。[3] 萧军在《杂文还废不得说》中认
为现在"我们不独需要杂文，而且很迫切。那可羞耻的'时代'

---

[1] 丁玲：《我们需要杂文》，《解放日报》1941 年 10 月 23 日。
[2] 艾青：《了解作家，尊重作家——为〈文艺〉百期纪念而写》，《解放日报》1942
　　年 3 月 11 日。
[3] 罗烽：《还是杂文的时代》，《解放日报》1942 年 3 月 12 日。

不独没过去，而且还在猖狂"。他进一步指出："剑是有两面刃口的：一面是斩击敌人，一面却应该是为割离自己的疮瘤而使用罢……"①

无可否认，这些带有强烈启蒙意识的文学潮流，具有明显的民族自我批判精神和干预现实的取向。但是，其时的延安，还是一个在战争阴云的笼罩中初步建立起来的民主根据地，急需巩固和完善。对于一个处在战争威胁中的革命政党来说，对文艺的要求，必然首先着眼于其战争动员功能。一切为了战争，是延安考虑各项工作的出发点。由于战争的主体是工农兵，因此，强调文学要以工农兵的欣赏水平为尺度，以工农兵为本位，向工农兵进行"普及"而不是作家的"关门提高"，就是一种理所当然的选择。这种战时功利主义的文学观，将势所必至地成为当时延安及其他根据地对文学的期待和要求。

对于正在集中精力部署党内高层"整风"的毛泽东而言，延安文艺界的这些问题，严重到已经干扰到了党内"整风"的顺利进行：1942年3月23日，在中央研究院创办的整风墙报《矢与的》上，时任中央研究院研究员的王实味②著文严厉批评主持整风的罗迈作风不够民主，呼吁在整风中要"辨正邪"；通过整风发挥正气消灭邪气，"否则亡党亡国亡头的危险，仍不能免"，同

---

① 萧军：《杂文还废不得说》，《谷雨》第5期，1942年6月15日。此处转引自刘增杰等编：《抗日战争时期延安及各抗日民主根据地文学运动资料》（上），第182、183页，山西人民出版社1983年版。
② 王实味（1906—1947），河南潢川县人，1925年考入北京大学预科，1926年秘密加入中国共产党。后因经济原因辍学，辗转于北京、南京、济南、开封等地，依靠写作、翻译和教书谋生。1937年10月抵达延安，在"中央研究院"从事马克思主义理论原著的翻译工作。1942年因接连发表批评延安社会的杂文《野百合花》、《政治家·艺术家》等受到毛泽东和延安文艺界的批评。不久又以"托派分子"的罪名被逮捕。1947年7月由延安转移至山西兴县被秘密处决。1991年2月，经中华人民共和国公安部复查，决定对王实味"在战争环境中被错误处决给予昭雪"。参见黄昌勇：《王实味传》，河南人民出版社2000年版。

时申明自己有至大至刚的"硬骨头"。他的《野百合花》被作为当时延安文学中主张"暴露"风气的代名词而闻名。文章尖锐批评了同志之间缺乏爱与被爱的现实以及存在于延安的所谓等级制度等问题。王实味颇具锋芒的文艺观点则集中表现在另一篇杂文《政治家·艺术家》中。该文着重论述了政治家与艺术家的关系。王实味认为革命事业有改造社会制度和改造人两方面的伟大任务。政治家的任务"偏重于改造社会制度",艺术家的任务"偏重于改造人的灵魂(心、精神、思想、意识)"。社会制度的不合理滋生人灵魂中的肮脏黑暗,人的灵魂的根本改造又依赖于社会制度的根本改造。社会制度的改造过程也就是人的灵魂的改造过程。"政治家的工作与艺术家的工作是相辅相依的。"政治家和艺术家各自都有不同的优点和弱点,但他们的共同点在于"彼此同是带着肮脏黑暗的旧中国的儿女",因而"大胆地但适当地揭破一切肮脏和黑暗,清洗它们,这与歌颂光明同样重要,甚至更重要。揭破清洗工作不只是消极的,因为黑暗消灭,光明自然增长"。为此,王实味呼吁艺术家们"更好地肩负起改造灵魂的伟大任务罢,首先针对着我们自己和我们阵营进行工作;特别在中国,人的灵魂改造对社会制度改造有更大的反作用;它不仅决定革命成功底迟速,也关系革命事业底成败"。[①]

　　王实味的系列杂文发表后,在延安引起震动,也引得毛泽东提着马灯夜晚去看,并当即指出:"思想斗争有了目标了。"[②]并直言:"这是王实味挂帅了,不是马克思主义挂帅。"[③]毛泽东对文艺界问题的估计,严重到了认为作家们要与共产党"闹独立性"

---

① 实味:《政治家·艺术家》,《谷雨》第 1 卷第 4 期,1942 年 3 月 15 日;此处引自《文学运动史料选》第四册,第 594-597 页,上海教育出版社 1979 年版。
② 李维汉:《回忆与研究》(下),第 483 页,中共党史资料出版社 1986 年版。
③ 王首道:《回忆毛主席在延安时期对干部的培养与关怀》,《南方日报》1978 年 12 月 17 日。

的地步。关于整风和文艺座谈会之间的关系问题，胡乔木回忆：
"有可能座谈会前已开始整风，但整不下去。"① 此说为毛泽东选择
开座谈会的时机下了一个注脚。

为能深入了解延安文艺界的动向，毛泽东先后给延安作家萧
军、艾青、欧阳山、草明等人写信或面谈多达一二十次，并让身
为"文抗"支部书记的刘白羽找党员作家座谈，收集各方面的意
见。1942 年 3 月 21 日，毛泽东在《解放日报》改版座谈会上说：
"关于整顿三风问题，各部门已开始热烈讨论，这是很好的现象。
但也有些人是从不正确的立场说话的，这就是绝对平均的观念和
冷嘲暗箭的办法。近来颇有些人要求绝对平均，但这是一种幻
想，不能实现的。我们工作制度中确有许多缺点，应加改革，但
如果要求绝对平均，则不但现在，将来也是办不到的。小资产阶
级的空想社会主义思想，我们应该拒绝。批评应该是严正的、尖
锐的，但又应该是诚恳的、坦白的、与人为善的。只有这种态
度，才对团结有利。冷嘲暗箭，则是一种销蚀剂，是对团结不利
的。"② 这是对延安文艺界"问题"的一个定性。

1942 年 4 月 10 日，中共中央书记处开会正式讨论毛泽东关
于召开文艺工作座谈会的提议，决定以毛泽东、博古、何凯丰的
名义，召集延安作家就作家的立场、文艺政策、文体与作风、文
艺对象、文艺题材等问题交换意见。从中央决定的层面上看，会
议要讨论有关"文艺政策"的问题。

1942 年 4 月 17 日，中共中央政治局讨论延安的学习与检查
工作时，毛泽东说到延安文艺界的情况：现在必须纠正平均主义
和极端民主等问题；文艺界对整风是抵抗的，如晋东南文艺界及

① 《胡乔木回忆毛泽东》，第 56 页。
② 毛泽东：《在〈解放日报〉改版座谈会上的讲话》(1942 年 3 月 21 日)，《毛泽东
　文集》第 2 卷，第 409 页。

萧军等；现在我们进行全党的整风运动，文艺界的党员也应如此，《解放日报》要考试，乘此机会讨论党的文艺政策。[①]

1942 年 5 月 2 日，文艺座谈会召开。文艺界一百多人应邀与会。会议期间，毛泽东一方面在座谈会上与文化人"交换"意见，一方面则在党内高层会议上对座谈会的情况进行"交底"。

座谈会的开场白由毛泽东来作。他说明召开座谈会的"目的是要和大家交换意见，研究文艺工作和一般革命工作的关系，求得革命文艺的正确发展，求得革命文艺对其他革命工作的更好的协助，借以打倒我们民族的敌人，完成民族解放的任务"。接着谈了文艺工作者的立场问题、态度问题、工作对象问题和学习马列主义和学习社会的问题，并说："今天我就只提出这几个问题，当做引子，希望大家在这些问题及其他有关的问题上发表意见。"[②]

引言之后，作家们开始发言。萧军受到丁玲的鼓励第一个讲话，据胡乔木回忆说，萧军的"意思是说作家要有'自由'，作家是'独立'的，鲁迅在广州就不受哪一个党哪一个组织的指挥"。[③]萧军还说：

> 红莲、白莲、绿叶是一家；儒家、道家、释家也是一家；党内人士、非党人士、进步人士是一家；政治、军事、文艺也是一家。既然各是一家，它们的辈分是平等的，谁也不能领导谁。我们革命，就要像鲁迅先生一样，将旧世界砸得粉碎，绝不写歌功颂德的文章。像今天这样的会，我就可写出十万字来。我非常欣赏罗

---

① 转引自陈晋：《文人毛泽东》，第 226 页。
② 毛泽东：《在延安文艺座谈会上的讲话》，《延安文艺丛书·文艺理论卷》（上），第 6 页。
③ 《胡乔木回忆毛泽东》，第 54 页。

曼·罗兰的新英雄主义。我要做中国第一作家，也要做世界第一作家。①

对在延安经常公开对人说"鲁迅是我父亲，毛泽东只是我大哥"②的萧军来说，这番话只是他对文艺与政治，或者说文艺家与政治家关系的基本立场。他的话很长，据蔡若虹回忆，"他身旁有个人时时给萧军添水；一壶水全喝完他的话还没有说完，那个提水壶的人又去后面打水去了"。③

胡乔木说："对这样的意见，我忍不住了，起来反驳他，说文艺界需要有组织，鲁迅当年没受到组织的领导是不足，不是他的光荣。归根到底，是党要不要领导文艺，能不能领导文艺的问题。萧军就坐在我旁边，争论很激烈。他发言内容很多，引起我反驳的，就是这个问题。对于我的发言，毛主席非常高兴，开完会，让我到他那里吃饭，说是祝贺开展了斗争。"④5月16日的第二次会议，毛泽东没有再发言，一直在全神贯注地听，并不时做记录。关于这天的讨论情况，当时在中央研究院文化思想研究室做秘书的温济泽曾详细回忆说：

> 当时有个主席台，不是高台子，而是平地，拉几张桌子铺几块布，上面坐着几个人我记不清了，只记得毛主席坐在当中，朱总司令坐在旁边。当时会场上的民主空气是后来很难想象的，有几个人提了不同的意见，萧军是最"激烈"的一个，他的态度很骄傲，很"蛮横"。

---

① 肖云儒、高杰：《延安文艺座谈会写真》(之三)，《陕西日报》1992年7月2日。
② 肖云儒、高杰：《延安文艺座谈会写真》(之三)，《陕西日报》1992年7月2日。
③ 蔡若虹：《关于延安文艺座谈会的回忆观感》，《光明日报》1999年6月3日。
④ 《胡乔木回忆毛泽东》，第54页。

萧军提的什么具体意见我现在说不清了，但我记得比较清楚的是他这样说，你们共产党现在又开文艺座谈会，又在整风，我觉得你们的整风是"露淫狂"。你们现在整三风，将来总有一天会整六风（他的意思是说你们早就应该整了，而且还应该整得厉害一点，但不相信能整好）。萧军说了以后，底下就争起来了，吴亮平、李又常等同志都发言了。吴亮平起来反驳萧军的时候，赞同萧军的人就起来批他，说你不要在那讲课了，这里不是课堂！另外张庚也发言说，我也不赞成主席的有些意见，提高是非常必要的，我们共产党的文化运动搞了那么多年，难道不要提高吗？周扬大概也有个发言，是维护主席观点的。再有吴奚如（新四军的干部）有个发言，他说我们搞文学的是要有个立场，因为现在不是抗日吗？当时会场很活跃，争论得很激烈。最后朱总司令站起来讲话，他没有批萧军，而是批吴奚如，他说，吴奚如你是人民军队的一名老战士，居然讲出这样的话来，你完全丧失了无产阶级的立场！批得很凶。当时毛主席没有讲话。赞成萧军意见的首先是罗烽。后来就说散会吧，下次开会再通知。在这次讨论会上，毛主席就坐在那里听，不动声色，骂到那种程度，也没有说什么话。①

5月21日座谈会期间，毛泽东在中共中央政治局会议上，就座谈会中反映出来的问题发表自己的意见，他说：我与凯丰召集

---

① 中央文献研究室毛泽东研究组冯蕙、刘益涛1988年8月25日访问温济泽记录（经本人审改）。温济泽当时是中央研究院文化思想研究室秘书。此处转引自陈晋：《文人毛泽东》，第231页。

的文艺座谈会已开了两次，本星期六要结束。现在许多作品描写
的是小资产阶级，对小资产阶级有同情，把自己当作小资产阶级
的代表，对工农及工农干部有恐惧心理。鲁迅的《阿Q正传》是
同情工农的，与延安文艺界是不同的。我们的文艺是为工农兵和
小资产阶级而创作的。柯仲平及戏剧界都赞成为了民众，与张庚
的意见不同，张庚等只主张提高。要注意普及和提高的关系，以
普及为基础来提高，在提高指导下实行普及，同时注意吸收外国
的东西，从群众中吸收新的东西。报纸要提倡与指导群众的文艺
作品，不登打击工农群众的东西。有的人对新的事物没有敏感。
要写代表时代的东西，如苏联描写游击队的《毁灭》。在我们的
军队中，群众中，是能够写出许多有时代意义的作品的。必须达
到文艺和群众的结合。毛泽东还明确提出：延安文艺界的小资产阶
级自由主义很浓厚，整风的性质是无产阶级和小资产阶级的作战。[①]

5月23日会议是毛泽东的结论，就是文艺工作的方针政策。

在会后仅五天的一次中央高级学习组上，毛泽东向大家谈了
他当时的思路："党中央关于知识分子的政策已经有了，但是对
于文学艺术工作，还没有一个统一的很好的决定。现在我们准备
作这样一个决定，所以我们召集了三次座谈会，有一百多同志到
了，有党内的，也有党外的。这次会开得还算好，其目的就是要
解决刚才讲的相结合的问题，即文学家、艺术家、文艺工作者和
我们党的干部相结合，和工人农民相结合，以及和军队官兵相结
合的问题。"[②] 从这里也可以看出，为延安制定出一个文艺政策，
而不是就事论事地解决一些枝节问题，才是毛泽东决意召开文艺
座谈会的直接意图。

[①] 转引自陈晋：《文人毛泽东》，第233页。

[②] 《文艺工作者要同工农兵相结合》，《毛泽东文集》第2卷，第425页，这是毛泽
东在中央高级学习组上的发言的第三部分。

第二节 《讲话》及其他相关体制文件重读

《讲话》问世以后，研究文章层出不穷。对延安文艺制度的研究当然要以《讲话》为中心，但如果仅仅局限于《讲话》，而不注意座谈会以后毛泽东关于文艺问题的谈话、其他领导人的讲话以及中共中央依据讲话制定的政策文本，显然无法对文艺制度进行全面的把握。实际上，它们都在不同程度和不同侧面重申和扩充了《讲话》的内涵，因此作为《讲话》的互文本，在进一步理解和阐释《讲话》中具有参照价值。

首先来看《讲话》版本的变迁。据说，毛泽东演讲时有一个底稿，字写得很大，密密麻麻地写在一张粗糙的稿纸上。这个底稿大概被毛泽东留着。胡乔木在整理时，依据的是当时的记录稿。他说："我根据记录作了整理，主要是调整了一下次序，比较有个条理，毛主席看后很满意。"[①] 从1942年5月口头讲话速记稿，到1943年10月19日的《解放日报》发表稿，再到1953年4月的《毛选》稿，经历了十一年的时间，共有三个版本。[②]

关于记录稿。会议设了一个速记员，而且胡乔木也说明自己整理时依据的是记录稿；这个稿子应当是最真实也最具史料价值的材料，但遗憾的是这个记录稿尚未发现。如果胡乔木所谓他的修改"只是调整了一下次序"不是谦词，则从记录稿到《解放日报》的1943年版变化应该不大。事实上，综合众多与会当事人的回忆，这两个版本差别的确不大。其变化主要有三点：在《引言》的开头部分，毛泽东曾讲过：我们有两支军队，一支是朱总司令的，一支是鲁总司令的。《解放日报》稿变为：手里拿枪的

---

① 《胡乔木回忆毛泽东》，第57页。
② 孙国林：《毛泽东〈讲话〉版本研究》，《延安文艺研究》1987年第2期。

军队和文化的军队。这一修改只是变换一种说法，更加文雅和书面化，没有实质性的变化。在讲到普及和提高的问题时，毛讲过这样的话：你们如果老是《小放牛》，就没有鸡蛋吃了。这是针对柯仲平的发言意思讲的。《解放日报》版省去。这句话过于口语大概也是被省略的一个原因，意思是指大众化不能一直停留在《小放牛》的低级水平上，也不能一直采用一种形式，要在普及的基础上有所提高。这个意思并没有被《讲话》忽略，反而在后面有更多的引申和发挥。在讲批判地吸收优秀文化遗产时，毛泽东讲了一个"古今中外法"：屁股坐在中国的现在，一手伸向古代，一手伸向外国。被《解放日报》版省去的原因大概同上。另外一处则属"无中生有"：《讲话》中并没有，而是在《解放日报》发表时硬加上去的，即在中国，除了封建文艺、资产阶级文艺、汉奸文艺之外，又加上一种"特务文艺"；并说明：在文艺界党员中，除了思想上没有入党的人以外，还有一批更坏的人，"就是组织上加入的也是日本党、汪精卫党、大资产阶级大地主的特务党，但是他们随后又钻进了共产党和共产党领导的组织，挂着'党员'和'革命者'的招牌"。① 这一严厉谴责和警告，大概是为配合 1943 年"审干"形势而添上的。

　　1953 年的"毛选版"和 1943 年的《解放日报》版比较起来，修改之处较多，在内容和文字上共修改二百六十六处。其中删掉原文九十二处，增补文字九十一处，文字修饰八十三处。不过，这不等于两个版本在基本精神、叙述口吻等方面有多大的变化，而应当说这些修改是对《解放日报》版的完善和补充，许多提法更切合中国共产党由一个地方政权过渡到全国性的合法政权之后，与时俱进的新说法。如将"奴隶文化"改为"买办文化"或

① 《胡乔木回忆毛泽东》，第 262 页。

"汉奸文化",将"国民党统治区"改为"大后方",将"朋友"改为"统一战线中的同盟者",将"客观决定主观"改为"存在决定意识",将"封建阶级与资产阶级的旧形式"改为"过去时代的文艺形式",将"无产阶级现实主义"改为"社会主义现实主义"。去掉了"特务文艺"的提法,略去了孔夫子、托尔斯泰的名字,以"圣人贤人"代之。增补的文字中有不少涉及内容。如增加了关于继承文化遗产的目的论述,即:"对于中国和外国过去时代所遗留下来的丰富的文学艺术遗产和优良的文学艺术传统,我们是要继承的,但目的仍然是为了人民大众。"在普及与提高问题上,增加了关于小范围的提高与大范围的提高的关系的论述,在为什么人的问题上,增补了列宁的观点,在团结的基础问题上,增加了"艺术方法"这个内容。但总的看来,改动基本观点的地方,则几乎没有。

有一处改动也许值得一提,就是两个版本在关于"什么是人民大众"的设问上。1953年"毛选版"的回答是:"最广大的人民,占全人口百分之九十以上的人民,是工人、农民、兵士和城市小资产阶级。所以我们的文艺,第一是为工人的,这是领导革命的阶级。第二是为农民的,他们是革命中最广大最坚决的同盟军。第三是为武装起来了的工人农民即八路军、新四军和其他人民武装队伍的,这是革命战争的主力。第四是为城市小资产阶级劳动群众和知识分子的,他们也是革命的同盟者,他们是能够长期地和我们合作的。这四种人,就是中华民族的最大部分,就是最广大的人民大众。"而1943年《解放日报》版的不同之处是在讲到四种人后,说"在这四种人里面,工农兵又是主要的","所以我们的文艺,第一是为着工农兵的,第二才是为着小资产阶级。不应把小资产阶级提到第一位,把工农兵降到第二位"。比较起来,1943年版似乎更特意强调了服务对象的排序问题,强化了听众对两者"名次"先后和"座位"高低的印象。

其次，再从内容来看。《讲话》的内容的确很丰富，但是《讲话》的主旨，或者说是中心思想，却只有一个，其他所有的问题，都是围绕这个问题而展开的。这个中心思想，就是文艺和文艺家必须无条件地为工农兵服务。

《讲话》分前言和结论两部分，两部分放在一起，同样给人逻辑贯通、一气呵成之感。前言部分开门见山，由民族解放这一至高目标的要求，推导出文艺工作亟待解决的五个问题，即：文艺工作者的立场问题、态度问题、工作对象问题、工作和学习问题。几个问题的排列顺序同样呈现出强烈的逻辑联系，其中心就是文艺要为"工农兵及其干部"服务。结论部分基本上是对上述问题的展开。作者首先确立一个方法论上的基本认同，就是：我们都是马克思主义者，马克思主义者讨论问题的方法是从实际出发，而非从定义和教科书出发。实际问题是什么呢？是革命仍然面临着严重和艰巨的任务。在此，作者将革命设定为一个文艺问题的最高逻辑，从而顺理成章地导出自己要谈的"问题的中心"。他说："我们的问题基本上是一个为群众和一个如何为群众的问题。"文艺是为什么人的问题被作者列为头等问题，并强调指出这是一个"根本的问题，原则的问题"。而过去同志间的争论、分歧、对立和不团结，不是发生在这个问题上，他们在这个问题上是一致的，就是轻视工农兵、脱离群众的倾向。因此，"这个根本问题不解决，其他许多问题也就不易解决"。后面所有问题的立论，都由此而发。

一、关于普及和提高。以前因为没有弄清楚为什么人，所以没有正确的标准。既然文艺是为工农兵，"那么所谓普及，也就是向工农兵普及，所谓提高，也就是从工农兵的提高普及，所谓提高，也就是从工农兵提高"。因为只有用工农兵自己所需要，所便于接受的东西普及，"因此在教育工农兵的任务之前，就先有一个学习工农兵的任务"。至于提高，只能是从工农兵群众的基础上去提高，也不是把工农兵提到封建阶级、资产阶级，小资产阶级知识分子的"高度"去，而是沿着工农兵自己前进的方向去提高，沿着无产阶级前进的方向去提高。这里也就提出了学习工农兵的任务。只有从工农兵出发，我们对于普及和提高才能有正确的了解，也才能找到普及和提高的正确关系。

二、关于创造的源与流。革命文艺的源泉，存在于人民的生活之中，因此，"中国的革命的文学家艺术家，必须到群众中去，需要长期地无条件地全心全意地到工农兵群众中去"，然后才有可能进入创作过程。

三、关于专门家和普及工作者的关系。专门家的工作固然可贵，但是必须告诉他们，"一切革命的文学家艺术家只有联系群众，表现群众，把自己当做群众的忠心的代言人，他们的工作才有意义"。"只有代表群众才能教育群众，只有做群众的学生才能做群众的先生。"而如果把自己看做群众的主人，看做高踞于"下等人"头上的贵族，那么，不管他们有多大的能耐，也是群众所不需要的，他们的工作是没有前途的。

四、关于歌颂与暴露。你是资产阶级文艺家，你就不歌颂无产阶级，你是无产阶级文艺家，你就不歌颂资产阶级：二者必居其一。对于人民，这个人类世界历史的创造者，为什么不应该歌颂呢？无产阶级、共产党、新民主主义、社会主义，为什么不应该歌颂呢？小资产阶级的个人主义者，当然不愿意歌颂革命人民的功德，鼓舞革命人民的斗争勇气和胜利信心。而这样的人不过是革命队伍中的蠹虫，革命人民实在不需要这样的"歌者"。

这些事实的存在说明什么呢？说明文艺界中"还存在着作风

不正的东西"，因而"需要有一个切实的严肃的整风运动"。

《讲话》最后落实到如何对待没有解决立场问题和结合问题的"小资产阶级知识分子"上。毛泽东认为，小资产阶级出身的人们总是经过种种方法，也经过文学艺术的方法，顽强地表现他们自己，宣传他们自己的主张，要求人们按照小资产阶级知识分子的面貌来改造党，改造世界。在这种情形下，我们的工作，就是要向他们大喝一声，说：同志们，你们那一套是不行的，无产阶级是不能迁就你们的，依了你们，实际上就是依了大地主大资产阶级，就有亡党亡国的危险。党为要领导革命更好地发展，更快地完成，就必须从思想上和组织上认真地整顿。而为要从组织上整顿，首先需要在思想上整顿，需要展开一个无产阶级对非无产阶级的思想斗争。《讲话》通篇灌注了一种居高临下的价值势能，而尤以这一段的语气最为强烈，所以，不少人听后都有醍醐灌顶、当头棒喝之感。

《讲话》无论在主旨、逻辑还是语气上，都与列宁谈文艺问题非常相近。毛泽东文艺观的渊源比较庞杂，但其主流特别是在20世纪40年代对他起支配作用的文艺观念，是列宁等人的观点。在政治和军事斗争十分激烈的20世纪40年代，毛泽东对列宁等人文艺思想的获取也许难说精研深探，其来源一是胡乔木、周扬等人推荐的材料，二是鲁迅等人翻译的马克思、列宁等的论著，三则是瞿秋白的《海上述林》。

为配合文艺座谈会的召开，《解放日报》从5月14日到23日座谈会结束期间大量刊发了马恩列斯以及苏联文豪高尔基等人论艺术和知识分子的文章。关于苏联文艺政策的计有：《党的组织与党的文学》《恩格斯论现实主义》《拉法格论作家与生活》《对左翼作家联盟的意见》《列宁论文学》等五篇经典性文件。这些文章基本上是1931年到1933年苏联的思想杂志《文学遗产》公开披露的马克思、恩格斯、列宁等关于文学问题的一组通信的部分"摘译"。这些摘译强化了有关作家必须服从和服务于革命以及"人民大众"的内涵，而对其中涉及的作家的"世界观"与"创作方法"的矛盾、作品倾向性和艺术性等问题，则涉及不多。

洪子诚认为，"在毛泽东的文学主张中，政治与文学的关系已被大大地简化；政治是文学的目的，而文学则是政治力量为达到自身目标可能选择的手段之一。"[1] 也许，对于尚处在危急存亡之秋的中国共产党而言，舍此之外的选择，并不太多吧。

毛泽东强调文学必须为政治服务，隐含的话题自然就是文学家也必须服务政治。如此一来，文艺问题也就顺理成章转化为一个关于文艺工作者（小资产阶级知识分子）的问题。从另外一个角度看，《讲话》的主旨尽管是文艺必须为工农兵服务，但是其最终的落脚点，却在知识分子的改造上。事实上，这是《讲话》理论推演的一个内在逻辑。座谈会之后的 5 月 28 日，在整风高级学习组的会议，毛泽东明确了召开文艺座谈会的目的，就是要解决一个"结合"问题，"即文学家、艺术家、文艺工作者和我们党的结合问题，与工人农民结合、与军队结合的问题"。[2] 这个发言，就是著名的《文艺工作者要同工农兵相结合》。

这篇《文艺工作者要同工农兵相结合》的讲话，结构和主旨与《讲话》比较起来相对散漫，其基本意思有这样几个：一是强调为了实现这几个"结合"，又必须"解决思想上的问题"，"就是要破除资产阶级思想、小资产阶级思想的影响，才能转变为无产阶级思想"，"解决了这个思想上的问题，才能够在思想上与无产阶级、与工农大众相结合"，"有了这样的基础，才可能在行动

---

① 洪子诚：《中国当代文学概说》，第 14 页，香港青文书屋 1997 年 6 月版。
② 《文艺工作者要同工农兵相结合》，《毛泽东文集》第 2 卷第 425 页。

上和工农兵、和我们党相结合"。二是说明结合要"脱胎换骨，以工农的思想为思想，以工农的习惯为习惯"，"文艺家要向工农兵取材，要和工农兵做朋友，像亲兄弟姐妹一样"，[①] 如此才能写好工农，教育工农。三是要求"各方面"的同志对文艺工作者暂时不能结合的问题要帮助和原谅，但指出文艺界也必须参加整顿三风，"目的就是要把资产阶级思想、小资产阶级思想加以破除，转变为无产阶级思想"。这也为《讲话》之后强化针对知识分子的整风做了铺垫。

《文艺工作者要同工农兵相结合》可以视作《讲话》的姊妹篇，它的意义不容低估。

文艺座谈会召开之后，延安各界对毛泽东文艺讲话的宣传和学习在次年《讲话》发表后达到高潮。尽管在《讲话》进行当中和刚刚结束之后，《讲话》已经开始被讨论和宣传，例如5月13日，边区政府文化工作委员会戏剧委员会王震之、柯仲平、塞克、萧三、罗烽诸人在文化俱乐部召集戏剧界座谈会，座谈学习毛泽东讲话的引言部分内容，并据此检讨了延安戏剧运动存在的问题。5月26日，边区音乐界抗敌协会第六届会员代表大会在学习《讲话》的基础上，决定举行边区音乐座谈会，讨论音运成绩以及今后工作的方向，音运中的普及与提高等问题。5月30日，"鲁艺"再次邀请毛泽东到校演讲，毛泽东继续发挥《讲话》观点，重点就普及与提高和知识分子与工农兵结合问题发表看法。但是，由于《讲话》并未立即发表（胡乔木解释《讲话》迟至次年10月19日才发表的原因有二：一是因为整理费时，二是"发表还要找个时机，同鲁迅逝世纪念日可能有点关

---

① 《文艺工作者要同工农兵相结合》，《毛泽东文集》第2卷，第430页。

系"①），传播范围毕竟有限，再一个原因就是《讲话》后文艺单位的工作迅速转入揭批王实味和整风运动，对《讲话》的宣讲和学习就暂时搁置。

1943年10月19日，《讲话》正式在《解放日报》全文发表。为配合对《讲话》的学习，中宣部、中组部以及《解放日报》或做指示，或发文件，或登文章，立即掀起了一个学习的热潮。11月7日，中共中央宣传部向全党印发了《关于执行党的文艺政策的决定》，决定第一段指出：10月19日《解放日报》发表的毛泽东同志《在延安谈会上的讲话》规定了党对于现阶段中国文艺运动的基本方针。全党都应该研究这个文件，以便对于文艺的理论与实际问题获得一致的正确的认识，纠正过去各种错误的认识。全党的文艺工作者都应该研究和实行这个文件的指示，克服过去思想中工作中存在的各种偏向，以便把党的方针贯彻到一切文艺部门中去，使文艺更好地服务于民族与人民的解放事业，并使文艺事业本身得到更好的发展。

《关于执行党的文艺政策的决定》最后一段强调：毛泽东同志《讲话》的全部精神，同样适用于一切文化部门，也同样适用于党的一切工作部门。全党应该认识这个文件不但是解决文艺观文化观问题的教育材料，并且也是一般的解决人生观与方法沦问题的教育材料，中央总学委对此已有明确指示，鉴于根据地知识分子大多数都是受过小资产阶级、资产阶级或地主阶级文艺的深刻影响的，在他们中间尤须深入地宣传这个文件。②

这个决定发出以后，全国各解放区结合整风实践，认真学习和贯彻，标志着《讲话》精神的贯彻执行进入到制度化或体制化

---

① 《胡乔木回忆毛泽东》，第58页。
② 《关于执行党的文艺政策的决定》，《解放日报》1943年11月8日。

层面。

　　除了《关于执行党的文艺政策的决定》外，1943 年 4 月 22
日延安发出的一份党务广播稿《关于延安对文化人的工作的经验
介绍》，无论从内容、效力还是传播渠道来说，都可视作文艺制
度构建的核心文本，同样具有不容低估的意义。

　　上文我们对这份党务广播的内容略有涉及，除了前半部分将
"抗战后我们对文化人的工作，主要的是对文艺工作者的工作"
分为三个阶段来叙述外，后半部分类似结论的四点意见，具有鲜
明的政策性：

　　　　检讨我们这几年对文化人的工作，应当得出什么教
　　训，作为今后工作的借鉴，作为各根据地对文化人的工
　　作之参考呢？
　　　　第一、过去我们对文化人的工作，多半只着重于招
　　待、优待他们，而对于在思想上团结他们、教育他们，
　　做得非常不够。优待他们，我们以后还是要继续做。但
　　是，单有优待是不能真正团结他们、教育他们的，而且
　　对文化人本身来说也没有什么好处，不是真正地帮助了
　　他们，倒反而是害了他们。只有我们党积极地采取思想
　　上团结他们、教育他们的方针，才是对党、对文化人都
　　有利的办法。
　　　　第二、过去我们对文化人谈话，对党员文化人谈话
　　也是一样，多半只着重于客客气气，即是见到他们有原
　　则上的错误时，也不严正的、诚恳的、坦白的批评，而
　　只是委婉曲折的带一、二句，这一方面固由于怕文化人
　　受不了，另一方面也由于我们自己采取放任态度。这种
　　办法，长期的经验证明是不能把事情办好的，必须是当

客气的时候客气，当批评的时候就应当批评。对做文化工作的党员，在党的原则问题上尤须严肃，不应迁就落后，造成党内的特别党员，致妨害党的统一与他们政治上的觉悟。

第三、过去我们的想法，总是把文化人组织进一个文协或"文抗"之类的团体，把他们住在一起，由他们自己去搞。长期的经验证明这种办法也是不好的，害了文化人，使他们长期脱离实际，结果也就写不出东西来，或者写出的东西也不好的。真正帮助文化人应当是分散他们，使之参加各种实际工作。

第四、根据文艺座谈会和整风的经验，在有准备有步骤的情况办法之下，是可以把文化人的思想弄通的，而上述的办法（思想及批评及实际工作）都是可以做得到。不过要注意选择适当的时机，即是问题已经暴露，他们思想上又稍有准备的时机，来与他们一道讨论，而得到解决。整风运动是一个最好机会，应当利用整风运动来检查文化人的思想，检查我们对文化人的工作。

广播稿尽管不长，但是条理清晰、逻辑性强，内容涉及知识分子、文化团体、工作时机等，总结"教训"、提供"借鉴"、要求"参考"，每一条都可说是硬邦邦的"干货"。

以上我们就毛泽东的《在延安文艺座谈会上的讲话》、《文艺工作者要同工农兵相结合》，以及中共中央宣传部发出的《关于执行党的文艺政策的决定》以及党务广播《关于延安对文化人的工作的经验介绍》四个文件略作分析。我们认为，四个文件相互补充，有很强的"互文性"。它们对于理解延安当时的文艺制度，是缺一不可的四位一体系列文本。

第三节　《讲话》在国统区的传播

毛泽东讲话后，曾经征求过一些名人的意见。郭沫若作为中国共产党在鲁迅之后树立的"文化旗手"，他对《讲话》会有什么样的反映，自然就显得特别重要。据说，郭沫若用"凡事有经有权"几个字来传达对《讲话》的看法。胡乔木回忆说，这话可能是在郭沫若看了《解放日报》发表的讲话稿之后说的，离发表的时间不会太远。如果很远，毛主席也没有兴趣谈了，会不会是用电报传到延安的？在他的记忆中确实是这几个字。写回忆可以写出来，对这话他完全可以负责。记得清楚："凡事有经有权。"毛主席说，这道理是对的。他说的时候很高兴。这话是毛主席直接跟他讲的，毛主席对"有经有权"的说法很欣赏，觉得得到了知音。[1] 胡乔木认为，毛主席之所以欣赏这个说法，大概是他也确实认为他的讲话有些是经常的道理，普遍的规律，有些则是适应一定环境和条件的权宜之计。[2]

1943年3月15日，中国共产党在重庆主办的《新华日报》正式刊登了延安召开文艺座谈会和毛泽东发表《讲话》的消息。1944年1月1日，《新华日报》用一个整版的篇幅以摘录和摘要的形式刊登了《讲话》的主要内容。4月，林伯渠作为中共代表到重庆与国民党谈判，何其芳、刘白羽等人奉命随同前往，做大后方文艺调查工作，为将来的统战工作铺路。当然，最主要的工作，是负责向重庆文艺界介绍座谈会和整风情况。

何、刘到重庆后在周恩来的安排下，首先找到郭沫若做了详细介绍，然后由郭沫若出面召集座谈会，介绍和学习《讲话》内

---

① 《胡乔木回忆毛泽东》，第60-61页。
② 同上，第269页。

容。郭沫若、茅盾、夏衍等都发表文章或谈话，对《讲话》的精神表示共鸣。郭沫若连续以《一切为了人民》《向人民大众学习》《走向人民文艺》等为题，发表多篇文章，号召进步作家"努力接近人民大众，了解他们的生活、希望、言语、习惯，一切喜怒哀乐的外形和内心，用以改造自己的生活，使自己回复到人民的主位"。夏衍对延安的秧歌剧十分赞赏，他认为三十年来的话剧历史，就是"三十年城市小市民的话剧历史"，只有在延安，文化才走上了"重点放在最大多数的工农之上"的道路，"这不单是现阶段文化文艺工作的正确指标，而且也是有了三十年历史的新文化运动划时代的转变，与最正确的解决"。对《讲话》持明显保留态度的，是胡风。

胡风早在何其芳、刘白羽到来之前，已经对《讲话》的提法表示过不同意见。1944 年 3 月 18 日到 19 日，胡风参加了由冯乃超主持的重庆左翼文艺界人士学习毛泽东讲话的座谈会，他在发言中强调了左翼作家在国统区的任务是与国民党的"反动政策"和"反动文艺"作斗争，而不是"培养工农作家"，也未谈思想改造运动。这次对两人的到来，胡风曾在给舒芜的信中，蔑称他们是"马褂"。[①]

在 1944 年 5 月 25 寄给舒芜的信中，胡风说："有两位从远路来的穿马褂的作家要谈谈云。"胡风的女儿晓风在对此信的注中说，此两人系指从延安来的刘白羽和何其芳。1944 年 7 月 12 日，胡风给舒芜的信中描述何、刘到来后的情形说："因两位马褂在此，豪绅们如迎钦差，我也只好奉陪鞠躬。还有，他们说是要和我细谈，其实已谈过了两次，但还是要细谈。好像要谈出我

---

① 《胡风致舒芜书信选》，晓风、晓谷、晓山整理辑注，《新文学史料》1998 年第 1 期。

的'私房话'，但又不指明，我又怎样猜得着。这一回，我预备谈时请他们出题，我做答案。这是他们特选的机会。"1945 年 1 月 28 日，他给舒芜的信中，说自己参加一个几个人的谈话会的后半会："抬头的市侩首先向《主观》开炮，说作者是卖野人头，抬脚的作家接上，胡说几句，蔡某想接上，但语难成声而止。也有辩解的人，但也不过用心是好的，但论点甚危险之类。最后我还了几闷棍，但抬头的已走，只由抬脚的独受而已。但问题正在开展，他们在动员人，已晓得是古典社会史的那个政客哲学家……你（指舒芜——笔者注）现在，一要预备杂文，二要加紧对这个问题作更进一步的研究。准备迎战。可惜你不能看一看第五位圣人的材料。要再接再厉。"此信晓风注：抬头的市侩指茅盾，抬脚的市侩指叶以群，蔡某指蔡仪，辩解的人指冯雪峰，政客哲学家指侯外庐，第五位圣人疑指毛泽东。①

不久，何其芳又向重庆左翼作家介绍延安思想改造运动时，引起了与会者的强烈反感。胡风回忆说，"会后就有人说：好快。他已经改造好了，就跑来改造我们！连冯雪峰会后都气愤地说：'他妈的，我们革命的时候他在哪里？'"②

胡风写于 1945 年初的论文《置身在为民主的斗争里面》，长期以来被认为是反对毛泽东的《讲话》的罪证。胡风在文中不点名地批评了将"思想改造"庸俗化为"善男信女式的忏悔"的倾向。与胡风观点接近的冯雪峰则在 1945 年到 1946 年发表了《论艺术力及其它》《论民主革命的文艺活动》《题外的话》等一系列文章，系统地批判了正甚嚣尘上的文艺机械论和公式主义。冯雪

---

① 《胡风致舒芜书信选》，晓风、晓谷、晓山整理辑注，《新文学史料》1998 年第 1 期。

② 参见胡风：《再返重庆之二》，《新文学史料》1989 年第 1 期。另外参见李辉：《胡风集团冤案始末》，第 50—52 页，人民日报出版社 1989 年版。

峰尖锐地指出,研究或评价具体作品,"用什么抽象的'政治性'、'艺术性'的代数学式的说法……如果这样地去指导创作,则更坏。"冯雪峰的看法,在当时被认为是"反对毛泽东的"。①1946年6月10日到11日,何其芳在《解放日报》连载《关于现实主义》一文,抨击了画室(雪峰)对《讲话》的态度。

胡风的态度自然也引起了延安和延安来人的极大不满,并招致来自延安的有组织的反击。据何其芳说,早在1945年第一次批判胡风时,批判者即已断定,胡风问题的要害是"对毛泽东的文艺方向的抗拒"。②胡风回忆说,1945年第一次公开批评他时,周恩来即劝胡风要迅速转变认识:一、理论问题只有毛主席的教导才是正确的;二、要改变对党的态度。③但胡风对此认识不足。1948年,香港组织了对胡风的大规模的批判。据楼适夷回忆,邵荃麟曾告诉他,这回香港之所以发起批判,原因是"全国快要解放了,今天文艺界在党的领导下,团结一致,同心协力十分重要,可胡风还搞自己一套"。④胡风的朋友贾植芳先生回忆说,他也曾提醒过胡风,"解放军在战场上节节胜利,党的文化界本应该配合战争加强与国民党的斗争,现在忽然办了一件好像专门是冲着胡风来的刊物,批判的火力也非常集中,这不会是几个文人的偶然冲动"。⑤但胡风却自恃"抗战八年一直跟着共产党走",深信共产党始终相信自己,而把香港方面的批判看作是纯粹个别人的宗派主义的情绪,甚至是一种误会。

胡风之所以一直坚持自己没有反对毛泽东的《讲话》,把对

---

① 陈涌:《关于雪峰文艺思想的几件事》,包子衍、袁绍发编:《回忆雪峰》,第216页,中国文史出版社1986年版。
② 何其芳:《关于现实主义·序》,上海文艺出版社1959年版。
③ 《胡风回忆录》,第337页,人民文学出版社1993年版。
④ 楼适夷:《记胡风》,梅志:《我与胡风》,第7—8页,广西教育出版社1999年版。
⑤ 贾植芳:《在复杂的世界里》,《新文学史料》1992年第1期

自己的批判者看成是一种"误会"，有学者认为，其因盖在胡风
对《讲话》做了扭曲性的解释。[①] 而《大众文艺丛刊》对胡风及
其朋友的批判，则是说"他们处处以马列主义与毛泽东文艺思想
者自居"，指责他们"曲解"马列主义与毛泽东文艺思想，因此
"我们不能不予以纠正"。双方都认为对方是在曲解《讲话》。事
实上，邵荃麟等人基本上按照毛泽东的思想立论，他们比较了解
毛泽东的话语背景，其思维方式与共产党的思维特征是一致的，
把革命导师的话语作为自己的理论武器。而胡风则强调延安的
"一般性"的理论标准不能代表国统区"这一类"的文艺实际，[②]
强调国统区的特殊性。胡风不同意把这些文艺政策不加区分地强
行规定为国统区知识分子也必须无条件接受的理论武器。他说：
"接触到'作家如何才能和人民结合'的问题，就需要理解作家
在过去是怎样和人民结合，或者照理论家所断定的，作家在过去
是怎样'根本'没有和人民结合的实际情形，现在是根据怎样的
'具体历史或现实'来提出这个问题。或者换一个说法，在历史
的道路上，文艺是怎样走了过来的，因而在现实条件和现实要求
里面它现出了怎样的强点和弱点"。[③] 到 1949 年的第一次文代会
上，以《讲话》为核心的毛泽东文艺思想开始在全国文艺界全面
贯彻，延安文学制度作为一种新的革命文学"传统"，也在全国
开始施行。

---

① 　鲁贞银：《论胡风的〈论现实主义的路〉》，《当代作家评论》2001 年第 5 期。
② 　"如果是由于这样的思想态度：'这里所谈的不是这一类的具体历史或现实问题，
　　而是一个原则问题，作为一个一般性的原则问题'，可不可以呢？我以为，不可
　　以。"《论现实主义的路》，《胡风全集》第 3 卷，第 473-474 页，湖北人民出版
　　社 1999 年版。
③ 　《论现实主义的路》，《胡风全集》第 3 卷，第 474 页。

第六章

延安作家的"宗派主义"及影响

延安文艺政策以及知识分子政策的制定过程中，都徘徊着作家群体内部的"宗派主义"魅影。那么，一直饱受争议的"宗派主义"是否存在？它对延安文学政策的制定有哪些影响呢？

第一节　延安文坛曾遭"宗派主义"作祟

"文革"结束不久，周扬在与美国华裔记者赵浩生的一次访谈中直言延安时期文化人中曾经存在着"两派"，一派是以自己"为首"的"鲁艺""歌颂光明"派，另一派是以丁玲"为首"的"文抗""暴露黑暗"派。[①]"访谈"刊出的题目是《周扬笑谈历史功过》，不巧的是，在周扬与记者"笑谈"之时，丁玲还正在为自己的复出艰难地奔波。丁玲在条件稍微改善时即为自己奋力辩

---

① 周扬这段话是"文革"结束后在接受美籍华裔记者赵浩生访谈时说的，先以《周扬笑谈历史功过》为题，刊于1978年香港《70年代》月刊9月号上，后来1979年2月出版的《新文学史料》第2辑上全文转载。发表时，记者特意加文内标题《当时延安有鲁艺"文抗"两派》以为着重。另，周扬此处的回忆有误，文章署名的有五个人：萧军、艾青、罗烽、白朗、舒群。其中艾青并非东北人。

解，坚决否认自己是所谓"文抗派"的头子。① 此后，围绕着周扬"访谈"引发的争议，却一直在相关人物中聚讼不已，也几成周、丁研究中难以绕开的一桩公案。②

　　然而，丁玲可以否认自己曾为"文抗派"的首领，却似无法抹掉 1940 前后宗派主义作祟文坛的事实。盖因"宗派主义"发生之时，也已不再是仅在文人圈内明争暗斗的秘事：1941 年 7 月 17 日至 19 日，周扬在《解放日报》上连续刊发《文学与生活漫谈》一文，引起"文抗"作家萧军、艾青、白朗、舒群、罗烽等人群情激愤，聚辩之后即由萧军执笔写成《〈文学与生活漫谈〉读后漫谈集录并商榷于周扬同志》予以回击。文章寄给了《解放日报》，却被以党报不是自由争论的地方而被退稿。萧军愤于延安的"太不民主"遂将载有周扬文章的报纸和此文送给毛泽东，并表示无法忍受，要求离开。③ 经毛提示，文章发表在萧军自己主编的《文艺月报》上。事以两方沸沸扬扬的笔仗相始终，文艺界在闹宗派主义自然已为延安社会所有目共睹。

　　"宗派主义"还曾是延安文艺座谈会上的一个被公开讨伐的话题。据美术家蔡若虹回忆："诗人艾青的发言很短，他主要是批评周扬是宗派主义的典型。后来在周扬的发言中有一段很幽默，他说：'……好了，现在又多了一个典型，除了哈姆雷特、

---

① 参见丁玲 1979 年 11 月 8 日在中国作家协会第三次会员代表大会上的讲话。见丁玲：《讲一点心里话》，收《丁玲文集》第 4 卷，1984 年 6 月湖南人民出版社出版。又见丁玲：《延安文艺座谈会的前前后后》，《新文学史料》1982 年第 2 期。
② 引起讨论的则有黎辛的系列文章《文艺界改正冤假错案的我经我见》（载《纵横》1999 年第 8 期）、《丁玲同志是一个对党忠实的共产党员》（载《常德师范学院学报》2001 年第 6 期），徐庆全：《丁玲历史问题何以反复》（载《纵横》2005 年第 5 期）、《丁玲历史问题结论的一波三折》（载《百年潮》2000 年第 7 期），陈明：《丁玲在延安——她不是暴露黑暗派的代表人物》（载《新文学史料》1993 年第 2 期）等。
③ 《胡乔木回忆毛泽东》，人民出版社 1994 年版，第 257 页。

堂吉诃德之外，又多了一个周扬。'"①艾青又在座谈会期间出版的《解放日报》著文，誓言延安"必须彻底清除宗派主义，拆毁那些堡垒，拆毁那些障碍物——请它们到宋家川去！……无情地打击造成宗派的理论、批评，以及其他一切的企图。……宗派主义的文艺理论和批评，在中国文艺运动上形成了霸权，现在也还继续强固地存在着。"②

文章显然有感而发，据说并经毛泽东事前审阅。因此，毛泽东对文人"宗派主义"问题的关注，实由作家自身的反映。《胡乔木回忆毛泽东》中记载，毛泽东在延安文艺座谈会召开之前曾与"文抗"的党员作家座谈，他将草明提出的"文艺界有宗派"视作"原则问题"，并当面表示："只有确立起为人民服务的思想并到工农兵中去改造思想，宗派主义问题才能解决。"③这说明毛泽东不但对宗派主义问题有所了解，而且对解决问题也已经有了一定程度的思考。在文艺座谈会的"结论"部分，毛泽东更特别强调："比如说文艺界的宗派主义吧，这也是原则问题，但是要去掉宗派主义，也只有把为工农，为八路军、新四军，到群众中去的口号提出来，并加以切实的实行，才能达到目的，否则宗派主义问题是断然不能解决的。"④

文艺界的不团结几乎令所有文艺界同人感同身受，风暴眼中的周扬本人也对此不满，并希望有所改进。他在第三次"文艺月会"上，就拟了一个讨论提纲《漫谈抗战三年来的文艺运动》，借助"批评家和创作家，怎样'打通心'，怎样合作，互相辅助、

---

① 蔡若虹：《关于延安文艺座谈会的回忆观感》，《光明日报》1999年6月3日。
② 艾青：《我对于目前文艺上几个问题的意见》，《解放日报》1942年5月15日。
③ 《胡乔木回忆毛泽东》，人民出版社1994年版，第258页。
④ 《在延安文艺座谈会上的讲话》，《解放日报》1943年10月19日。毛泽东在这段话里一共5次提到"宗派主义"一词。

批评、统一着前进"①这个话题，想弥合大家的分歧。但萧军等并不相信周扬的诚意，提出"'打'的方法和态度问题"，要他"先'通'了自己，也就是去'私'"，然后再去"打通"别人。②

尽管丁玲强烈否认，但我们却不能不依据大量的文献，得出这样几个基本结论：1.延安文艺界确实存在着宗派问题；丁玲本人也曾在20世纪80年代承认过延安文艺界"当时有派别斗争"。③ 2."鲁艺"和"文抗"是其中两个较大、或者说最有实力也最大的"山头"；由于"鲁艺"与"文抗"当事双方主要是文学界的人物，尤其是"鲁艺"中涉入"宗派主义"问题的基本没有"文学系"之外的音乐、美术与戏剧等系，因而我们讨论的"鲁艺"一方基本上可以缩小至"鲁艺"文学系。3.至于两个"山头"的首领是谁，则似未如周扬所说。

第二节　周扬是"鲁艺派"的首领

周扬是"鲁艺派"的首领，出于其访谈时的自供。而要考其信伪，则须先回到这样一个问题上："鲁艺"是否一个"派"？它是如何练成这样一个"派"？

"鲁艺"的创办，是中共走到延安时期，在对文艺作为一种

---

① 周扬：《漫谈抗战三年来的文艺运动》，《文艺月报》第2期。

② 萧军：《〈文学与生活漫谈〉读后漫谈集录并商榷于周扬同志》，《文艺月报》第8期（1941年8月1日）。

③ 丁玲在一次访谈中，曾对一位研究者说"你们在研究延安文学时不要仅仅把它看成是大专院校的，过去很多提到这段文学时仅仅写'鲁艺'的，'鲁艺'的，那只是一个大专院校嘛！一个大专院校能代表解放区吗？……现在有的研究就把历史歪曲了。当时有派别斗争，但现在的研究可以不带派性啦。"《文协成立始末及其他——丁玲1983年10月28日谈话》，周嘉向整理，《延安文艺研究》1992年第2期。

特殊的意识形态斗争资源，取得了历史性的认识高度后，才决定创办的。中共创办"鲁艺"，一方面是培养急需的文艺宣传人才，更重要的是创办一个"文艺堡垒"；堡垒者，"在冲要地点做防守用的坚固建筑物"也。"鲁艺"因此而在延安文艺界山头林立的"文艺单位"中，占据一个特殊重要的位置。

和"文抗"等协会性质或统战性质的文艺单位相比，"鲁艺"必须严格地、不折不扣地执行党的文艺政策。"鲁艺"的发起由毛泽东和周恩来领衔，"使'鲁艺'成为实现中共文艺政策的堡垒与核心"之教育方针，是由中共中央议定的。中共中央干部教育部部长罗迈在其成立一周年时，负责提出《鲁艺的教育方针与怎样实施教育方针》的总结报告。因此，"鲁艺"主张"歌颂光明"而不主张"暴露黑暗"，也就是再顺理成章不过的事情了。

周扬和"鲁艺"都不会主动或自动地成为一个"派"。然而，"树欲静而风不止"。在围绕"歌颂"或"暴露"的激烈争论几乎撕裂延安文艺界的 1940 年前后，以不尽相同的文艺观点为核心，又加以各种人事矛盾的不断发酵刺激，文艺界的"派"就在所有人的不情愿中悄然滋生了。"鲁艺"即便不想成为一个"派"，也不得不在人们的眼中被看做一个"派"。"鲁艺派"大概就是这样诞生的。

而周扬主动"认领"宗派头目的行为，似乎并非仅是劫难过后大度与超脱的"笑谈"：回到历史看，从办学思想来说，周扬引导着"鲁艺""歌颂光明"的大方向，总体而言实现了将"鲁艺"建成中共"文艺堡垒"的使命；再从行政管理方面来说，"鲁艺"筹办时期周扬就受命于幕后参与组织大计；正式获任"副院长"后，更用心于其专业"根据地"文学系的经营——说周扬是"鲁艺"的"灵魂人物"，也许并不过分。

首先，周扬引领着"鲁艺""歌颂光明"的办院思想，是"鲁艺"的"灵魂"。

周扬主事之后，"鲁艺"的教学逐渐趋向正规化和专门化；在教育思想上，强调以毛泽东1940年1月提出的"新民主主义文化"为指导。尽管"鲁艺"曾被批评追求"大、洋、古""关门提高"，但在政治上还是保持了与中央政策的一致。在周扬的影响下，文学系师生总体赞成"歌颂光明"的创作主张。这一点，一直关注文艺界的毛泽东心里自然有数，因而也就有了他在文艺座谈会召开之前特意到"鲁艺"为文学系师生打气的一幕。[①]毛泽东把"鲁艺"当做"自家人"的言行，极大地鼓励与感染着文学系师生。也许正因为周扬与"鲁艺"坚持执行了中央的文化政策与主张"歌颂光明"，才赢得了毛泽东和中共中央的信任与好感。

其次，就"鲁艺"尤其是文学系的组织而言，周扬依据一种人事逻辑，建构了一个直到建国后其工作仍然着重依靠的人事班底。周扬掌控着"鲁艺"，自然也就"代表"着"鲁艺派"。

这里我们首先要纠正一个流行的误解。一般认为，周扬正式主持"鲁艺"日常工作始于1939年11月28日被任命为副院长之时，而在此之前，似乎并未参与或掌握"鲁艺"的组织人事。的确，如果单从时间上看，"鲁艺"1938年2月发起创建，3月7日公布院系机构和主要负责人名单，3月14日开始上课，4月10日举行开学典礼；在现今"鲁艺"旧址墙面上陈列的"鲁艺"第一至第五届负责人的名单中，周扬没有出现在第一届（1938.4—1938.7）负责人名单上；第二届（1938.7—1938.11）负责人名单，周扬只是兼任文学系的系主任（事实上由沙汀代理）；更缺

[①]　孙国林：《延安文艺座谈会的台前幕后》，《党史博览》2004年第6期；艾克恩：《延安文艺运动纪实——毛泽东〈在延安文艺座谈会上的讲话〉的前前后后》，《新文学史料》1992年第3期。

席第三届（1939.1—1940.1）负责人名单；到第四届（1940.2—1941.3）时周扬才位列"副院长"（兼党团书记）。然而实则大谬不然：1939 年 11 月被正式任命副院长之前，周扬一直充当幕后实际组织者的角色。让我们来还原这个一直隐而不彰的真相：

一、1938 年 2 月"鲁艺"发起创办，周扬名列毛泽东和周恩来领衔的《创立缘起》之九位发起人名单（排名最后）；[1] 也是创立之初公布的"鲁艺董事会"的一员。[2] 周扬又是当时负责学校领导的"院务委员会"成员之一（未见正式公布）。[3] 钟敬之回忆："三月十四日开始上课，作为'鲁艺'开学的第一周。当时负责领导学院工作的是'院务委员会'，由沙可夫、周扬、艾思奇、朱光、李伯钊、徐以新、吕骥、张庚等同志组成。"[4] 这是周扬掌控"鲁艺"大局的基础。

二、据徐懋庸在其"回忆录"中披露，他于 1938 年 5 月 23 日面见毛泽东后，毛推荐其到"鲁艺"工作。徐原话说："他问我：'你的工作已经分配了没有？'我说：'还没有，在文化界抗敌协会只是暂住。'他说：'那么，你到鲁迅艺术学院去工作好吗？我们正在叫周扬筹办这个学院。'"徐则表示："我不想去。"[5] 而"鲁艺"首届行政和教学机构领导成员的公布时间是 1938 年 3 月 7 日（周扬不在其列）。毛泽东在这里这明白告诉徐懋庸的是"我们正在叫周扬筹办这个学院"，可见周扬组织"鲁艺"师资实由党的最高层领导并不那么完全正式的授权；然而，或许正因为

① 载《新中华报》"鲁迅艺术学院周年纪念特辑"，1939 年 5 月 10 日。转引自王培元著：《抗战时期的延安鲁艺》，广西师范大学出版社 1999 年 5 月版，第 7 页。
② 参见孙国林：《延安鲁艺——革命文艺的摇篮》，《党史博彩》2004 年第 8 期。
③ 钟敬之：《延安鲁艺——我党创办的一所艺术学院》，第 8 页，文物出版社 1981 年 8 月版。
④ 钟敬之：《延安鲁迅艺术学院概貌侧记》，《新文学史料》1982 年第 2 期。
⑤ 《徐懋庸回忆录》，第 104 页，人民文学出版社 1982 年版。

"不是完全正式",周扬能做的却反而可能更多。

三、周扬仅以"院务委员会委员"这个"虚衔"而为戏剧系引进了张庚为第一届系主任。[①] 综上所述,周扬尽管没有公开的头衔,却充当着"鲁艺"幕后重要组织者的角色。

而如果梳理文学系师资组成的人事脉络,则周扬深耕"鲁艺"的事实更毋庸置疑。

如所周知,"鲁艺"在开始招生时因师资短缺暂招戏剧、音乐、美术三科,文学系至1938年7月第二届招生时始设,首任系主任为周扬(兼)、沙汀(代)。教员除周、沙外,尚有何其芳、严文井、陈荒煤、萧三、卞之琳五人。是年冬,因沙汀、何其芳率队随一二〇师赴敌后,两人在第二届(1939.1—1940.5)教员中缺席,增加的则有周立波。第三届(1940.2—1943年底)教员仅有何其芳(系主任)、陈荒煤、严文井、周立波、张桂,时间最长而为历届教员中人数最少;第五、六两届为延安文艺座谈会后产生[②],本节暂时不论。要说明的是,此处所引师资名单依据现今陈列于延安"鲁艺"旧址办公室墙上的壁板而来,除了舒群应在第三届教员名单而未在外,其他无缺。舒群进入"鲁艺"有两次,第一次在1940年,第二次则在1944年。旧址陈列明显有误。

引进"鲁艺"文学系的师资,自然是身兼文学系系主任、副院长周扬的分内事。教员除萧三外,全由周扬悉心搜罗而来;而他们与周扬的"关系",则几乎就成了与本文论题高度相关的话题,因此不得不稍费笔墨予以揭示。

一、萧三是众所周知的毛泽东"发小",曾在莫斯科与高尔

---

① 安葵:《张庚评传》,第76、77页,文化艺术出版社1997年8月版。
② 均见延安"鲁艺"旧址办公室壁板陈列。

基有过多次接触，又身披"国际知名大牌作家"的光环。因此，他大概是唯一不经周扬之手直接走"人才绿色通道"进入"鲁艺"的教师。

二、第一批进入"鲁艺"的教员沙汀、何其芳、卞之琳，均系周扬留任，其中沙汀还当上了文学系代主任。[①]沙汀与周扬关系匪浅：沙汀曾由周扬介绍加入左联，并由周扬提名任左联常委会秘书；"两个口号"论争中，沙汀站在周扬一边赞成"国防文学口号"。[②]据胡风夫人梅志回忆："后来胡风在左联工作时，沙汀其实是为周扬做胡风的工作，要他听他们的，不听鲁迅的。从这里也可以看出宗派的由来不在胡风。沙汀是周扬最信任的得力助手。"[③]

何其芳、卞之琳得与沙汀一道被周扬挽留在"鲁艺"，主因自然是他们和沙汀的关系。周扬的识人之明恰又表现在何其芳初到"鲁艺"就写了他到延安后的第一篇散文《我歌唱延安》。这篇文章曾经传诵一时，何其芳因而也被视作"鲁艺"歌颂光明派的代表之一。

三、陈荒煤在上海左联时期亦曾为周扬得力助手，又同为已在"鲁艺"的张庚（戏剧系主任）、吕骥（音乐系主任）志同道合的好朋友。当年，他一到延安就忙着打听"鲁艺"的地址，找到张、吕后当即被邀到"鲁艺"工作（在戏剧系帮张庚看剧

---

① 黄曼君，马光裕编：《沙汀研究资料·沙汀年谱》，知识产权出版社 2009 年版，第 24 页。
② 黄曼君，马光裕编：《沙汀研究资料·沙汀年谱》，第 17、18、21 页，知识产权出版社 2009 年版。
③ 李辉采访胡风胡风夫人梅志时梅志的回忆。见李辉编著：《摇荡的秋千——是是非非说周扬》，第 92 页。海天出版社 1998 年版。

本），① 无疑仍属周扬的核心"人脉圈"。

四、《舒群年谱》记载："1940 年春，周扬通知桂林办事处，让舒群回到延安，任延安鲁迅艺术学院文学系教员。"② 据郭娟在《作家舒群的青春往事》中整理，舒群当年在上海想见鲁迅而不得门径，小说《没有祖国的孩子》无意间却被女作家白薇发现，大加赞扬并转给了周扬，周扬夫人苏灵扬还帮着做了若干修改。小说发表后，周扬、周立波都撰文称赞，一时轰动文坛，被看作周扬提倡的"国防文学"的代表作。③

五、周立波的莅校，由周扬在甫一就任"鲁艺"副院长后急速促成："洛甫、周扬电告在桂林编《救亡日报》的周立波去延安。周立波到延后，被分配在"鲁艺"任编译处处长兼文学系教员，教'名著选读'。"④ 周立波左联时期可谓是周扬事业上的左膀右臂。他们之间源远流长的关系已为学界所熟知，此处不赘。

六、严文井进入"鲁艺"，显然得益于他的"京派"背景。据《严文井评传》："周扬听人说他们这些'小京派'到延安来了，写信给毛主席，请求调他们到陕甘宁边区文化界救亡协会去搞创作。于是，他和刘祖春提前毕业，干上了老本行。"⑤ 在"文协"工作一段时间后，"他找到周扬，要求去鲁迅艺术学院工作。

---

① 严平：《燃烧的是心灵：陈荒煤传》，中国电影出版社 2006 年 1 月版，第 60 页。另陈荒煤和周扬、沙汀、张庚、吕骥的交往情况，可参见陈荒煤著、文化部党史资料征集工作委员会编：《难忘的梦幻曲》一书，中国文联出版社 1994 年 8 月版。
② 董兴泉编著：《中国文学史料全编·现代卷（21）舒群研究资料》第 22 页，知识产权出版社 2010 第 1 版。另见王科、史建国编著：《舒群年谱》第 39 页，作家出版社 2013 年第 1 版。
③ 郭娟：《作家舒群的青春往事》，http://www.eeo.com.cn/2013/1025/251225.shtml。
④ 艾克恩编：《延安文艺运动纪盛》，第 158 页，文化艺术出版社 1987 年 1 月版。另见荣天玙：《周扬与周立波：人生难得一知己》，http://www.iyzx.com/portal.php?mod=view&aid=4679。
⑤ 巢扬著：《严文井评传》第 154 页，希望出版社 1999 年第 1 版。

冬天，他成了'鲁艺'文学系的一名教员"。①

　　鉴于"鲁艺"的特殊地位，除严文井这样小有名气的京派作家愿意攀缘外，像萧军这样名满天下且心怀天下的才俊，自然也会有所属意。据萧军夫人王德芬回忆：

> 　　（他们夫妻）一到延安先住在陕甘宁边区政府交际处招待所，等候分配到哪个单位去合适？过了几天延安鲁迅艺术文学院院长周扬派人把舒群接走了。我和萧军却被"文协"主任丁玲接到"文协"去了。后来才知道：萧军是鲁迅的学生，理应去"鲁艺"文学系任教为宜，经丁玲和周扬联系，周扬坚决不愿让萧军到"鲁艺"去。原因是30年代在上海时期，周扬和鲁迅在对日斗争上有分歧有争论。周扬提出了"国防文学"的口号，鲁迅提出了"民族解放战争的大众文学"口号，舒群是"国防文学"派，代表作是《没有祖国的孩子》，萧军是"民族解放战争的大众文学"派，代表作是抗日小说《八月的乡村》。没有想到两个口号论证的影响会延续到40年代的延安。②

　　基本上，周扬排除了过去和自己有过"过节"的人进入"鲁艺"。这种偏向，是否真的联系着20世纪30年代左联时期的恩怨，似乎在当时已颇受争议。周扬的做法放在中国政治的大环境下来看，似也无可厚非；因为"志同道合"的人组织在一起更容易做事；只是事情做大了，也就自然以"特色"示人，也就容

---

①　巢扬著：《严文井评传》第154页，希望出版社1999年第1版。
②　王德芬：《我和萧军风雨五十年》，第131-132页，中国工人出版社2004年版。

易被人目为"山头"。周扬本意肯定不在"拉帮结伙"把"鲁艺"搞成"宗派",但是,不能不说,其"以人划线"的人事路线,在客观上无疑是宗派问题产生的原因之一。

那么,"文抗"是"一派"吗?

第三节 "文抗":在"派"与非"派"之间

同延安林林总总的文艺协会相比,"文抗"无疑是延安最有实力的文艺单位;但"文抗"又是一个有五十来个驻会作家、会员"五湖四海"、类似"伙食单位"的松散组织,很难称得上的一个共同体意义上的"派"。

"文抗"尽管脱胎于"陕甘宁边区文化界救亡协会"(简称"边区文协")和"陕甘宁边区文艺界抗敌联合会"(简称"边区文联")这两个官方组织,但其作为一个中共团结与组织来延作家的统战单位的基本性质,则似始终如一。"文抗"在与"边区文协""边区文联"的承继与互动中,会员成分相当复杂。许多以前的"边区文协""边区文联"的会员都自动成了"文抗"的会员,"文抗"因而显得"大"而"杂"。据延安"文抗"向"文抗"总会的报告,截至1940年2月15日,"文抗""登记在册的会员六十七人"。[①]在这个广泛容纳了当时延安几乎所有知名作家的团体中,几乎所有"鲁艺"的成名作家(不是驻会作家)自然也都包括在内。而驻会作家则有林默涵、高长虹、马加、罗丹(程追)、石光、高原、方纪、于黑丁、曾克、周而复、柳青、庄

---

① 参见《向总会报告会务近况》,原载《大众文艺》第1卷第1期,1940年4月15日出版;本文引自钟敬之、金紫光主编:《延安文艺丛书·文艺史料卷》,第367—368页,湖南文艺出版社1987年10月版。

启东、魏伯、雷加、高阳、舒群、罗烽、白朗、严辰、陆斐、鲁
藜、李雷、韦明、张惊秋、帅田手、董速、金肇野、崔璇、方
紫、伊明、郑文、王琳、艾青、韦荧、张仃、杨朔、草明、欧阳
山、萧军、刘白羽等四十余人。① 在这份粲然可观的名单中，萧
军、舒群、艾青等"漫谈"事件的主角显然只是"文抗"的一个
极小部分。

周扬本人以及"鲁艺"文学系的教员，均为"文抗"成员，
这显示了"文抗"在组织上的开放性与包容性。周扬与"文抗"
有着不解之缘：1937 年 11 月"边区文协"成立时，周扬与成仿
吾、柯仲平等同为其负责人，以后"边区文协"理事会虽迭经改
选，周扬始终为其理事。周扬还是"边区文联"的发起人，又是
其执委会成员。"文抗"发起时，周扬是发起人之一；在"文抗"
成立的筹备大会上，周扬理所当然被选为理事。"文抗"成立后
不久，周扬与萧三、沙可夫三人（均为"鲁艺"领导）又被理事
会推举为常务理事。1940 年 1 月"文抗"的扩大理事会上选举
的五人常务理事中，"鲁艺"文学系的萧三、周扬、曹葆华占了
其中的三席。其四个下属机构的负责人中，"鲁艺"文学系有萧
三和周扬。1941 年 1 月 4 日在"文抗"年会上选举的 9 人理事以
及在九人理事中进而产生的五人常务理事中，周扬均名列其中。②
同年 8 月 3 日"文抗"第五届会员大会重新选举的 27 人理事中，
萧三、周扬、吴伯箫、周立波、何其芳、陈荒煤、曹葆华等文学
系教师当选，严文井和张庚也列名候补理事名单。这是"文抗"
在文艺座谈会召开之前的最后一次人事调整。

从"文抗"主编的刊物《大众文艺》来看，该刊主编周文，

---

① 艾克恩：《延安文艺运动纪盛》，第 262 页，文化艺术出版社 1987 年 1 月版。
② 参见艾克恩：《延安文艺运动纪盛》第 226 页。

编辑萧三，方纪协编，自 1940 年 4 月 15 日至 12 月 15 日共出刊九期，每期作者来自文学系的几乎总占三分之二。后来取代《大众文艺》而成为"文抗"会刊的《谷雨》（艾青、丁玲、舒群、萧军轮流编辑）共出六期，创刊号上除丁玲的小说《在医院中时》，也有"鲁艺"作家何其芳的诗《饥饿》、吴伯箫的散文《书》、庄启东的诗《塞外杂吟》、周扬的翻译的《艺术与现实之美好的关系》等。据粗略统计，其他五期《谷雨》上，文学系作家的作品也占一半左右。即便是在最具"文抗色彩"的刊物《文艺月报》上，"鲁艺"文学系作者也同样可观。

就"文抗"与"鲁艺"文学系两方面人员的交流情况来看，很难看到"文抗"的"派"性。"文抗"支部书记刘白羽后来回忆说："这两个单位（指"文抗"与"鲁艺"，引者注）聚集了大批作家、艺术家、文艺青年，两处相聚甚远，但来来往往，愈来愈频繁。"[1] 当时的"鲁艺"教员骆文在回答访问时也回答："（文艺界）大体上分为两派。不过"鲁艺"的人私下也和'文抗'的人来往，像我就常去看艾青……"[2] 其实只要我们再查阅一下"文抗"组织的"文艺月会"的活动记录，就能更加清晰地看到两方面人员来往的密切程度：在多数月会上，周扬等"鲁艺"文学系教员往往都还充作主持人。[3]

因此，从总体上看，"文抗"在人事上是包容周扬和"鲁艺"文学系师生的，历史的经纬也表明"文抗"并没有排斥周扬及

---

[1] 刘白羽：《延安文艺座谈会的前前后后》，《人民论坛》2005 年第 5 期。刘白羽的回忆中还说，他对两方面人员频繁的来往颇为不安，于是向主管"文抗"的胡乔木提出，"两处的党组织应当有联系，制止这种不正常的状况"。刘白羽的这一"不正常的状况"的看法，很令人费解。难道两方面人员不通往来就是正常的吗？此处录以存疑。

[2] 李辉：《摇荡的秋千——是是非非说周扬》，海天出版社 1998 年 7 月第 1 版，第 129 页。

[3] 参见艾克恩：《文艺运动纪盛》，第 234-235 页。

"鲁艺"文学系师生的故意与事实；从逻辑上说，如果说"文抗"和"鲁艺"在搞宗派对抗，也就是说周扬在和周扬自己搞宗派对抗，因为周扬既是"鲁艺"的一员，也是"文抗"的会员。在众多解放区作家对延安生活的回忆中，笔者迄今也未发现"鲁艺"文学系师生对"文抗"刻意排外或施行宗派做法的抱怨。把"文抗"和"鲁艺"的历史描述为一种宗派对抗，这只是个别人的一种感受而已；尽管确实有部分"文抗"作家对周扬和"鲁艺"的"关门提高"或"宗派主义"意见很大，但是，更多的恐怕是个人或更小的"小圈子"之间的"宗派"问题，而不是两个单位或"山头"之间的公开的"派"与"派"的对抗。

那么，"文抗派"一说，岂非完全空穴来风？走进历史的细部去看，也不尽然。

当我们在上文着力排除"文抗"是与"鲁艺"对立的一派之流行看法时，是否也意味着同时彻底地消解了这一说法的嫌疑呢？非也。历史在此确有其复杂吊诡之处。

上文我们将考论的重点，放在"作为一个'文艺单位'意义上的'文抗'"不是与"鲁艺"（文学系）对立的"一派"这个问题上。但是，我们并没有也无法否认在"文抗"内部，在某些作家身上，事实上是存在着一些宗派情绪，以致形成了有时还颇为浓郁的宗派空气，在延安那时的上空飘荡。

当文化人从五湖四海奔赴延安时，恐怕没有几个是想来"拉山头"的。唯一例外的，大概只有萧军。萧军坦诚自己有"行帮和英雄主义的想头"，并萌生过在延安结成一个以东北人为核心的小团体的想法。[1] 考察萧军在延安、尤其是在"文抗"的活动，

---

[1]　1940 年 10 月 10 日日记，《萧军日记（1940）》，《新文学史料》2007 年第 3 期，第 39-40 页。

我们不能不说，延安文艺界里的宗派气味，与萧军不无关联。

萧军曾两次来延，第一次停留短暂，第二次则从1940年1月后直到最后撤离。第二次到延后，丁玲"曾建议最好萧军也一同（和舒群一同，引者注）去'鲁艺'，但有关方面没有同意，便留在文协了"。[①] 所谓"有关方面"，大约指的是周扬。据《萧军日记》，萧军来延目的之一，便是"扫荡文坛"。[②] 天马行空、目空一切的个性，使他"不高兴做别人陪衬而存在这里的……"。萧军到延后第一个大的动作就是提议成立新的文艺协会"文抗"。据丁玲回忆："……萧军这个人本身是有英雄主义的，个人英雄主义。'文抗'是他（指萧军，引者注）要搞的，在延安本来没有'文抗'，本来就是我们一个'文协'嘛。他来了，他就要提议，搞"文抗"……有一次在会上他就讲：我要管两个党，管一个国民党，管一个共产党……"[③]

萧军紧接着创办"文艺月会"与出版《文艺月报》，几乎抢尽了延安文艺界的风头。《文艺月报》的编辑情况诚如萧军所述："《文艺月报》底产生本来是跟着'文艺月会'来的……单就编辑人讲，起始本来决定是由舒群'独裁'，因为他那是住在"鲁艺"来往不方便就由萧军代替。后来舒群搬到文协，又施行了少数'民主'。从第七期起，又由萧军独裁了，一直到现在。"[④] 一定程度上可以说，《文艺月报》既是延安最有个性的刊物，也是最

① 丁玲：《延安文艺座谈会的前前后后》，《新文学史料》1982年第2期。
② "我兴奋的时候，总喜欢向人披露自己的心胸，比方我自己决定要秘密做的事，常常要说向人。'扫荡文坛'这雄心竟也和T说了，我当然也希望她能够强健起来作为我一个战友"（1940年9月26日的日记）。《萧军日记（1940）》，《新文学史料》2007年第3期，第28页。
③ 周嘉向整理：《文协成立始末及其它——丁玲1983年10月28日谈话》，载《延安文艺研究》1992年第2期。
④ 编者：《为本报诞生十二期纪念献词》，《文艺月报》第12期（1941年11月25日）。此处转引自雷加：《40年代初延安文艺活动\一\》，《新文学史料》1981年第2期。

有萧军个性的刊物。

而仅有协会与刊物似也难敷萧军来延之愿，他更大的志向是"准备把延安的文艺运动开导和整理出一个规模来，那时即使我走开也是好的"。萧军甚至定出了自己的文艺政策："……对于一般不正的，卑下的文艺见解要纠正过来，对阻害文艺运动发展的东西，要给以扫除与攻击。对于小派别的门户之见，要给以消除——这是我的文艺政策。"①

1941 年 9 月 19 日，萧军在日记中自问："十年来我在中国做了什么呢？"继而列举其"延安时代"的成绩，共有："发起文艺月会"、"编辑《文艺月报》，第一个打击俄国贩子萧三，以及一些不正的倾向。第二打击何其芳的'左'倾幼稚病，立波恶劣作品的影响，雪苇的'形式主义'，周扬的'官僚主义''改进文抗''建立鲁迅研究会''募捐建立文抗作家俱乐部''扫荡耀眼，扶植善良，平抑冤屈，主持正义公理和党方面不正的倾向战斗，不避厉害……'使延安文艺不独开展，而且一般的风气和政策全有了的新的好的转变——这就是我到延安的结果和影响。这是毫没有夸张的。"②

该年年底，萧军日记盘点自己本年的成绩计有："……已做的事：①编八期《文艺月报》，……⑥计划现实新"文抗"底建立，俱乐部筹款，……⑦和毛泽东谈话近六七次，讨论党内外等关系，接着组织部就开始调（查）等工作，此影响甚大，改正了党内一些上下不通以及官僚主义作风。有多少被怀疑的人被理解了。我自问这是我很重要的工作之一。⑧自《文艺月报》出版

① 1941 年 3 月 15 日日记，载《人与人间——萧军回忆录》，第 338 页，中国文联出版社 2006 年第 1 版。
② 1941 年 9 月 19 日日记，载《人与人间——萧军回忆录》，第 355-357 页，中国文联出版社 2006 年第 1 版。

后，经过我的几篇文章，开展了真切的批评作风，'轻骑队'这社会批判壁报，就是在我的影响下发展起来的。接着也引起了《解放日报》底改变，反主管注意各种论文，接着产出了近乎五种文艺刊物……⑩我打击了周扬，立波，何其芳，雪苇等关门主义的作风和过'左'的作风。"① 在这些成绩中，萧军还估计到自己通过与毛泽东的交往，而与毛的关系"是彼此影响着，进步着"。②

除了萧军的"行帮"意识与做派给"文抗"打上的"派性"印记外，在文学观念上，以"《漫谈》风波"几位主角为核心的一个"文抗"内部"小圈子"，基本可说是延安"暴露黑暗派"文学的代表。萧军的文学主张中最鲜明的，就是格外强调文学的独立自主性、非党派性，以及文艺家与政治家"平起平坐""谁也不能领导谁"。③ 文艺座谈会召开前后，艾青《了解作家，尊重作家》、罗烽《还是杂文时代》、萧军《论同志之"爱"与"耐"》、《杂文还废不得说》等文陆续发表。④ 尽管他们在当时四五十人的"文抗"驻会作家中仅占十分之一的比例，但由于他们不断有声音发出来，相对于驻会作家中"沉默的多数"，无论当时还是后来，被人视为"文抗"或"文抗"派的"代表"，也就好像有些道理了。由此看来，把他们与周扬的某些宗派情绪或行为上的对立上升为"鲁艺派"和"文抗派"的宗派主义对立，这既是误解或误会，又似不全是误解或误会。

---

① 1941 年 12 月 31 日日记，载《人与人间——萧军回忆录》，第 358-359 页，中国文联出版社 2006 年第 1 版。

② 1942 年 2 月 10 日日记，载《人与人间——萧军回忆录》，第 365 页，中国文联出版社 2006 年第 1 版。

③ 肖云儒、高杰：《延安文艺座谈会写真》（之三），《陕西日报》1992 年 7 月 2 日。

④ 三篇文章分别依次载于《解放日报》1942 年 3 月 11 日、3 月 12 日、4 月 8 日及《谷雨》第 5 期（1942 年 6 月 15 日）。

　　再来说丁玲。既然作为一个延安"文艺单位"的"文抗"总体上不能被视作一"派",那种把丁玲看成"文抗派首领"的说法也就难以成立;但是,丁玲被周扬当做"文抗派"的首领,除了一些周扬某种隐秘的个人原因外,也非完全空穴来风。

　　首先,丁玲几乎是第一位享誉国统区到延安的知名作家,创办并领衔延安第一个文艺协会"中国文艺协会",组织领导"西战团",又在毛泽东、张闻天等中国高层领导中积累了深厚人脉,是延安文艺界为数不多、足与周扬颉颃的文坛大腕。丁玲善能交际,在文艺界又颇有人气,这一点连毛泽东都注意到了。有一次,抗大的学生到丁玲处玩,正好毛泽东也来看丁玲,他见这么多学生,便笑着对丁玲说:"丁玲,我看这些知识分子很喜欢同你接近,你这里有点像文化人的俱乐部。"毛泽东并指丁玲身上"有点名士气派"。[1]调到"边区文协"后,丁玲是其实际负责人之一。这些因素放在一起,就使得"延安文艺界'头牌'"就不再仅是丁玲的自许[2],而同时也是不少人对丁玲的一种真实印象。丁玲即便不能说对外代表着延安文艺界,至少也堪称其一张耀眼的"名片"。

　　其次,是由于边区文协与"文抗"的关系比较复杂,许多当事人都往往搞混或"习焉不察",以至在 20 世纪 80 年代曾对 40 年代延安文学活动多方考证的当事人雷加也说:"延安有个'文协',为什么又叫'文抗',就说不清了。"[3]又加上 1942 年 2 月丁玲要求调离《解放日报》,专心创作陕北革命题材小说;经中组

---

①　丁言昭:《在男人的世界里——丁玲传》,第 256 页,上海文艺出版社 1998 年第 1 版。
②　丁玲秘书张凤珠回忆丁玲对她"曾不无得意地说过:'我一出台就是挂头牌。'"可见丁玲或有一种"领袖欲"。见张凤珠:《回忆丁玲》,《黄河》2001 年第 1 期。
③　雷加:《40 年代初延安文艺活动》,《新文学史料》1981 年第 2 期。

部同意，离开报社，搬到"文抗"居住写作。^①尽管丁玲的职务、身份已不属于"文抗"，但因住在"文抗"，也就特别容易使人们产生"丁玲一直是'文抗'的人"这样的误解。

　　再次，是在文学观念上，丁玲总的来说比较倾向于文学的批判功能，和"文抗"作家萧军、罗烽、艾青的立场接近而与周扬、何其芳等"鲁艺"作家的立场差距较大。在写于1940年的小说《在医院中时》和《我在霞村的时候》，丁玲暴露了革命阵营内部和农民身上的缺点。发表在1941年1月第1期《文艺月报》创刊号上的《大度、宽容与〈文艺月报〉》，寄望《文艺月报》能"展开深刻的、泼辣的自我批评，毫不宽容地指斥应该克服而还没有克服，或者借辞延误克服的现象"，也许能代表丁玲在延安的办刊思路。任文艺栏主编期间，1941年10月丁玲在《解放日报》上发表《我们需要杂文》，大张旗鼓地为杂文张目。^②到1942年3月11日"文艺栏"出版至一百期，丁玲在副刊一百零一期的"编者的话"中又总结说："在去年10月中就号召大家写杂文，征求对社会、对文艺本身加以批判的短作。"可以说，丁玲对在延安运用杂文干预"黑暗"投入了一定的精力。据《解放日报》副刊编辑黎辛回忆，艾青的《了解作家，尊重作家》、罗烽的《还是杂文时代》发表在《文艺百期特刊》里，是丁玲在"文抗""组织"来的，并由她先看签署"可用"，由陈企霞带回来发表的。^③前有丁玲的《我们需要杂文》，后又有罗烽的《还是杂文的时代》以及萧军的《杂文还废不得说》等，从1940年夏末到1942年春，延安形成了一股带有强烈启蒙意识、民族自我批判精神和干预现实生活的杂文潮，丁玲"功不可没"。给延安各界

---

① 《丁玲年谱长编》第166页。
② 丁玲：《我们需要杂文》，载《解放日报》1941年10月23日。
③ 黎辛：《〈野百合花〉·延安整风·〈再批判〉》，《新文学史料》1995年第4期。

印象深刻、也给丁玲带来大麻烦的《三八节有感》，是延安当时所谓"暴露黑暗"的代表作。有延安文艺界明星作家的"名气"，有半真半假"文抗"作家的"身份"，又有《三八节有感》这样"暴露黑暗"作品的标签，一个倾向于"暴露黑暗"的"文抗派"代表作家的身份，也就必须呼之欲出了。然而，这许多缠绕在作家身上、却早期遗落在历史尘烟深处的是非曲直，又该怎样、向谁去诉说、去辩解？

第四节　"宗派主义"的成因及其解决之道

延安文人中确实存在着"宗派主义"问题，尽管它只发生在少数人与少数人之间，事实并不完全如周扬所说。本文所论也止于 1942 年"延安文艺座谈会"召开之前，这主要是因为会后作家忙于参加整风、审干、下乡等一系列旨在锻炼和转化文化人的活动，延安的社团、刊物几乎一扫而空，以前那种"宗派主义"产生的环境已不复存在了。那么，我们今天该如何认识这一问题呢？

首先，把左联时期、延安时期和"反右"前后这三场次序发生的宗派之争联系起来看，它们之间前后相继、前因后果的关系确有其事。因此，似乎左翼文人的内斗成了他们难以摆脱的历史宿命。曾经的"胡风分子"贾植芳曾总结说："我们的左翼文艺，从创造社、太阳社到左联，一直好斗……左翼文人差不多都好斗。像钱杏村、郭沫若、成仿吾，还有周扬。"① 这是个事实，但

---

① 李辉编著：《摇荡的秋千——是是非非说周扬》第 100 页，海天出版社 1998 年第 1 版。

还不是根本原因。弄清"好斗"的问题，恐怕须从中共诞生和早期生存的处境着手。

如所周知，中共是在秘密状态下发展起来的一个"革命"政党，又在与国民党的合作失败后沦为其"革命"的对象，处于绝对的弱势。在敌强我弱、四面被围甚至随时可能被敌人剿灭的情况下发展，中共逐渐形成了对其成员在道德上绝对纯洁、思想上绝对统一、纪律上绝对严格的要求，因此，不断自我斗争、自我整肃以保证组织内部的纯洁，必然是其战斗力和凝聚力生成的必要手段。"好斗"，就典型地体现了其不断自我整肃的特点。左翼文艺起步于20世纪30年代，正逢中共组织内部的斗争哲学以及对外的"关门主义"大行其道之时，受其感染，加上人事矛盾缠夹其间，文艺界已经悄然滋生了严重的"宗派主义"问题。1940年前后，几乎当年上海宗派的两方人马再次齐聚延安，在文艺观念之争的逗引下"好斗"暗疾再次爆发，庶乎已是命中注定，岂不悲哉？

其次，延安时期的宗派问题，和中国人以人脉、地域结成"圈子"行事的传统有关。左联时期，周扬和鲁迅都在自己熟悉、信任的人中建立自己的圈子发展自己的嫡系，它发生的自然而然，足见"乡土中国"发展出来的这种文化传统之强大。到延安之后，周扬得到重用的机会，就仍然偏向在自己的人脉圈子里建立自己的"系统"；如果"鲁艺"文学系的师资能再"五湖四海"一些，也许"宗派"问题发生的几率就会小很多。正因为周扬在组织"鲁艺"方面的这种偏好过于明显，才刺激了对方潜在的"派"的意识的萌生。"刺激——反应模式"也可以解释延安宗派发生的部分原因。引发周扬与"文抗"激烈对抗的《漫谈》事件"中，执笔与周扬"商榷"的，是"带头大哥"萧军；而其他几位，便是这三位作家再加罗烽的妻子白朗。事实上，在延安文艺界，是仍然隐约可以看出有一个延续了 30 年代上海的"东北作家群"。而这个"群"的"群主"，无疑非萧军莫属①。因此，如果把"鲁艺派"和"文抗派"的宗派斗争，说成是周扬与以萧军为代表的、包含了艾青的"东北作家群"之间的宗派斗争，我想大概是没有多少人反对的。

再次，是五四以来启蒙思想传播发展的偏至，萧军是受其流毒最深的一个。五四以来，在科举制度被废除后已然被边缘化的"士"，在"唤醒中国"的运动中，通过输入、传播西方的"启蒙"价值，又一次重新站到全社会道德和文化的制高点上，并积极塑造了自身在中国启蒙运动中高高在上的"启蒙者"形象。在这一形象的蛊惑下，知识分子往往自视高人一等，对底层百姓一边以"启蒙心态"启其"蒙昧"，一边则"哀其不幸怒其不争"。对团体，则要求特殊；对同类，则"文人相轻"的恶习泛滥，"老子天下第一"。一旦被团体或他人平等相待就视其为冒犯无法容忍，毫无平民心态。萧军及其在"文抗"内结成的"小团体"是之谓也。

最后，是左翼文人在面对思想之争、观念之争时，缺乏相互容忍与宽容的哲学维度，根深蒂固的"一元论"思维模式常常出来作祟，争到最后只能"组织解决"。本来在延安文人中间发生的"歌颂光明"与"暴露黑暗"等文学观念之争以及其他具体的事务之争，并没有真正的对与错，无须动辄都要闹到毛泽东、洛甫等中共中央高层领导那里请求"仲裁"。胡适曾将"容忍比自由更重要"作为自己一生的座右铭，这是胡适超越于一般五四人

---

① 《文艺月报》第九期"两月间"消息栏内曾载"于本年'九·一八'纪念日东北籍文艺工作者于'文抗'内成立'九·一八文艺社'，研究东北历史，风土，社会及联络各地文艺工作者为中心工作"。未知是否萧军的创意。见雷加：《40 年代初延安文艺活动\四\》，《新文学史料》1982 年第 1 期。

物高明的地方，也是胡适对五四思想的重大贡献。但胡适又在阐发这一"人生哲学"时，将其视为个人"修养""习惯"的产物，则又有新的偏颇。胡适"通过个人修养达成容忍"的自由主义，还是"道德论"意义上的；关键时候能不能容忍得住，还要看一个人的"修养"如何。这种建立在道德论意义上的"容忍主义"其实意义不大。而能将"容忍""宽容"奠基于人类发展前途的哲学，是"知识论"基础上的自由主义和"容忍主义"哲学：因为人类（我们）的无知以及人类（我们）自身理性的局限，尚无法准确判明他人（对方）的对错，因而人类（我们）需要容忍和宽容他人。"知识论"基础上的"容忍主义"显然是对"人类中心主义""自我中心主义""工具理性主义"等威胁人类发展的思想病症的一个解药。思想、主义、观念之争，最好还是让其在相互容忍与宽容中"百家争鸣"，而不要用"一元论"的思维方式，解开这个方程。

第七章

周扬与"鲁艺"文学系的人事组织

——延安文艺界的人事任免与人事组织案例

"鲁艺"作为中共创办的第一所真正意义上的艺术学院,办学只有短短几年,却基本达成了"实现中共文艺政策的堡垒和核心"之愿景;同样重要的,还有"鲁艺"培养了大批战时急需的文艺人才,以及中华人民共和国成立后各级文艺部门的领导骨干。就此而言,"鲁艺"在左翼文艺运动史上的地位堪称中共的文艺"黄埔军校"。而这一切,又都和周扬的名字连在一起。

"鲁艺"先后设戏剧、音乐、美术、文学四科。大概因为文学出身吧,周扬在组建文学系师资队伍上堪称苦心孤诣。周扬的这些努力,是使文学系在办学方向上得与党的建校初衷达成基本一致的必要前提。延安文艺座谈会召开前夕,毛泽东亲赴"鲁艺"为师生"打气",从一个侧面证明了毛泽东对周扬的某种认可。本章考察周扬在组织"鲁艺"文学系师资过程中与相关人物的互动情况,对其用人倾向进行历史分析,并对左翼文化界中的某些积弊略陈短见。

第一节　"两个口号"在延安与周扬的新机遇

周扬在 20 世纪 80 年代与记者"笑谈"延安往事时，坦承自己是"鲁艺派"的首领①。周扬能成为"鲁艺"的"核心"与"灵魂"，有其特定的历史因缘。

如所周知，20 世纪 30 年代上海左联时期的"两个口号"之争后，周扬不得不戴着鲁迅怒赠的"四条汉子"之一、"手拿皮鞭的工头""奴隶总管"等头衔以"戴罪"之身等待上级发落。然而长征结束后，中共中央及时调整了战略部署，做出了再次与国民党合作建立全民族抗日统一战线的决定。这大概是中共在军事被动难以短时扭转之际，转而从政治和文化方面寻求突围的理想策略。延安这块国民党统治的"飞地"正百业待兴，将已经暴露的上海左翼文化人撤至延安开展文化拓荒，也就顺理成章而"收之桑榆"。周扬因而得以奉中共中央之命第一批从上海调至延安，时在 1937 年 10 月。

到后不久，周扬就渐次担任边区文协主任、教育厅长等职。1938 年 2 月"鲁艺"创办后不过数月，周扬便从"发起人"而至实掌"鲁艺"大权的副院长。周扬又是延安几乎所有重要文艺社团和刊物的领衔人物；每当延安有重要文化活动之时，其名字往往能和毛泽东、张闻天等人的名字一起出现在各种文化活动安排和报道的名单上。显然，周扬已经摆脱了"两个口号"之争带来的被动，而获得了中央高层的信任。原因何在呢？

首先便是围绕"两个口号"争论之是是非非，毛泽东并未苛责周扬，而是实事求是、设身处地地予以理解。这一点在急于到

---

① 本文系教育部课题"延安文学制度研究"（13JYA751069）的阶段性成果。赵浩生：《周扬笑谈历史功过》，《新文学史料》1979 年第 2 辑。

延安寻求澄清的徐懋庸的回忆中，有清晰的证明。徐懋庸回忆在面见毛泽东时得到他对"两个口号"论争的六点指示：

> （1）关于两个口号的争论的问题，周扬同志他们来到延安以后，我们已经是基本上有所了解。今天听了你们所谈的，有些情况使我们更清楚一些，具体一些。（2）我认为，首先应当肯定，这次争论的性质，是革命阵营内部的争论，不是革命与反革命之间的争论。你们这边不是反革命，鲁迅那边也不是的。（3）这个争论，是在路线政策转变关头发生的。从内战到抗日民族统一战线，是一个重大的转变。在这样的转变过程中，由于革命阵营内部理论水平、政策水平的不平衡，认识有分歧，就要发生争论，这是不可避免的。其实，何尝只有你们在争论呢？我们在延安，也争论得激烈。不过你们是动笔的，一争争到报纸上去，就弄得通国皆知。我们是躲在山沟里争论，所以外面不知道罢了……（6）但错了不要紧，只要知道错了，以后努力学习改正，照正确的道路办前途是光明的。[①]

可见毛泽东并未将"两个口号"论争予以负面的看待，也没有归罪于任何一方。陈荒煤的回忆还证明毛泽东似乎更加倾向于"国防文学"：

> 例如不久前，发现了一个资料，有一本书叫做《西

---

① 徐懋庸：《徐懋庸回忆录·我和毛主席的一些接触》，第106-107页，转引自王韦主编：《徐懋庸研究资料》，江西人民出版社1985年版。

北特区特写》，其中有一篇文章反映了陕北文艺界在延安讨论两个口号的论争，也有不同的看法。这篇报导这样写道：

"最后，由中央局宣传部长吴亮平做了结论。他说对于'国防文学'和'民族革命战争的大众文学'这两个口号的论争，我们同毛主席与洛甫、博古等也作过一番讨论，认为在目前，'国防文学'这个口号是更适合的。'民族革命战争的大众文学'这个口号作为一种前进的文艺集团的标帜是可以的，但用它来作为组织全国文艺界的联合战线的口号，在性质上是太狭窄了。其实，双方都无根本的冲突。至如'国防文学'只是文艺家联合的标帜的那种理论却是错误的，因为它犯了形式与内容的不一致的错误。文艺家在'国防文学'的旗帜下联合起来，而在创作上却不以'国防文学'为范围，那是不对的。我们喊着这个口号，必须按照这个口号所规定的工作努力。"

这篇报道用英文发表在上海《今日中国》的报纸上，作者的英文署名是 L.Insun。收入《西北特区特写》一书，这本小册子出版的时间是 1938 年 7 月。[①]

其次，周扬的文学观念特别强调文学的阶级性和党性原则，这与毛泽东不谋而合。周扬的文学观念集中体现于 1932 年的三篇论文《关于文学大众化》《到底是谁不要真理，不要文艺——读〈关于《文新》与胡秋原的文艺论辩〉》与《自由人文学理论检讨》中。如在《关于文学大众化》里，周扬认为新的典型的革

---

① 荒煤：《回顾与探索》，第 18 页，中国社会科学出版社 1982 年版。

命作家"不是旁观者而是实际斗争的积极参加者。他不是隔离大众，关起门来写作品，而是一面参加着大众的革命斗争，一面创造着给大众服务的作品……他的立场是阶级的，党派的，因为他懂得'对一面于现实的深刻的客观的认识是在正确的党的评价的基础上找出它的艺术的表现'，这就是伊里奇的所谓阶级斗争的客观主义"。[①] 在这里，周扬道出了毛泽东心目中的"革命作家"最主要的特征。

再次，毛泽东对于文人有自己基于革命利益最大化的取舍之道。毛泽东能够欣赏丁玲身上的文人气质，也可以在一定程度和某些时候接纳萧军身上的桀骜不驯，但他显然更愿意把重要岗位留给那些组织性和纪律性较强的文人。比较起来，毛泽东显然更看重周扬身上的敢于担当负责以及较强的组织观念。"鲁艺"的办学目标是"成为实现中共文艺政策的堡垒和核心"，将这一重要使命交给曾有过在秘密环境下亦能打开工作局面的周扬去完成，不正是毛泽东等中共高层的一个基于"革命"利益的识人得人之举吗？

第二节 "京派"作家与"左联"旧友
——周扬的"鲁艺""朋友圈"

"鲁艺"发起创办于 1938 年 2 月，时距周扬到延不足半年。《"鲁艺"创立缘起》由毛泽东和周恩来领衔，周扬的名字附于骥尾。4 月 10 日，"鲁艺"正式成立。由于师资薄弱，首期只开设美术、音乐、戏剧三系，文学系至第二届招生时始设。在第一批

---

① 周扬：《周扬文集》第 1 卷，第 27 页，人民文学出版社 1984 年版。

公布的"鲁艺"领导人名单中，周扬不在其列；同年 7 月公布第二批领导成员时，周扬只是文学系的系主任（周扬系兼任，实际工作由沙汀代之）；直到 1939 年 11 月 28 日周扬才被正式任命为副院长。由于院长吴玉章只是挂名，"'鲁艺'日常工作一直由周扬负责主持。原副院长赵毅敏调任其他工作"。①

　　而在周扬到任副院长之前，文学系教师大致已有萧三、陈荒煤、曹葆华、沙汀、何其芳、严文井、张桂等（周扬一直任课）②，茅盾1940年5至9月暂住"鲁艺"时期也曾任课。周立波、舒群则系周扬到任副院长后邀致。由于陈荒煤、曹葆华等人系周扬任副院长之前已被聘"鲁艺"，这就很容易给人一种印象，好像他们任职"鲁艺"与周扬无关。然而，事实却几乎与此相反：不但陈荒煤等文学系教师、就是戏剧系的创办人之与"鲁艺"，也尽出于周扬的安排。可以说，周扬在"鲁艺"创办之初，尽管没有"副院长"的头衔，但却一直充当实际组织者的角色③：

　　首先，周扬是"鲁艺"的九个发起人之一（排名最后）④；也是创立之初公布的"鲁艺董事会"的一员⑤，同时又是"院务委员会"成员之一（排名仅在副院长沙可夫之后。未见正式公布）。⑥ "1938 年 7 月，"鲁艺"组建了文学系之后周扬担任了文学系主任，并主讲全校大课《艺术论》和文学系专业课《中国新文

①　艾克恩编：《延安文艺运动纪盛》，第 158 页，文化艺术出版社 1987 年版。

②　此处人员名单由作者抄自"鲁艺"旧址办公室上陈列的壁板。

③　参看拙作《延安文人中的宗派主义问题考论——以鲁艺和文抗为中心》，载于《中国现代文学研究丛刊》2015 年第 3 期。拙作对此话题限于种种言不尽意，亦未及展开。

④　参见《新中华报》"鲁迅艺术学院周年纪念特辑"，1939 年 5 月 10 日。此处转引自王培元著：《抗战时期的延安鲁艺》，第 7 页，广西师范大学出版社 1999 年版。

⑤　参见孙国林：《延安鲁艺——革命文艺的摇篮》，《党史博彩》2004 年第 8 期。

⑥　钟敬之：《延安鲁艺——我党创办的一所艺术学院》，第 8 页，文物出版社 1981 年版。

学运动史》。"①虽然没有任职"副院长"的正式文件，这些头衔多数看起来更像"虚衔"，但"系主任"一职或者已经被赋予了实际组织文学系的权力。

其次，徐懋庸在其"回忆录"中披露，周扬虽未被官方正式文件授权，却已掌其实权。例如戏剧系第一届系主任张庚的任职，便由周扬直接安排。据《张庚评传》：

> 在这里，他（指张庚，引者注）参加了"中华全国戏剧界抗敌协会"的成立大会。武汉和各地来武汉的戏剧界人士三百多人在普海春酒家聚会，在这里张庚见到了许多新老朋友。许多与会者表示了在抗战中风雨同舟的团结愿望，气氛非常热烈，但不久张庚就接到了了周扬从延安打来的电报，让他到延安参加筹建"鲁艺"。于是张庚就离开武汉去延安。路经西安，经八路军办事处介绍，于 1938 年 2 月到了延安。②

作者后面又补充说："周扬等人对张庚在左翼剧联工作的成就和能力很了解，所以筹备'鲁艺'时自然就想到了他③。"

"京派"诸君被周扬延揽的情况考述如下：

何其芳、卞之琳是于 1938 年 7 月 14 日随沙汀夫妇一道去的延安。到延后"本想上前线，但因鲁迅艺术学院文学系缺教员，周扬留他们教书，沙汀任文学系代主任"。④何其芳于是便长期留校任教，卞之琳一个学期后又返回了大后方。

---

① 王培元：《抗战时期的延安鲁艺》，第 230 页，广西师范大学出版社 1999 年版。
② 安葵：《张庚评传》，第 76 页，文化艺术出版社 1997 年版。
③ 安葵：《张庚评传》，第 77 页，文化艺术出版社 1997 年版。
④ 黄曼君，马光裕编：《沙汀研究资料·沙汀年谱》，第 17、18、21、24 页，知识产权出版社 2009 年版。

严文井曾直言:"我去'鲁艺'与周扬当院长有关系。""周扬要招兵买马,他预备扩大一些队伍,他给毛主席写了一封信,要这些人(包括严文井在内,引者注)。见到我,他对我说这件事,我说感谢你,从此以后我跟'鲁艺'就摆不脱关系了。"[1]《严文井评传》写道:"周扬听人说他们这些'小京派'到延安来了,写信给毛主席,请求调他们到陕甘宁边区文化界救亡协会去搞创作。于是,他和刘祖春提前毕业,干上了老本行。"[2]在"文协"工作一段时间后,"他找到周扬,要求去鲁迅艺术学院工作。冬天,他成了'鲁艺'文学系的一名教员"。[3]

严文井早在北平图书馆任职期间,就和刘祖春、王西彦、田涛、黄照等文学青年一起被人目为环绕在沈从文周围的"小京派"。[4]1936年,赵家璧主编《二十人所选短篇佳作集》,请20位名作家每位推荐三篇作品,严文井的《风雨》由萧乾推荐入选,在当时的北方文坛,也算小有名气的京派新人。严文井曾回忆自己与京派的交游经历:"1936年春,由萧乾同志代表天津《大公报》来北平请青年作者们吃饭,我第一次见到了沈从文先生。我没想到他是一个非常瘦弱文雅的人,一点也不像当过兵的。他不会喝酒,也不健谈,老是微笑。也是这一次,我结识了张桂、刘祖春、胡昭衡(李欣)、黄照、田涛等年纪和我差不多的人,和年纪较大的杨刚、李君彦(李威深)等。此后,从文先生大约每隔一两个月就要邀约这批年轻人在北海或中山公园聚集一次,喝

① 王海平、张军锋主编:《回想延安·1942》,第127、128页,江苏文艺出版社,2002年版。
② 巢扬著:《严文井评传》,第154页,希望出版社1999年版。
③ 巢扬著:《严文井评传》,第154页,希望出版社1999年版。
④ 巢扬著:《严文井评传》,第129页,希望出版社1999年版。

茶并交谈。"① 后来他和刘祖春奔赴延安，与杨刚、张桂的影响有关，张桂后来也成了"鲁艺"的教员。

曹葆华是否直接经由周扬之手进的"鲁艺"，限于史料尚难证实，但他曾属京派也是事实。新诗史研究学者沈用大将他视为"京派"中的"清华三杰"之一，他说："'京派'年轻一代之中，属于清华大学的有李健吾、曹葆华、吴组缃、孙毓棠、林庚、李长之、季羡林等……作为诗人，只有曹葆华、孙毓棠、林庚……"② 事实上，当1930年12月曹葆华将他的第一部诗集《寄诗魂》分别寄给朱湘、徐志摩、闻一多三人，三人都在回信中不吝赞美，而曹葆华在清华园名声大振，以至获赞"校园唯一诗人"时，圈内人视之为"京派"一员，自属理所当然。有关曹葆华与京派的关系，陈俐的专著《诗人翻译家曹葆华评传》也可参证。

对于左联时期的同道旧友，周扬契阔谈宴，欢欣以迎：

陈荒煤是周扬开展左联工作的左膀右臂，也是已在"鲁艺"的张庚（戏剧系主任）、吕骥（音乐系主任）志同道合的好朋友。《陈荒煤传》写他一到延安就忙着打听"鲁艺"的地址，找到张、吕后，当即被邀到"鲁艺"工作。③

沙汀和周扬的关系在左联作家梅志（胡风妻子）的眼里，带着一点宗派色彩。梅志说："后来胡风在左联工作时，沙汀其实

---

① 严文井：《悼沈从文先生》，第114页，转引自巢扬著：《严文井评传》，希望出版社1999年版。

② 此处引自陈俐、陈晓春主编《诗人翻译家曹葆华·史料、评论卷》，第268页，上海书店出版社2010年版。是书选自沈用大：《中国新诗史（1918——1949）》，福建人民出版社2006年版，收入时标题有所改动。沈原书标题为《"京派"："清华三杰——曹葆华·孙毓棠·林庚"》。

③ 严平：《燃烧的是心灵：陈荒煤传》，第60页，中国电影出版社2006年版。另陈荒煤和周扬、沙汀、张庚、吕骥的交往情况，可参见陈荒煤著、文化部党史资料征集工作委员会编：《难忘的梦幻曲》一书，中国文联出版社1994年8月版。

是为周扬做胡风的工作，要他听他们的，不听鲁迅的。从这里也可以看出来宗派的由来不在胡风。沙汀是周扬最信任的得力助手。"①《沙汀年谱》载：沙汀加入左联，系在 1932 冬由周扬介绍；沙汀得任左联常委会秘书，也由周扬提议；"两个口号"之争中，沙汀赞成周扬提出的"国防文学"；沙汀"1938 年'八·一三'后……读了立波的《晋察冀边区印象记》，想去抗日根据地。经当地中共地下党组织负责人车耀先同意去延安。何其芳和卞之琳要求同去，也得到党组织同意。8 月 14 日，沙汀夫妇和何其芳、卞之琳一道去延安。8 月 31 日，至延安。本想上前线，但因鲁迅艺术学院文学系缺教员，周扬留他们教书，沙汀任文学系代主任。"②

周立波被周扬急调"鲁艺"时，尚远在国统区的桂林："洛甫、周扬电告在桂林编《救亡日报》的周立波去延安。周立波到延后，被分配在'鲁艺'任编译处处长兼文学系教员，教'名著选读'。"③周立波和周扬渊源很深。尽管从辈分上讲，周扬算是周立波的族叔，但生活中周扬更像是一个无微不至关怀弟弟的大哥哥。周立波在文坛上的出道，和周扬的关心密不可分。周扬从上海奉调延安，同行者中就有周立波。

舒群奉周扬之命的情况与周立波相似："1940 年春，周扬通知桂林办事处，让舒群回到延安，任延安鲁迅艺术学院文学系教

---

① 李辉：《摇荡的秋千——是是非非说周扬》，第 92 页，海天出版社 1998 年版。
② 黄曼君，马光裕编：《沙汀研究资料·沙汀年谱》，第 17、18、21、24 页，知识产权出版社 2009 年版。
③ 艾克恩编：《延安文艺运动纪盛》，第 158 页，文化艺术出版社 1987 年版。另见荣天玙：《周扬与周立波：人生难得一知己》，http://www.iyzx.com/portal.php?mod=view&aid=4679。

员。"① 追溯周舒交往的历史还要回到左联时期：舒群当年在上海想见鲁迅而不得门径，小说《没有祖国的孩子》无意间却被女作家白薇发现，白大加赞扬并转给了周扬，周扬夫人苏灵扬还帮着做了若干修改。文章发表后，周扬和周立波都撰文称赞，一时轰动文坛，被人看作"国防文学"的代表作。② 1937 年，舒群与周扬、艾思奇等人同路同行被撤延安，在路经西安八路军办事处时，舒群受林伯渠委派赴山西前线做了八路军总司令朱德的秘书。嗣后以总部随军记者的身份，参加了著名的平型关战役，同周立波、美国女作家史沫特莱一起进行战地采访，他采写的《写在太线上》《记史沫特莱》《记贺子珍》等通讯、特写在国统区和延安都产生过一定的影响。后又被任弼时派往武汉创办《战地》；1938 年从武汉撤至桂林时，又受桂林八路军办事处负责人李克农的派遣，为驻七星岩的朝鲜义勇队做联络工作，直到 1940 年才被周扬召回延安成为"鲁艺"一员。

第三节　想入不得与避之不及：
周扬与"鲁迅弟子"不得不说的故事

诗云："呦呦鹿鸣，食野之苹。我有嘉宾，鼓瑟吹笙。"常理而言，"鲁艺"无论对于国统区还是延安的左翼文化人而言，都会被当成一块理想的"食野之苹"。周扬鼓瑟吹笙以迎同道，上文已略有揭示。然而，还有几位被人们视为"鲁迅弟子"的左联

---

① 董兴泉编著：《中国文学史资料全编·现代卷（21）·舒群研究资料》，知识产权出版社 2010 年版，第 22 页。另见王科、史建国编著：《舒群年谱》第 39 页，作家出版社 2013 年第 1 版。

② 郭娟：《作家舒群的青春往事》，http://www.eeo.com.cn/2013/1025/251225.shtml。

旧人，却与"鲁艺"或想入而不得或避之惟不及；他们与周扬的
是非恩怨，折射出了一些长期作祟左翼文艺界的老大难问题。

据萧军夫人王德芬女士的回忆：

> （他们夫妻）一到延安先住在陕甘宁边区政府交际
> 处招待所，等候分配到哪个单位去合适。过了几天延
> 安鲁迅艺术文学院院长周扬派人把舒群接走了。我和
> 萧军却被"文协"主任丁玲接到"文协"去了。后来才
> 知道：萧军是鲁迅的学生，理应去"鲁艺"文学系任教
> 为宜，经丁玲和周扬联系，周扬坚决不愿让萧军到"鲁
> 艺"去。原因是 30 年代在上海时期，周扬和鲁迅在对
> 日斗争上有分歧有争论。周扬提出了'国防文学'的口
> 号，鲁迅提出了'民族解放战争的大众文学'口号，舒
> 群是'国防文学'派，代表作是《没有祖国的孩子》，
> 萧军是'民族解放战争的大众文学'派，代表作是抗日
> 小说《八月的乡村》。没有想到两个口号论争的影响会
> 延续到 40 年代的延安。①

与鲁迅关系至密的胡风则对周扬的邀请满怀疑虑。据晓风
《我的父亲胡风》披露："早在一年多以前（1940 年，引者注），
董必武老先生从延安来就曾给父亲带来了周扬的一个口信，说是
请他到延安鲁迅艺术学院任中文系主任。他虽然十分向往延安，
还在《七月》上发表过不少反映延安和革命根据地生活的作品，
包括在延安的文艺工作者的作品，可是，由周扬出面来邀请，其
用意何在让他摸不清，更何况还得放弃这边的《七月》，这是父

---

① 王德芬：《我和萧军风雨五十年》，第 131-132 页，中国工人出版社 2004 年版。

亲所不愿的。"①

对周扬抱有同样戒心的还有徐懋庸。他在面见毛泽东时，于试图澄清自己之外，还借机发泄了对周扬的不满，说他"把我作为肥皂，想以我的消灭洗清他的污浊"。②但毛泽东不以周扬的过去为意，反而建议他去"鲁艺"。徐懋庸明确拒绝了毛泽东的好意，并坦承原因："根据上海的一段经验，我觉得搞文艺的人很多脾气极强，鲁迅也认为是这样，我不愿意再同搞文艺的人在一起。"③

再说说既非京派也非左联人物，"自行分配"到"鲁艺"的萧三。曾在苏联和高尔基有过直接交往，被理所当然视为国际知名大牌作家的萧三，和毛泽东有"发小"之谊；他经常应延安各校之邀讲述毛泽东青少年时期的励志故事而圈粉不少，这大概是他可以直接走"人才绿色通道"的理由吧。学者吴敏在其所著的《宝塔山下交响乐》一书说他"请人把行李送到"鲁艺"，因为他在国外就听说过这个艺术文学院，而且写文章《鲁艺在国外》进行介绍，'我自己觉得，早就是该院的人了'。萧三到"鲁艺"还有一个原因是，他与这时的"鲁艺"副院长沙可夫和训育主任徐一新是苏联时期的朋友，他选择到"鲁艺"也是非常自然的"。④萧三曾在代理周扬任文学系系主任的沙汀带学生前线实习后，继任沙汀代理系主任。本对"鲁艺"念兹在兹，却因与周扬不睦而含愤离去，《萧三传》解释道："然而遗憾的是，后来个别嫉贤妒

① 晓风等著：《我的父亲胡风》，第12页，春风文艺出版社2001年版。
② 徐懋庸：《徐懋庸回忆录·我和毛主席的一些接触》，转引自王韦主编：《徐懋庸研究资料》，第105页，江西人民出版社1985年版。
③ 徐懋庸：《徐懋庸回忆录·我和毛主席的一些接触》，转引自王韦主编：《徐懋庸研究资料》，第107页，江西人民出版社1985年版。
④ 吴敏：《宝塔山下交响乐——20世纪40年代前后延安的文化组织与文学社团》，第191页，武汉出版社2011年版。

能的人在'鲁艺'搞宗派主义，排斥萧三这样的'外来户'。为此，萧三在"鲁艺"工作了一年多以后，便愤然离开了这个他本不愿意离开的窑洞学院，去主持延安文协和创办俱乐部工作去了。"[①]吴敏推测王文中的嫉贤妒能者指的是周扬，并将二人不睦的原因追溯到左联的解散。也许当年周扬收到萧三自莫斯科的来信后主持解散左联而开罪鲁迅惹祸上身，从而迁怒萧三亦未可知。现实的原因则是两人在"鲁艺"关于"民族形式问题"的讨论中各执一端，为此的争吵"非常厉害"。[②]

　　萧军夫人王德芬回忆录中有关萧军被拒的说法，肯定会让不少人"顺理成章"地给周扬贴上一个"以人划线搞小圈子"的标签；甚至他主动邀请胡风的动机，也会被循此逻辑而遭到质疑：以他对胡风的性格和做派了解之深，在料定胡风必然拒绝的情况下主动通过德高望重的董老邀其北来，目的不就是想以此向党的高层显示自己在用人方面不计前嫌和"五湖四海"吗？换言之，如果他对远在天边的胡风之邀出于真诚，那么，他又有什么理由刻意排斥同样被鲁迅视为弟子且近在眼前的萧军呢？

　　当我们惯于循着关系谱系的视角，把主人公的人格与道德问题作为梳理整个事件的潜在线索时，周扬"以人划线"或者"搞小圈子"的结论似乎也就顺理成章地浮出水面了。然而，过度依赖"人脉关系"或"圈子文化"视角，也会使我们忽略解释问题的其他维度，在不知不觉中落入新的误区：如果我们从整个延安文艺发展的全局和周扬承担的历史责任一面来解读周扬处理"鲁艺"人事问题的倾向，那么，周扬的用人策略是否也有可以被

---

① 见王政明：《萧三传》北京图书馆出版社 1996 年版，第 278 页。此处转引自吴敏：《宝塔山下交响乐——20 世纪 40 年代前后延安的文化组织与文学社团》，第 193 页。

② 吴敏：《宝塔山下交响乐——20 世纪 40 年代前后延安的文化组织与文学社团》，第 192 页，武汉出版社 2011 年版。

"同情地理解"之处呢？

我认为，周扬到延安后被授予很多头衔，但是，真正能够使他有所作为而且责无旁贷必须做好的，就是"鲁艺"的"副院长"。周扬深知，毛泽东与中共中央对"鲁艺"抱有厚望，"实现中共文艺政策的堡垒和核心"，以及"鲁总司令"率领的文艺队伍的"领头羊"。实现愿望的第一步，就是要组织起一个志同道合精诚团结的团队。周扬延揽京派作家一方面应该是对他们的文学能力非常信任；另一方面可能还因为"京派"历来主张克制与宽容，尤其是他们中的多数并非大腕的"小京派"在个性和观念上尚有较大的可塑性，周扬有信心与他们同心同德。从何其芳到延不久就写出了《我歌唱延安》而被人目为"歌颂派"，即使遭到非议也毫不介怀的情况看，周扬的选择无疑是正确的。而陈荒煤、沙汀等左联旧友的追随与支持，当然更是周扬在"鲁艺"能够成功的必要条件。

关键的问题是，倘若萧军和胡风加盟"鲁艺"，他们能和周扬合作共事吗？

萧军和胡风都是自视甚高、个性极强的左翼文艺斗士，又都和周扬宿怨在身。萧军把自己来延的工作目标定位于"……第一个打击俄国贩子萧三，以及一些不正的倾向。第二打击何其芳的'左'倾幼稚病，立波恶劣作品的影响，雪苇的'形式主义'，周扬的'官僚主义……'"。[①] 萧军在"文抗"，则"文抗"成了一个和"鲁艺"颉颃抗衡的"山头"，他如果在"鲁艺"，则"鲁艺"势必不能完全为周扬所掌控。再从胡风在左联与中华人民共和国成立之初与周扬互动的情况看，如果胡风真的加盟了"鲁艺"，他会甘居周扬之下，与周扬合作共事吗？一个观念和人事分裂的

① 《萧军日记（1940）》，第356页。

"鲁艺",又怎能"实现中共文艺政策的堡垒和核心"的目标?当然,我们也没有必要为周扬的"宗派主义"倾向打掩护,在与萧三、艾青等人的互动中,他的确给许多人留下了嫉贤妒能、宗派主义的强烈印象;而且周扬本人对"宗派主义"问题也曾有过认真的检讨。但周扬对"鲁艺"人事上的取舍想必权衡已久而成竹在胸,他身处局中,对复杂敏感的人事纠葛事实上也无由解释。为了必须完成的使命,除此之外周扬似乎也别无更好的选择。那么,为周扬如此建构他的"鲁艺""朋友圈"多一分理解,想来也是可以理解的吧?

上文我们围绕周扬、京派、左联、萧军、胡风等几个关键词梳理了"鲁艺"文学系的组织人事问题,就事论事得出了一个结论。尽管我们试图超越"人脉关系"视角以便对事件获得更加全面的理解,但是最后的结论仍然散发着浓重的"人脉关系"味道。看来,要想从左翼文艺的具体"问题意识"中完全去除人脉因素,的确是件非常困难的事情。

再放远了看,从左联到延安以至于中华人民共和国建立初期,左翼文艺界的几乎所有问题,都存在人事争斗在其中作祟的事实。涉足这一领域的学者不乏初衷客观中立者,但到最后大都难免在争斗双方中选边站队的尴尬与无奈。

左翼文艺界的"好斗",大概已是研究者们的共识。周扬拒绝萧军,胡风拒绝周扬,恐怕都是出于对"内斗"的忌惮和逃避。徐懋庸选择主动疏离延安文艺界,也是基于之前两个口号论争的惨斗给自己带来无法承受之痛的一种自我保护。围绕拒与被拒,周扬作为一方,胡风、萧军、徐懋庸作为一方,还是沿袭了左联时期的基本阵仗,不同之处在于少了拥有摧枯拉巧之力的鲁迅。而不在场的鲁迅又恰是整个事态当中最大的"在场"。鲁迅的这种"在场"既可以说是以一种看不见的紧张氛围弥散在周扬与萧军等人之间，也可以说是一种看得见的现实，体现在处处以鲁迅衣钵正宗传人自居的萧军身上。

面对延安文坛甚至整个延安，萧军身上都有一种不可一世的狂傲。他不但宣称"毛泽东是我大哥，鲁迅是我父亲"，而且在文艺思想上敢于公然和党"闹独立性"。这种底气，毫无疑问来自他对鲁迅某些精神遗产的自觉继承；当然，围绕鲁迅的安葬，萧军这位不少人眼中的"现场总指挥"自始至终都十分卖力也非常靠前，这大大强化了人们对这位鲁迅"私淑弟子"的好感和观感。庸俗一点看，萧军也通过这场万众瞩目的送葬仪式而获得了相当的知名度。这使得一向对自由主义颇为反感的毛泽东，也不能不对这位所谓的鲁迅"大弟子"另眼相看而礼遇有加。毛泽东甚至劝说萧军入党，想借此把萧军的狂放纳入共产党严格的组织当中加以改造。然而早已习惯于唯我独尊的萧军根本不把共产党放在眼里。萧军在延安除了创办《文学月报》，另一个比较重要的活动就是创办自任干事长的"鲁迅研究会"。研究会以方便延安作家和理论工作者学习、继承鲁迅为宗旨，利用这个机会，萧军除张罗每年的鲁迅纪念活动外，还出版了《鲁迅论文选》《鲁迅研究丛刊》第一辑、《鲁迅研究特刊》(《阿 Q 论集》)和鲁迅小说选集，并编印了《鲁迅先生逝世五周年纪念特刊》及《鲁迅语录》等。萧军的这些活动在为宣传研究和学习鲁迅提供平台的同时，也借此树立了自己"正牌"鲁迅精神衣钵传人的形象。鲁迅在国统区以杂文开展广泛的文化批评和社会批评，萧军也认为延安同样处于鲁迅所处的"杂文时代"，同样需要鲁迅式的杂文。萧军作为一名共产党的党外人士公开批评延安社会以及共产党内部的一些问题，这本无可厚非。但是延安作为中共中央经过九死一生的长征之后才建立的革命大本营，毕竟还处在草创阶段，且又处在国民党军队的虎视眈眈之下，面临着随时被"围剿"的危险，存在方方面面的问题是必然的。这时的共产党最需要的一定不是被公开地批评，因为那样极可能会被国民党用作反共宣传的工具。事实上当时延安的"杂文潮"也确实产生了这样的不良后果。这也就是毛泽东在延安文艺座谈会上特别强调批评者的立场、态度和方法的根本原因。近年随着萧军延安日记的出版，萧军特立独行放言无忌的延安做派被炒作成一种难能可贵的"自由"风景，大获某些学者的青睐。然而，放在20世纪中国共产革命的价值链上，萧军的延安价值非常可疑。我更倾向于认为，萧军片面吸取了鲁迅个性中的某些缺陷，而又在延安将其"发扬光大"，其消极方面显然有损革命团体内部的团结和力量。

鲁迅是近代以来伟大的革命家、思想界、文学家，但是，这并不代表鲁迅作为一个人而非神，在所有方面尤其是在日常生活方面都尽善尽美。学界以往对鲁迅性格中的"不够宽容"有所提及，但对这种个性给左翼文艺界一部分接近的人带来的负面影响，却鲜有深入的讨论。我想，这个问题并不见得毫无分析的价值，只是因为我们太爱鲁迅，所以也就不愿意拿这些"小节"来说事，以免减损鲁迅先生不可置疑的"高大上"。

就以引起左翼阵营最大纷争的两个口号之争来说吧。周扬在共产党的组织遭到破坏、与鲁迅联系并不通畅的情况下提出了"国防文学"口号，鲁迅显然也应该明白这个口号不可能由周扬首创，口号本身也还有其价值，但却因为周扬等人没有向他及时报告并经其同意，就一怒之下将周扬等所谓的"四条汉子"予以曝光，客观上也就将这些共产党员置于危险之中。经他一手提携的徐懋庸也被迁怒，随着文章的发表顿时变成了一个没有人格的"小丑"和被抛弃的"流民"。而他自己提出的"民族革命战争的大众文学"，虽经刻意解释，仍然显得过于拗口难以被大多数人所接受。在这个事件中，鲁迅执意要表达自己的"力量"，那就是不可干犯，唯我独尊，顺我者留，逆我者伤。这种伟大人物身上具有的"力量感"，辐射到追随他的人身上，也会给他们带来一种类似的感受，吸引他们去模仿，去追求。鲁迅先生的不幸去世，是否又会给他身边的私淑弟子或者衣钵继承者一种强烈的信心，使得他们带着"为往圣继绝学"的责任感与优越感，更加理直气壮地"唯我独革"呢？

　　周扬承认在延安搞过宗派主义，他本人就是"鲁艺派"的"首领"。我们毋宁把那时的宗派主义看成一种"刺激—反应"必然结果。后来，萧军得偿夙愿任教"鲁艺"，王德芬对此提供了一个合乎逻辑的答案："……经过文艺座谈会的召开制定了党的文艺政策，大家的思想行动才有了一致的方向、目标、准则。又经过了整风运动的学习，大家在思想上更有了进步，相互之间的紧张关系也就得到了缓解。周扬终于遵从组织的决定，接收萧军到'鲁艺'任教。"① 事实上，萧军在经过整风运动后，张狂的个性也有所收敛。这也说明，宗派顽疾并非真的不可克服吧。

---

① 王德芬：《我和萧军风雨五十年》，中国工人出版社 2004 年版，132 页。

第八章

延安文学制度建构的"事件路径"

文艺座谈会召开以后，为解决文艺界的问题，延安先后在作家中开展了整风运动和下乡运动，这些事件，对当时作家的思想改造，起到了非常重要的作用。

第一节　文艺界整风与作家的思想改造

1942 年 4 月 17 日，时在延安文艺座谈会期间，中共中央政治局讨论延安的学习与检查工作时，毛泽东说到延安文艺界的情况：现在必须纠正平均主义和极端民主等问题。文艺界对整风是抵抗的，如晋东南文艺界及萧军等。现在我们进行全党的整风运动，文艺界的党员也应如此，《解放日报》要考试，乘此机会讨论党的文艺政策。[①]本月开始，文艺界的整风运动渐次展开。作家集中的"鲁艺"，自然是文艺界整风的焦点。

从 1942 年 4 月 3 日开始，"鲁艺"在主持工作的副院长周扬领导下布置整风和检查工作。前三周时间用来传达毛泽东的整

---

① 转引自陈晋：《文人毛泽东》，第 226 页。

风报告，以及收集实际材料，如教育方针、教学计划、工作条例、艺术作品等。周扬在整风动员报告中说，"鲁艺"同志和各根据地军队民众，某些地方是脱了节，好像坐在碉堡里空想培养，实际陷于空虚。知识分子是生活和科学知识的结合，所以号召大家不要轻视工农分子，要向他们虚心学习，成为真正的艺术干部。4月22日，全体人员参加研究中宣部规定的二十二个整风文件的学习问题。按照文件规定，文件学习分成几种类型：整顿学风（三星期）、整顿党风（二星期）、整顿文风（三星期）。"鲁艺"总学委下设秘书组、研究组、材料组和墙报组具体执行各项分工。到6月份，整风学习告一段落，总学委编印出复习大纲供师生讨论、反省。大纲提出如下问题：（一）从反主观主义方面：看历史根据，看现状根据，从艺术方面看其意义何在？（左翼十年中的新教条，在艺术上的资产阶级倾向及封建主义的旧教条，曾产生过何种坏作用？）（二）从反主观主义方面：主观主义在"鲁艺"具体表现在哪里？所学与所用是否脱节？提高与普及联系怎样？艺术性与革命性是否兼顾等？（三）如何克服主观主义？如何从实际出发？在艺术工作上如何实践？如何进行阶级分析？如何对群众采取正确态度？改造"鲁艺"的中心问题在哪里？如何着手？为推动师生认识上的深化，"鲁艺总学委"印发了列宁的《论党的组织与党的文学》、高尔基的《论年轻的文学及其任务》、拉法格的《论作家与生活》等提供参考。

"鲁艺"学风学习总结安排的节目是全院围绕教学、创作和教育的总方针展开大辩论。辩论的中心论题："'鲁艺'的教育方针与实施方案是在路线上有错误，还是执行中有错误，或两者都没有什么错误呢？"争论的结论是："鲁艺"的教学活动和实际脱节，和运动脱节。教育计划和实施方案缺乏研究现状的精神，从此发生了关门提高的错误。在课程设置上以西洋和古典为主，忽视了大众的要求。艺术作风上从个人出发，不注重普及和对普及的指导，个个都想做专家。教学方案写着"本院以理论与实践的统一为教学的最高原则"，但实际上教育方针没有对战争根据地环境有足够的认识，没有从此出发解决问题。提高离开了现实，变成了空架子。

在辩论的同时又由总学委组织学风学习考试，试题为："你参加这次大讨论会以前，对中心问题的认识如何？在听了争论以后，有无改变？改变在什么地方？"具体有三题：（一）为完成某一政治任务，参加某项艺术活动，你的生活经验和创作作风感觉不合适，你将采取什么态度？（二）"群众是真正的英雄，而我们自己则是往往幼稚可笑的"，这话如何理解？并以亲身经历说明。（三）试以新的观点去分析一篇你最近所看到的论文或作品。[①]同时，按照中共中央总学委的部署，要求所有人都必须进行个人全面反省，写出反省日记。

从"鲁艺"整风的实际情况来看，辩论、考试、反省、记日记是其主要方式。相反，开会尤其是开大会的次数明显减少。究其原因，大致是因为开会有较强的时效性，其作用机理很像一个喷雾器对着很多植物喷射，喷射的过程中甚至有意可能遗漏有些植物，而辩论、考试、记日记等形式不同，它通过一个"场"来激活作家的思维，让他们在与对手的论辩中自我启发；或者在一个相对私密的空间提取人的记忆，在自我倾吐和反刍中完成对自我的反省和改造。

周扬发表在9月9日《解放日报》上的长文《艺术教育的改造问题——鲁艺学风总结报告》之理论部分"对'鲁艺'教育的一个检讨和自我批评"，针对"鲁艺"注重专业训练的教育方针

[①]　参见艾克恩编：《延安文艺运动纪盛》第334页，文化艺术出版社1987年版。

和上级批评"关门提高"进行全面检讨。全文共分三部分：一、怎样才叫做"从客观实际出发"？二、我们的"糊涂观念"及其所造成的偏向。三、今后改进的方案。文章说，长期以来"鲁艺"存在的专门化、正规化、搞专门提高、脱离实际等问题相当严重，这是一个根本方针上的错误。正确的方针必须"从客观实际出发"。"鲁艺"本身需要一个改造，如何把"鲁艺"整个艺术教学活动，树立在与客观实际的直接而密切的联系上，这就是改造"鲁艺"的首要的中心问题。周扬的报告标志着"鲁艺"办学模式的转型。"鲁艺"改造的方向，也成为一种方向性事件。它形成的艺术学院办学思路和模式，将对以后艺术教育的发展产生深远的影响。

通过学习文件、小组讨论、大会辩论、命题考试、个人反省等多种手段，"鲁艺"的整风取得了这样几条效果：第一，在办学思想上，彻底扭转了以前确立的专业化、正规化办学方向，在为政治服务的主题下，强化政治功利的色彩；第二，在创作选择上，彻底放弃了所谓"关门提高"的精英文化路向，认同工农兵大众的文化诉求和价值取向；第三，在身份认同上，要求知识分子放弃在工农兵面前的优越感和自信心。事实上，这也造成了一些作家出现了逃避知识分子身份的倾向。

作家在延安的另外一个堡垒是"文抗"。据《解放日报》讯，8 月 21 日开始"文抗"用了八天时间举行学风总结大会。被检查者大多诚实坦白，批评者也毫不客气，尖锐彻底，但不失其"与人为善"的态度，接受批评亦甚虚心。大多能掌握马列主义思想方法，向小资产阶级思想进攻，揭露文化人缺乏实际精神，与现实脱离的毛病。认识到作家与工农结合的重要性，扫除那些浓厚的小资产阶级的观点和情绪。11 月 28 日又讯："文抗"党风学习比较深入，逐步克服了拿空洞当原则，拿琐碎当具体的偏向。为了给小资产阶级思想以无情的解剖，他们收集材料供给反省人，在小会及大会上座谈，最后反省人和大家意见取得一致。过去少数党员作家认为遵守纪律只是遵守党的高级领导机关的纪律，不遵守支部的纪律。通过整风，对小资产阶级的"人性"与无产阶级的党性学会了区分。在生活创作上已从个人中心转变到集体中心。

《解放日报》因为被毛泽东批评为"不是完全的党报"，所以在整风中以变被动为主动的姿态，努力跟上整风的形势。在自我整顿的同时，为配合延安作家的思想整风，特意组织了名为"创作和思想的道路"的征文活动。征文说，自从整顿三风，特别是"文艺座谈会"以来，我们的文学、艺术界同志们，对于自己思想意识和工作的反省与改造，显著地已有明确的事实的表现。这一思想的革命，使我们在学习中，在工作中，有可能掌握更锐利、更充实的思想武器，来作过去的回顾和本来的展望。这次整风学习对于文学、艺术界同志，对于中国新兴文学艺术的前途，实在都是非常必要的事情。在这样的目的下，我们以"创作和思想的道路"为范围，向我们文学、艺术界诸同志征文。问题有：一、你在创作中是否意识到站在一定的阶级立场，如何把握的？二、你善于把握哪一种题材（和人物）？三、你创造肯定和否定的人物（和主题）哪种比较容易，为什么？四、在使用语言的形式（或音乐，美术等其他形式）上，你有什么问题没有？你觉得中国新文学语言（或其他的艺术形式）是否需要改造，如何改造？五、你在创作过程中是否感觉到内容和形式有所矛盾？六、你怎样收集材料，整理材料？七、你在创作的时候，想到欣赏的对象没有，你以哪一类人作为对象？八、你对于自己过去的作品，作怎样的分析和估计？这份考题从创作立场、阶级意识、创作取材、创作过程、语言运用、服务对象上，把有关创作的问题一一列出。从上述"鲁艺"和《解放日报》精心设计的考题来看，对作家的人生观、文学观的深度清理可期。

对于整风过程中反反复复地精读、领会整风文件的精神、应付各式各样的自传总结以及考试，身为共产党元老的谢觉哉老人，曾用这样一首诗来描述自己在这个过程中脱胎换骨的体验：

> 紧火煮来慢火蒸，
> 煮蒸都要工［功］夫深。
> 不要捏着避火诀，
> 学孙悟空上蒸笼。
> 西餐牛排也不好，
> 外面焦了内夹生，
> 煮是暂分蒸要久，
> 纯青炉火十二分。[①]

领导"文抗"整风的丁玲也曾经描述过自己在整风中的感受：

> 在整顿三风中，我学习得不够好，但我已经开始有点恍然大悟，我把过去很多想不通的问题渐渐都想明白了，大有回头是岸的感觉。回溯着过去的所有的烦闷，所有的努力，所有的顾忌和过错，就像唐三藏站在到达天界的河边看自己的躯壳顺水流去的感觉，一种翻然而悟，憬然而惭的感觉。我知道，这最多也不过是一个正确认识的开端，我应该牢牢拿住这钥匙一步一步踏实地

---

① 焕南：《拂拭与蒸煮》，《解放日报》1942 年 6 月 23 日。

走快。前边还有九九八十一难在等着呢。①

1950 年，丁玲曾描述自己参加整风、审干运动时的那段心路历程："在陕北我曾经历过很多的自我战斗的痛苦，我在这里开始来认识自己，正视自己，纠正自己，改造自己。……我在这里又曾获得了许多愉快，……我完全是从无知到有些明白，从感情冲动到沉静，从不稳到安定，从脆弱到刚强，从沉重到轻松……走过来这一条路，是不容易的……凡走过同样道路的人是懂得这条道路的崎岖和平坦的……"②

身为"文抗"党组书记的刘白羽从 1942 下半年到 1944 年上半年到中央党校三部参加整风运动。他在事过六十年后回忆道：

> 整风文件中包括《在延安文艺座谈会上的讲话》，我反复读了几十遍，才认识到这篇《讲话》不仅是马克思主义的文艺哲学，首先是马克思主义的人生哲学，这开始引起我的反思。当时党校领导强调理论联系实际，可是我这样一个人有什么"实际"可以联系？领导说，你的"实际"就是你自己。我这才恍然大悟，原来方法就是对照《讲话》的每一原则，针对自己写出批判自传。我便写了一篇交到张如心那里，不料得到的结果却是全面否定，他一脸傲气地批评我：你还得意洋洋呢！你的灵魂满是污垢！我丧气而归，又学习文件，再深深地挖掘自己、否定自己。我觉得已经挖得很深了，哪知第二稿又被张如心扔了回来。我非常痛苦，非常伤心，

---

① 丁玲：《文艺界对王实味应有的态度及反省》，1942 年 6 月 16 日《解放日报》。
② 陈明：《丁玲在延安——她不是暴露黑暗派的代表人物》，载《新文学史料》1993 年第 2 期。

那段时间只有在下午侍弄西红柿时才是轻松的，我这才理解为什么说劳动是美好的、幸福的，但到了晚上又得埋头学习文件。

一遍又一遍，我写了八遍，被否定了八遍。

最后我甚至连幼小时，家中的丫鬟洗衣服，我揪她的小辫子这样的剥削阶级丑恶行径都挖掘出来了。总之，我是一个剥削阶级分子，我必须原形毕露，彻底地重新认识自己，特别是在文艺座谈会之前的那股灰色潮流中，我写的那两篇贬低劳动人民的小说，更要进行照彻骨髓的自我批判……

我终于写出了第九稿，我看了又看，战战兢兢，不敢送给张如心，真矛盾呀！那时已是夜深人静，我硬是鼓起勇气，揣了稿子，深一脚浅一脚地走去。张如心住在高山之上，拐过一处陡峭尖峰时，我突然灰心了，踟蹰不前，向下看着那深深的河水，我想，不如跳下去算了。真可怕呀！但是，一抬头，我突然看见远处的亮光，那是张如心窗口的灯光，我的整个心神一下子清醒过来，义无反顾地走过去，斩钉截铁地推门而进。

张如心拿着我那厚厚的一摞稿子一张一张地掀开看着。终于看完了最后一页，他抬起头，满脸笑容，紧紧握住我的手，对我说：祝贺你，刘白羽同志，你造就了新生！

我胸口一热，眼泪几乎夺眶而出，心里只是念着一句话：我总算通过了！我总算通过了！

这是我一生一个决定性的时刻。①

---

① 刘白羽：《延安文艺座谈会的前前后后》，载《解放军报》2002 年 5 月 20 日。

　　这和他在 20 世纪 80 年代描述自己通过学习文件大关后，"像穿过黑夜走向黎明，吹着拂面的清风，看到鲜红的晨光，犹如一只小船，终于漂向真理的彼岸"的感觉是一致的。①

　　1945 年 2 月 15 日，毛泽东在中央党校做报告时，主动地对审干运动和后来的"抢救运动""坦白运动"发生的错误承担了责任。他说：这个党校犯了这许多错误，谁人负责？我负责。我是校长嘛！整个延安犯了这许多错误，谁人负责！我负责，我是负责人嘛！他又说：错误可以给人教训。给人错戴了帽子的同志，以后再给别人戴帽子时，你就要谨慎；被戴错了帽子的同志也得了一条经验，以后你不要乱给别人戴帽子，因为你自己吃过这个亏，以后要谨慎。有了这两个方面的经验，将来我们到北平、上海、南京去审查干部，做反奸工作，情况就会好得多。最后，他说：我们共产党人是革命者，但不是神仙。我们也吃五谷杂粮，也会犯错误。我们的高明之处就在于犯了错误就检讨，就立即改正。今天，我就是特意来向大家检讨错误的，向大家赔个不是，向大家赔个礼。说到这里，他把手举在帽檐上向大家敬礼，并诙谐地说：你们如果不谅解，我这手就放不下来。会场上报以长时间的热烈鼓掌，他才把手放下来。②

　　知识分子自觉对照"讲话"的精神开展了严厉的自我批判，如何其芳在《论"土地之盐"》中这样评价自己："我真讨厌知识分子，所以我从来不写他们……知识分子是一个特殊的，没有独立性的阶层，是一个摇摆于旧的营垒与新的营垒之间的阶层，是一个在某些关头显得软弱无能，容易迷失，甚至于可耻的

① 刘白羽：《我的人生转折点》，载《延安中央党校的整风学习》第 1 集，第 134—136 页，中共中央党校出版社 1988 年版。
② 李锐著，薛晓原编：《直言——李锐六十年的忧与思》，第 49 页。

阶层……"①

　　周扬 1939 年还在借分析茅盾的《虹》和叶绍钧的《倪焕之》时说:"无论如何,小资产阶级知识分子的人物在中国民族解放斗争中所起的作用是不能否定的,因此记录他们精神的奋斗和失败的历史的作品在新文学中应有它们的地位。"②在同年谈五四时,他还认为"知识分子常常是大众与新思潮新文化接触所必通过的桥梁",③并说"我不赞成作家把自己看得比别人特殊,……但延安却必须成为这样一个地方,在这里作家特别地被理解着,被尊重着"。④整风以后,他的态度也发生了巨变:"……另一方面,在革命文艺阵营内部,小资产阶级的思想对于无产阶级的思想来说却又是反动的东西。"⑤

　　经过整风,知识分子都经受了严格的党性教育与锤炼,在与革命的磨合中,成为革命队伍中的一员。

第二节　文化人下乡:走向民间文化的再生之途

　　1943 年的文艺工作者下乡运动,是继整风、审干之后锻炼和转变作家的又一次体制性运作。有些延安文学的研究者常常因放大《讲话》的意义而忽略了《讲话》之后的更多体制性安排,这就在有意无意中遗漏了一个非常重要的历史环节。实际上,在延

---

① 何其芳:《论"土地之盐"》,延安《中国青年》1941 年 2 月 5 日第 3 卷第 4 期。
② 周扬:《从民族解放运动中来看新文学的发展》(1939 年),《周扬文集》第 1 卷第270-271 页。
③ 周扬:《关于"五四"文学革命的二三零感》,《周扬文集》第 1 卷第 320 页。此文于 1946 年改作《"五四"文学革命杂记》时,删去了此句。
④ 周扬:《文学与生活漫谈》,《解放日报》1942 年 7 月 19 日。
⑤ 周扬:《马克思主义与文艺·序言》,《马克思主义与文艺》,第 12 页,延安解放社,1944 年 5 月版。

安文艺座谈会和整风、审干之后，中共中央仍有许多重要的安排，这些安排恰似一套组合拳，直指作家的思想改造与"结合"问题。胡乔木曾说，为什么说"座谈会前后"呢？因为"后"还有许多事……现在许多作家回忆，除座谈会本身外，下乡是很重要的问题。①事实上，中共中央出面组织的这次活动，选择了合适的时机，也经过了精心的安排，离开这些，我们也就很难把握延安文学制度生成的内在机制。

文艺座谈会召开之后，已经有作家开始要求下乡。②但是，整风运动还在进行中，文化人的问题尚未得到解决，如果这时就把他们分散到乡下，显然不可能完成思想改造的任务。关于这个时机的把握，党务广播《关于延安对文化人的工作的经验介绍》已有清晰地说明。此外，时任中宣部部长的凯丰也在动员文化人下乡的"党的文艺工作者会议"上交代说：许多作家在座谈会后要求下乡，后因整风运动，把大家留在延安整风后再下去，一留就留了一年。留了一下是有好处的，那时就下去倒反不见得有好处。今天我们有了文艺运动的方针，又有了整风运动思想上的准备，所以今天下去比那时下去好。③凯丰讲的是一个时机的把握。

从毛泽东文艺座谈会讲话的精神来看，要实现真正的"结合"，唯有调集知识分子到农村去，才有可能见到切实的效果：1944 年毛泽东提出"要搞七千知识分子下去"，"甚至可以把整个延大、整个行政学院解散下乡"，搞"放假旅行，真正学习本领"。

---

① 《胡乔木回忆毛泽东》，第 55 页。

② 文艺座谈会刚刚开过，艾青就给毛泽东写信，要求到前线去，毛泽东回答他：目前还是"希望你蹲在延安学习一下马列，主要是历史唯物论"，然后再到前方，切实研究农村阶级关系。这时文艺整风才刚刚开始，毛泽东拒绝艾青，显然是出于整个整风进程和节奏对文化人的影响考虑的。

③ 凯丰：《关于文艺工作者下乡的问题》，载《解放日报》1943 年 3 月 28 日。

　　下乡之前，中央文委和中央组织部召开了共产党的文艺工作者会议。这是一个规格颇高的动员会，也是"送行会"。会上，刘少奇、博古、凯丰、陈云等领导人都讲了话，延安的五十多位党员作家出席。凯丰先讲了这次讲话的语气问题。他说从前和文艺工作同志讲话，不管党员也好，非党员也好，总是客气，中央文委觉得自己没有尽到责任。经过了整风，大家认识进步了，时机也成熟了，所以这些问题应当说了，说了大家不会见怪，不会反感，因为在思想上有了认识一致的准备。

　　凯丰共讲了四个问题：一、"为什么下乡，怎样下乡"？以前的下乡之所以没有能够解决文艺工作者和实际结合与和工农兵结合的问题，原因主要是没有首先解决认识上的问题。这次下乡，就是要解决这两个老大难问题。总结过去下乡的经验，应该提出两个问题：一是要打破做客的观念，这就要求必要抱收集材料的态度下去，而要抱工作的态度下去。不要抱暂时工作的态度下去，而要抱长期工作的态度下去。二是要放下文化人的资格。自己不要以为自己是文化人就自视特殊，否则就会格格不入。二、"下乡的困难"。这次下乡不但有生活上的困难，还有工作上的困难。文艺工作者既然下乡，就必须服从当地党的当前任务，服从当地的组织，不管灵感来与不来都要完成任务。三、"下去应该注意什么"？文艺工作者下乡背上背了一个文化人的"包袱"，因此一定要把这个"包袱"放下来。四、"对下乡文艺工作者的希望"。总之，这次就是希望真正能够解决以前没有解决的问题，彻底实现两个结合。

　　陈云的讲话《关于党的文艺工作者的两个倾向问题》直指文化人的缺点，口吻更加严厉。陈云开门见山地说，今天这个送行会上不想讲文化人的贡献，只想讲讲"两个倾向"，"或者说两个缺点"："一个是特殊，一个是自大。"这两样东西都是不好的，都是应该去掉的。关于不要特殊，陈云说，先要弄清楚文化人是以什么资格做党员。做文化工作的同志过去长期分散工作，受党的教育比较少，和工农兵的讲话也比较差，在思想意识上不免产生一些弱点。又因此要人家长期照顾，这就并不漂亮了。因此，要解决文化人要不要遵守纪律和要不要学习马列主义、学习实际政治两个问题。马克思、恩格斯、列宁、斯大林、毛泽东我们都承认他们是天才，但他们都是遵守纪律的模范。同志们要注意真心的遵守和具体的遵守。真心遵守，就是心口一致、言行一致，具体遵守就是一定要服从支部、服从直接的上级，即使上级的人比你弱，你也一定要服从。做不到这一步，我们的党就要垮台。学习政治不但于作品有好处，于作家为人也有好处，可以使我们去一些小气，少一些伤感。我们有些同志一高兴就是灵感，一不高兴就是伤感，这叫做感情用事。这样事业固然搞不好，自己也很吃亏。

关于自大，陈云说，文化人身上的这个毛病来源于两个地方：一个是对整个文艺工作有了不合事实的估计，一个是对个人成就才能有了不合事实的估计。不要把文艺的地位一般的估计过高，同时对自己个人在文艺上的地位更不要估计过高。我们的同志忽略了一个简单的道理："小菜煮在锅里，味道闻在外面。"一个人的成就不是靠自己称的，要口称何不上秤称，看自己的知识够了没有？没有呢。[1]

刘少奇在发言中指出文艺工作者要从改造实际中长期学习，才能改造主观与客观。博古的发言强调速写、报告在文艺上和政治上的重要性，号召大家成为党报通讯员。

会议之后，《解放日报》在第三天的头版位置详细报道了这

---

[1]　陈云：《关于党的文艺工作者的两个倾向问题》，载《解放日报》1943 年 3 月 29 日。

次会议的情况，并在《毛泽东同志曾指示文艺应为工农兵服务》的标题下，十分详细地介绍了《讲话》的精神。几乎同时，《解放日报》陆续发表了一些作家响应这次会议并自我反省的文章：舒群的《必须改造自己》（3月31日）、周立波的《后悔与前瞻》（4月3日）、何其芳的《改造自己、改造艺术》（4月3日）、萧三的《可喜的转变》（4月11日）等。

何其芳在《改造自己、改造艺术》中认为，和从前比较起来，这次下乡并不是一个简单的收集材料的问题，而是一个有严重意义的改造自己、改造艺术的问题。如果仍然"旧我未死，心多杂念"，将来就有可能在革命队伍中掉队。自己也是经过了整风，才猛然意识到自己原来像那外国神话里的半人半马的怪物，一半是无产阶级，还有一半甚至一多半是小资产阶级，才知道自己急需改造。自己不但还没有将文艺成为行的人，而且一直还没有用正确的态度搞过文艺。

周立波在《后悔与前瞻》陈述了自己"做客"下乡的害处，反思这些原因有三：一是还拖着小资产阶级的尾巴，不愿意割掉，还爱惜知识分子的心情，不愿意抛除；二是中了书本子的毒，不知不觉成了上层阶级的文学俘虏；三是在心理上，强调了语言的困难，以为只有北方人才适宜于写北方。夸大语言的困难，是躲懒的借口。

1943年11月，中共中央西北局宣传部也召集各剧团负责人会议，动员和组织剧团下乡。柯仲平代表下乡剧团发言。他介绍了自己下乡的经验：尽量想法接近群众，以烟斗为例，在乡下时他的一只烟斗曾叫许多好奇的老百姓吸过，他从未擦洗过，这样老百姓觉得他有点像自家人，说话就比较亲切了。①

---

① 详见延安《解放日报》1943年11月24日。

　　在中央的统一部署和文化人的自我反省中，下乡成为1943年开春之后延安文化运动的主题。几乎所有的文化人都背上简单的行囊，有组织地被安排到或近或远的工厂、农村，成为当地的一名实际工作者。《解放日报》自1942年4月1日取消文艺副刊，改为以文艺为主的综合文艺栏后，出现了严重的“稿荒”，以致不得不连续刊登“征稿启事”，最后还是毛泽东亲自出面，以分派任务的方式解决稿源问题。^①整风之后，作家创作的题材和主题都集中到了工农兵上，从周扬在中华人民共和国建立前夕对入选《中国人民文艺丛书》的一百七十七篇作品的主题的统计结果来看，写抗日战争、人民解放战争（包括群众的各种形式的对敌斗争）与人民军队（军队作风、军民关系等）的，占了总数的一百零一篇；写农村土地斗争及其他各种反封建斗争（包括减租、复仇清算、土地改革，以及反对封建迷信、文盲、不卫生、婚姻不自由等）的，有四十一篇，写工业农业生产的，有十六篇，写历史题材（主要是陕北土地革命时期故事）的，有七篇，其他

---

① 1942年9月20日，毛泽东又亲自为《解放日报》拟定了“征稿办法”：（一）《解放日报》第四版稿件缺乏，且偏于文艺。除已定专刊及由编辑部直接征得之稿件外，现请下列各同志负责征稿：荒煤同志，以文学为主，其他附之，每月12000字；江丰同志，以美术为主，其他附之，每月8000字，此外并作图画；张庚同志，以戏剧为主，其他附之，每月10000字；柯仲平同志，以大众化文艺及文化为主，其他附之，每月12000字；范文澜同志，以历史为主，其他附之，每月12000字；邓发同志，以工运为主，其他附之，每月8000字；彭真同志，以党建为主，其他附之，每月15000字；王震之同志，以戏剧（曲？）为主，其他附之，每月5000字；冯文彬同志，以青运及体育为主，其他附之，每月12000字；艾思奇同志，以文化及哲学为主，其他附之，每月10000字；陈伯达同志，以政治、经济、国际为主，其他附之，每月12000字；周扬同志，以文艺批评为主，其他附之，每月10000字；吕骥同志，以音乐为主，其他附之，每月5000字；蔡畅同志，以妇运为主，其他附之，每月5000字；董纯才同志，以教育为主，其他附之，每月8000字；吴老（吴玉章），以语文为主，其他附之，每月5000字。以上共149 000字。（二）各同志负责征集之稿件，须加以选择修改，务使思想上无毛病，文字通顺，并力求通俗化。见艾克恩编：《延安文艺运动纪盛》，第393-394页。

（如写干部作风等）的，有十二篇。[①] 表现其他社会阶层和其他生活领域的作品，几付阙如。

　　在大规模的文化人下乡运动背景下，延安的各类社团和刊物也尽数停摆。而轰轰烈烈的群众秧歌运动，能快速反映战争、大生产运动等政治内容的通讯、报告文学，以及街头诗运动，就成了整风之后延安文学的主要样式。其中，尤以秧歌运动最受推崇。秧歌这种带有原始娱乐和集体狂欢性质的民间艺术，在被改造成"革命秧歌"后，成了那时最受欢迎的群众艺术。

---

① 周扬：《新的人民的文艺》，《周扬文集》第 1 卷第 512 页。

第九章

延安的文学社团与文学刊物管理

延安的文学社团与文学刊物的创办与出版，从管理层面而言，经历了一个过程。早期，基本上按照张闻天制定的《关于各抗日根据地文化人与文化团体的指示》办理。该《指示》的第八条规定：

> 文化人的最大要求，及对于文化人的最大鼓励，是他们的作品的发表。因此，我们应采取一切方法，如出版刊物、剧曲公演、公开讲演、展览会等，来发表他们的作品。①

诚如现代以来文艺社团与刊物的发展规律，刊物通常与社团相伴：社团的成立与运行，需要刊物为之标榜。没有刊物，社团往往也就有名无实，人们正是通过刊物以了解社团。刊物的风格，也就是社团的标志。延安社团与刊物的关系，也大致如此。

在延安，有了上述之规定，早期作家的结社办刊，各级组织

---

① 原载《共产党人》第 12 期（1940 年 12 月 1 日），此处引自《张闻天选集》第 1 卷，1985 年版，第 291-293 页，人民出版社。

也都是无条件予以支持；也因此，延安的文艺社团与刊物一如雨后春笋般遍地开花，百花齐放姹紫嫣红，把延安点缀成一座文化之城。文艺整风之后，随着文化人下乡运动的开展，延安作家或主动或被动地都被安排下乡与工农兵结合从事各种实际的社会工作，延安的社团活动大多停止，而文学刊物自然也就随之停刊。在毛泽东的《讲话》以及中共中央要求贯彻《讲话》的系列文件出台后，延安实际上形成了新的关于社团与刊物的管理制度。值得注意的是《解放日报》的改版，它是在毛泽东的主导下进行的，目的是将《解放日报》改造成"完全的党报"，使之成为传达党的声音的主渠道。延安的出版物管理尽管没有在当时的文件中予以明确，当时整风时期《解放日报》发表的博古翻译列宁的著名文章《论党的组织与党的出版物》，事实上成为出版体制运行的一种规则。

第一节　延安前期的文学社团与刊物

如前所述，在早期延安知识分子政策指导下，文化呈现迅速繁荣之势。各类协会、社团以及文艺刊物，在 1940 年到 1942 年之间呈现井喷之势。一个中国西北的边陲小城，在短短的两三年时间，其思想文化的活跃形成了类似毛泽东所谓"诸子百家"的局面，这在中国近现代文化史上也堪称奇观。毛泽东尽管当时并不主管文艺，但正如胡乔木所言："自西北内战局面基本结束后，他就分出一部分精力来抓文艺工作。同时，毛主席又是一位文学造诣很深的人，他的诗词和散文都具有很强的文学魅力，这又为他联系文化人提供了更好的条件。延安不少重要的文艺团体和单位，如中国文艺协会、西北战地服务团、鲁迅艺术学院、边区文化协会、抗战文工团、民众剧团等，都是在毛主席的亲自关怀、大力支持下成立和开展工作的。"①

延安创办的第一个文艺协会，是1936年由丁玲发起成立的"中国文艺协会"。"中国文艺协会"的创办过程是这样的：

> 一九三六年陕北苏区保安出版的报纸只有《红色中华》一种……丁玲一九三六年冬她到保安后只有几天，就建议成立一个文艺俱乐部……毛主席一向非常重视文艺工作，亲自出席，并亲自命名为"中国文艺协会"，丁玲被选为主任……中国文协成立以后，丁玲热烈主张出版文艺刊物，这在当时的保安是创举，但限于物力和人力（许多作家是在西安事变和平解决以后才陆续进入延安的，只有丁玲一人是第一个进入保安和延安的革命作家），一时不可能单独出版刊物，所以暂借《红色中华》报编份文艺副刊——"我党党报第一个文艺附刊"，就是当年从白区来到保安的第一个革命作家丁玲创办的。附刊每周六发刊一次，由徐梦秋编辑，因为自文协成立后，丁玲就出发到陕北定边等地，后又转到陇东"彭大将军"那里去了。
>
> 1937年初中央由保安迁到延安后，丁玲自三原回到延安，她重整中国文协的工作。这时茅盾主编的《中国的一日》已有少数带到延安，由于宣传部长吴亮平的建议，中国文协决定出版《苏区的一日》，并在《新中华报》（《红色中华》的新名称）文艺附刊上登出征文启事……但限于出版条件，这个计划后来没有实现。延安

---

① 《胡乔木回忆毛泽东》，胡乔木著，人民出版社1994年版，第251页。

物质条件比保安好一些，因此中国文协想让文艺附刊独立出版，丁玲等与《新中华报》数度洽谈，取得协议，就将文艺附刊改为单行本出版，并定名为《苏区文艺》，仍由徐梦秋编辑。

　　据袁良骏在《丁玲和红中副刊》（见《战地》1980年第二期）说，《苏区文艺》后来又改为《特区文艺》和《边区文艺》。

　　与《苏区文艺》出版的同时，中国文协还曾经积极准备出一本《中国文艺协会月刊》，计划由丁玲主编，后来因纸张印刷等的实际困难，而宣告流产。[1]

这是最早延安创办社团与刊物的情况。作家提出的要求，通常都能得到最大程度的满足。当然，纸张印刷的实际困难导致设想流产，也并不鲜见。

毛泽东对文艺协会寄予厚望。在"中国文艺协会"成立仪式上的发言，表达了他的心声：

　　过去我们都是干武的。现在，我们不但要武的，我们也要文的了，我们要文武双全……要从文的方面去说服那些不愿停止内战者，从文的方面去宣传教育全国民众团结抗日，如果文的方面说服不了那些不愿停止内战者，那我们就要用武的去迫使他停止内战。你们文学家也要到前线去鼓励战士，打败那些不愿停止内战者，所以在促进停止内战，一致抗日的运动中，不管在文艺协

---

[1]　朱正明：《〈红色中华〉报文艺附刊的一些情况》，《新文学史料》1983 年第 3 期。

会都有很重大的任务。^①

　　政治家对文艺的期许，多半都在事实上成为文艺社团的内在追求。以 1937 年成立的以丁玲为团长的"西战团"为例，该团的行动纲领即是"一、在政府领导之下，号召统一全国力量，彻底实现抗战国策，争取最后胜利，以复兴中华民族。二、鼓励抗日将士，援助抗日将士，慰劳抗日将士，发扬抗日军为民族解放而奋斗之精神，提高抗日军之抗战情绪，巩固抗日军之抗战意志，以保障抗日战争之胜利。三、向敌军及俘虏作各种方式之宣传与训练，瓦解敌军，争取友军。四、以戏剧、音乐、讲演、标语、漫画、口号各种方式向抗日战士及群众作大规模之宣传，使能彻底明了民族革命战争之意义与目标，以唤起中华民族之儿女们的斗争情绪与求生存的牺牲精神……"^②

　　继 1936 年初到延安的丁玲提议创立边区第一个文化协会"中国文艺协会"（简称"文协"）之后，1937 年 11 月 24 日，在延安又成立了"特区文化救亡协会"，后来简称"边区文化救亡协会"，也简称"文协"或"边区文协"。这是应后来到延安的左翼文化人的要求成立的一个统一、范围更大、新的延安文化界组织。由成仿吾、周扬、柯仲平负责。编辑《新中华报》副刊《特区文艺》，后改为《边区文艺》。1939 年又出版《文艺突击》。为扩大影响和培养边区文艺力量，"边区文化救亡协会"在抗大、陕公、女大成立了许多文化小组。虽然延安看似有两个"文协"，不过，自从"边区文化救亡协会"成立时起，"中国文艺协会"就几乎等于无声地消亡了。后来人们常常提到的"文协"，多指

----

① 　原载《红色中华》1936 年 11 月 30 日第 1 版，《红中副刊》第 1 期。此处转引自《延安文艺研究》1985 年第 3 期。
② 　转引自王东明：《西北主动服务团述略》，《抗战文艺研究》1986 年第 4 期。

后者，而不再是前面的"中国文艺协会"。"边区文化救亡协会"
基本上是边区政府主办的一个官方的组织，这在后来的活动中表
现得更加明显。1940年1月，陕甘宁边区政府召开"边区文协"
成立后的第一次代表大会，张闻天、毛泽东在此次会议上就中国
的新文化运动的发展方向，各自发表了重要意见。大会选举吴玉
章为主任，艾思奇、丁玲为副主任。以《大众文艺》（1941年3
月改为《中国文艺》）作为会刊。

1938年3月27日，国统区的文化人为团结抗日，在汉口成
立了"中华全国文艺界抗敌协会"，老舍任会长。萧军、舒群等
建议成立这个协会的延安分会，经中宣部洛甫同意，1939年5月
14日在延安成立了"中华全国文艺界抗敌协会延安分会"，简称
"文抗"。

文协和"文抗"这两个协会的关系有很多交叉，所以常常被
有些延安文艺研究者误解，这里简单予以梳理。

"文抗"成立后，吸收的理事主要有"文协"（即"边区文
协"）和鲁迅艺术文学院（简称"鲁艺"）的知名文化人，丁玲、
周扬都名列其中。由于文协和"鲁艺"的活动开展较早而且较
有影响，"开始的'文抗'只是一个名义"。[①] 但是由于两个协会
的人员交流很多，加之"文抗"更具全国性，到1941年5月份，
由"文协"召开会议选举"文抗"的理事，结果由七名主席轮
流负责，分别是：刘白羽、艾青、萧军、舒群、白朗、罗烽、于
黑丁，于黑丁兼任秘书长。从此，"文协"改称"文抗"，于8月
间搬到蓝家坪。"从这时起，文协人员没有变动，但名称则只有
文抗。"

1941年"文抗"出版会刊《谷雨》，与"鲁艺"同年出版的

---

① 丁玲：《延安文艺座谈会的前前后后》，《新文学史料》1982年第2期。

文学刊物《草叶》各具特色，并形成对峙局面。1941 年 11 月 23 日，《解放日报》曾以《延安新出文艺刊物三种》为题，介绍了《谷雨》的出版情况："'文抗'主编之《谷雨》，"鲁艺"主编之《草叶》，诗歌总会主编之《诗刊》，均已先后出版。由新华书店总经销。"①

关于《谷雨》的编辑情况，萧军认为大约是艾青、丁玲、舒群、何其芳和自己轮流编辑。②从内容上看，《谷雨》比较鲜明地表达了知识分子的立场。例如创刊号上（1941 年 11 月 15 日）刊登丁玲的《在医院中时》，第二、第三期合刊（1942 年 1 月 15 日）上艾青的《语言的贫乏与混乱》、曹葆华的翻译《列宁与艺术创造的根本问题》，第四期（1942 年 4 月 15 日）上立波的小说《第一夜》、实味的《政治家、艺术家》，第五期（1942 年 6 月 15 日）上萧军的《杂文还废不得说》（以及附录：《鲁迅杂文中的"典型人物"》），严文井的《论文人的敏感同自我意识》，丁玲的《风雨中忆萧红》等，许多文章都在延安整风中间受到批评。

1940 年 10 月 19 日，丁玲、萧军、舒群等人组织了"文艺月会"，并由萧军提议出版"文抗"的机关刊物《文艺月报》。编委由丁玲、萧军、舒群组成，但实际编务基本上由萧军主持。

1941 年 10 月 18 日，隶属"文抗"的"延安作家俱乐部"（又称"文抗作家俱乐部"）创立，俱乐部不但是延安作家活动的场所，也是延安文学活动的中心机构。

1941 年 1 月 15 日，"鲁迅研究会"成立，成为延安作家和理论工作者的以学习、继承鲁迅为宗旨的一个学术团体。艾思奇、萧军、周文组成干事会，萧军为干事长。为开展鲁迅作品的整理

---

① 《延安新出文艺刊物三种》，见《解放日报》（1941 年 11 月 23 日）。
② 刘增杰、王文金：《有关〈谷雨〉的一些材料》，《新文学史料》1982 年第 2 期。

和出版,吸收周扬、陈伯达、范文澜、丁玲、萧三、胡蛮、张仲实成编委会。鲁迅研究会是一个由延安高级知识分子组成的学术性组织。除了每年组织隆重的鲁迅纪念活动外,还出版了《鲁迅论文选》《鲁迅研究丛刊》第一辑、《鲁迅研究特刊》(《阿Q论集》)和鲁迅小说选集,并编印了《鲁迅先生逝世五周年纪念特刊》及《鲁迅语录》等。

其他相对专业的文学社团还有1941年12月成立的"小说研究会",是"文抗"内部的组织。1937年依托陕北公学成立的战歌社,后来扩展成为整个延安的较有影响的诗歌社团,社长为柯仲平。该社的一大传统和特色是诗朗诵,他们在延安先后举行了20多场诗朗诵活动,曾经吸引毛泽东等中央领导参加。该社还把八月七日定为"街头诗运动日",并编印《街头诗运动特刊》专辑,在《新中华报》上特辟"街头诗选"专栏。1940年,该社联合另一个诗歌社团"山脉社"创刊了《新诗歌》。同年12月,该社并入新成立的"延安新诗歌会"。

1938年"鲁艺"成立了名为"路社"的诗歌社团,出版《路》诗墙报以及诗刊《路》;1938年由陕甘宁边区文协发起的旨在联合各诗歌社团的统一组织"边区诗歌总会"也宣告成立。编印诗歌刊物《诗歌总会》;同年,抗日军政大学政治部发起成立了"山脉诗歌社",组织很快扩展到"鲁艺"、马列学院、八路军总政、边区政府、后方留守兵团等机关。以《山脉诗歌》为会刊。"延安新诗歌会"成立于1940年,萧三发起,由陕甘宁边区文协领导。该会阵容庞大,活动方式多而灵活,《新诗歌》是他们的会刊,先后曾经组织过诗歌大众化和街头诗的讨论,论题涉及延安诗歌发展中的诗人如何和大众结合、大众化诗歌的内容、形式、语言以及怎样开展诗歌大众化等问题,影响比较深远。"怀安诗社"由陕甘宁政府主席林伯渠和边区参议长谢觉哉联名发起，对象多为老同志，时间是 1941 年 9 月。该社是一个完全的同仁社团，没有任何章程、入社手续以及社员的权利义务之类。林伯渠的倡议是"边区建设民主政权，必须使老者能安，少着能怀"。"延安诗会"是延安最后的一个诗歌组织，成立于 1941 年 12 月，艾青、萧三共同发起，诗会成立时曾就新诗的政治价值和艺术价值、诗歌创作的态度等问题展开辩论，创办《街头诗》作为固定墙报，后又陆续创办《街头画报》《街头小说》等。

为开展群众性文艺活动而成立的"文艺小组"，是一个分散于延安各机关、学校、工厂、部队等部门的文艺组织。"文抗"为支持它的发展，专门成立了"文艺小组工作委员会"进行指导；在 1942 年 1 月 5 日陕甘宁边区政府为统一文化团体的管理，成立了"文化工作委员会"后，文委特别发出通知，要求延安各单位加强对文艺小组的领导，使之成为培育延安写作骨干的重要方式。1940 年成立的另外两个致力于文艺大众化的团体"大众读物社"和"大众化工作委员会"，出版会刊《边区群众报》《大众习作》等，也在延安产生了不小的影响。

总体而言，延安的文学社团和文学刊物中的绝大部分，是自觉地以文艺来配合抗战目标的实现的。在上述社团刊物中，比较显出特色的，是"文艺月会"及其属下《文艺月报》。透过它们的活动轨迹，我们大致可以看出延安当时文艺界的活动状况，以及社团刊物管理的大致情状。延安创设的各种社团和刊物中，多数都是以积极配合前线战争及边区其他政治任务而成立的。

1942 年 1 月 5 日，陕甘宁边区政府为统一文化团体的管理，另外成立了"文化工作委员会"，简称"边区文委"，由吴玉章任主任，林伯渠、周扬为委员。边区文委由西北局领导，与延安"文抗"已经不是一回事了。

第二节 "文艺月会"与《文艺月报》：
早期社团刊物运作情况管窥

在延安，比较没有官方色彩，较多反映作家们日常生活的结社，是"文艺月会"与《文艺月报》。

对于刚到延安的作家，火热激烈的救亡场面充塞了他们的视野，救亡热情使他们几乎无暇顾及人的日常生活。要从一个相对平稳的常态中进行关于文化方面的思考，还不太可能。但是，当战争、救亡成为人的日常生活的一部分，尤其是作家们都有在国统区开展文艺活动的经验，结社办刊这种属于他们特有的生活方式，也渐渐苏醒。这种生活方式的惯性，可以说也是他们在延安确立作家身份特殊化的自我认同的方式。

这里所说的"自我认同"，指的是他们以明确的作家身份为信念上的归属，并以作家或文化人身份和话语立场与其他社会阶层划开界限，借以标明自身的价值观和文化关怀。在前期延安优待知识分子的大环境里，作家们是很在意这一点的。

曾是鲁迅"大弟子"的萧军，早在上海左联时期已经名满天下。萧军对结社办刊，表现出很强的自觉意识。据丁玲说，"文抗"是他（指萧军，笔者按）要搞的，在延安本来没有"文抗"，本来就是我们一个"文协"嘛。他来了，他就要提议，搞"文抗"①。可见，萧军有强烈的社团意识，为什么又要搞个"文艺月会"呢？丁玲说：

> 洛甫同志说了，要团结非党人员嘛，就成立了。名

---

① 周嘉向整理：《文协成立始末及其他——丁玲1983年10月28日谈话》，载《延安文艺研究》1992年第2期。

义上我是理事。实际是一个半人……开始我参加，后来我不想参加了。因为在那，我负不了责，每篇文章都有争论，他（指萧军，引者注）老是在用文章骂人，他要拿萧三那篇文章骂萧三，我说，你不要骂人嘛，后来我就去了，下乡了，也不管了……有一次在会上他就讲，我要管两个党，管一个国民党，管一个共产党，也可以说他是狂妄，也可以说他是无知、幼稚得很。[1]

文艺月会和《文艺月报》带点"同仁社团"和"同仁刊物"的性质。尽管它的资金全部由官方提供，这也是它与五四新文学发生时的同仁社团和同仁刊物最大的不同；但是，它又是一个较少官方介入的社团和刊物。在萧军主导下，它实际上比较充分地表达了左翼知识分子较具个性的立场和态度。

文艺月会的发起通知上说该会的成立是"为了提高文艺创作兴趣，展开文艺讨论空气"。[2]月会的活动，几乎都在《文艺月报》上有所反映。《文艺月报》第一期记述了关于月会成立的几次讨论情况以及纲领"草案"。从组织程度上看，月会并未就会员的入会、退会以及会员的责任、义务做出严格规定，因此可以说，这是一个松散的作家个人间组织。月会成立的第一次座谈会于 1941 年 10 月 14 日在杨家岭文化协会举行，参加会议者除"文抗"作家外，"鲁艺"中除戏剧家塞克外，几乎全到，共三十余人。在丁玲主持讨论月会的性质、任务以及《文艺月报》的编辑方针时，周文等认为月会应该加强延安作家自己的团结，促进延安文学的创作；周立波、萧军、雪苇、周文认为《文艺月报》要

---

[1]　周嘉向整理：《文协成立始末及其他——丁玲 1983 年 10 月 28 日谈话》，载《延安文艺研究》1992 年第 2 期。

[2]　《简记文艺月会》，载《文艺月报》第 1 期（1941 年 1 月 1 日）。

办成一个短小精悍、有斗争性的刊物，有小说、诗歌，也要有批评和杂文。丁玲发言强调作家不要自满，也不要自卑。自满就是不谦虚，妨碍进步，自卑则是缺乏信心。[①] 其实丁玲所谓的"自满""自卑""信心"这些话，在当时延安作家中，都是一些相当敏感的话题，透露出作家和环境之间的紧张关系。自满就是把自己放大，看成在知识或道德上高于一般的社群，自卑则是将自己视为延安的话语弱势群体，正因为有这两种不平衡的心理，丁玲要号召作家们增进"信心"。这种"信心"，首先指的是在延安作为一个作家的信心，它需要作家认可自身的意义与价值，主张自身价值之不可化解或化约。

文艺月会的纲领草案中，共列出需要讨论的四个问题，分别为当前创作问题、当前理论问题、当前文艺运动问题以及文艺工作者本身修养问题。这个纲领几乎难以称得上一个真正的纲领，因为它没有就协会的宗旨、性质以及工作内容等加以说明，在其所列的四项问题之下，大多是具体的问题，而且没有提到当前最紧迫的战争、革命等问题，以及文艺大众化的问题。在"当前创作问题"中，列出的问题是"如何形成创作环境和气氛？如何增进创作上的质和量？如何收集现存的材料？如何创造适应当前内容所需要的形式？"在"当前理论问题"下列出的问题是"哲学观点，美学体系，批评方法等如何规定？如何展开多面性的批评？如何提高一般理论上的水平？"在"当前文艺运动问题"中是在延安，如何加宽，加深，加强文艺影响，使文艺和一般哲学、政治及各种科学取得融和以收相辅相成的效果；如何使文艺作者和各文艺小组形成纵横的有机的密切的连（原文如此）系

---

① 参见《第一次座谈会》及丁玲：《大度、宽容与〈文艺月报〉》、周文：《谈初步的研究》等，均载《文艺月报》第 1 期（1941 年 4 月 1 日）。

体，无阻碍地交换各种意见？如何与各地文艺工件者取得经常联系（利用团体和个人关系），彼此相互报导各地文艺活动情况。在"文艺工作者本身修养问题"中，文艺上向国外学习的标准（古典的，现代的）。文艺上向国内学习的标准（古典的，现代的）。一般常识的标准（语言，哲学，科学，政治等）。鉴赏批判能力的养成。文艺趣味与生活凝固化等。一个文艺工作者的基本为人处世精神，工作态度等①。这些"议题"非常具体，包含了作家在延安生活的方方面面。

为贯彻"纲领"，作家们又议出五条办法，第一、二两条办法分别是：赶快建立"文化村"，使作家一进边区便有住处；作家有活动，必须有文艺刊物，出版文艺书籍。延安到现在只出版一本《鲁迅论文选集》，可谓太少。

文艺月会共开了九次月会，第一、第二次分别讨论了月会成立和纲领，第三次月会讨论了"抗战三年来的文艺运动"，第四次月会讨论"我的创作或理论上的优点或缺点"，第五次例会是关于"我对于民族形式的看法和意见"，第六次不详，第七次月会是一次名为"春花会"的假桃林公园游园和野餐会，第八次除由萧军介绍会务以及月报编辑调整情况外，还讨论了立波的小说《牛》和何其芳的诗《革命，向旧世界进军》。第九次月会的题目是"延安作家的创作生活问题"。从月会实际召开的情形来看，脱离题目的居多，常常演变成作家们的"神仙会"，因此，月会也带有浓重的文人交游气味，其中也就有游园会。依托月会这个组织，作家们为增进一般人对文艺工作的兴趣，其或引起人们普遍地对文艺工作的重视，还大力开展了"文艺小组"活动和

---

① 参见《第二次座谈会》、《文艺月会第二次例会通知（附纲领"草案"）》，均载均载《文艺月报》第 1 期（1941 年 4 月 1 日）。

"星期文艺学园"活动。这两项活动堪称延安群众性文艺活动的盛事，因为它明显带有提高的性质和任务。文艺小组的活动还得到中央文委的支持，月会作家为辅导小组会员的学习，特意举办了七次巡回座谈会，以讲授文艺理论和辅导答疑为主要形式。星期文艺学园与文艺小组有血缘关系，是月会作家在为文艺小组巡回座谈中产生的灵感。月会第五次例会谈到学园成立的缘起，说是："最近从大后方来了很多文艺家，大家兴高采烈地要办一个文艺学校。这本来是丁玲在巡回座谈会中感到应更具体的帮助文艺小组提出来的，现在成熟了，并且增加了新的要素和内容，也应该包括热心文艺因工作不能近"鲁艺"的文艺青年，要有系统地讲授文学史，创作方法，名著研究等。"① 它相当于今天定期的文艺讲座，类似于文学讲习所或文学训练班。学园设在延安文化俱乐部，这是萧军等"文抗"作家力争的一个纯粹文人活动场所。星期文艺学园也吸引了大批不是正式学员的文艺爱好者参加，在当时形成了延安的文化中心。

就文艺月会的各项活动而言，它紧密围绕文学创作，撇开紧张严酷的战时环境对文学的挤压，在延安形成了一种宽松和有相当弹性的作家间的关系。就作家来说，由于在这一环境中找到了基本的情感、价值和行动归属，也使他们的创作有从容和独立思考的一面。

文艺月会的上述风格集中体现在《文艺月报》中。在讨论《文艺月报》的编辑方针时，一致要求月报应有泼辣的作风，敢于对延安社会的不良倾向做出积极回应。出至第十二期，编者萧军为月报写了一份带有总结性质的《为本报诞生十二期献辞》，内中有"《文艺月报》底产生本来是跟着'文艺月会'来的。文

---

① 《第五次文艺月会例会》，载《文艺月报》第 6 期（1941 年 6 月 1 日）。

艺月会底产生，是根据了延安一般从事文艺工作的人们底愿望：提高文艺创作兴趣，展开文艺讨论空气，以及联欢等等。文艺月会是 1940 年 10 月 19 日成立的。月报到 1941 年 1 月 1 日才出版，到现在已经出了十二期，时日已经过了一年。这点小事看起来没什么，其实也还是经过几番'风波'的。所谓大鱼有大网，小鱼有小网"等语。关于月报的编辑情况，该文介绍说，月报创刊之初本来决定是由舒群"独裁"，后为其来住不方便而由萧军代替。在舒群搬回文协后，大概又由他和舒群合编。从第七期起，仍该由萧军"独裁"，一直到现在。关于编辑的标准，"有的主张多登短小精悍的杂文，有的主张多登些艺术性较高的小说之类，有的主张以报导为主，论争为辅，也登载诗歌，译文"，后来决定除每期应有针对一月中延安文艺现象而来的类似社论式论文一篇外，其余小说、译品、杂文，诗歌，消息，记录、通知等都登。①

萧军"献辞"，提到刊物的出版因遇到了"网"而推迟。文中的"网"字后加了省略号，表明话并没有说完，似有难言之隐。而"所谓大鱼有大网，小鱼有小网"，似亦有弦外之音。

丁玲在创刊号上发表的《大度、宽容与〈文艺月报〉》，是在第二次座谈会上发言的发挥，也是 1940 年的杂文《真》的继续。在杂文《真》中，丁玲对创作中为了配合形势和人物而去硬找主题的现象直言道："粉饰和欺骗只能令人反感。"②文章以"把握着斗争的原则性，展开泼辣的自我批评的作风"寄望于月报，可以看作鲁迅"费厄泼赖应该缓行"精神的发扬。丁玲在文中说，对"坏人、坏事、坏倾向"也要宽容的固然是罪恶，但"即使对于原来并不坏，只是因为有了伪君子们的大度，而慢慢才滋生培养

---

① 编者:《为本报诞生十二期纪念献辞》，载《文艺月报》第 12 期（1941 年 12 月 1 日）。
② 丁玲:《真》，《丁玲文集》第 4 卷。

出一些坏的倾向来的这种大度与宽容也是不能给以宽容的"。丁玲尖锐地指出,对坏人坏事大讲宽容的"伪君子"横行,不特是一般社会上的现象,文坛也是如此,而且"还有官官相卫,或者更有借此附骥之心"。在今天延安都说着要掌握着自我批评的"革命武器"时,那些"腐朽的士大夫的高尚情绪和小市民的趋炎附势"还在妨碍着这一武器的获得,因此作者更以为《文艺月报》要充当一个冲锋陷阵的新角色,给延安社会的不正常现象以一些新鲜的刺激。

丁玲将月报的问世看作一个延安即将有真正民主监督舆论的开端。她号召延安作家打破自我精神上的封闭,勇敢地展开对身边环境的批判;同时也有希望作家能开展所谓相互间的"自我批评"。丁玲批评的"官官相卫""附骥之心",显然有所特指。有关她与周扬的关系,我们后面专章评述。这里来谈另一位延安人物。

丁玲的这段话,似乎还指向来延不久的萧三。萧三一度曾是"拉普"和"左联"之间的联系人,在苏联时和高尔基等作家有过交往,"拉普"解散后从苏联辗转来到延安。来延后,他的举动比较惹眼。在 20 世纪 40 年代初延安的《轻骑队》墙报上,曾有一篇题为《想当年》的文章风行一时,该文讽刺某些老干部,没有新建树,只一味摆老资格。文中虽然没有点名,但所举的例子是"想当年我在苏联如何如何","想当年我与高尔基如何如何"……《轻骑队》编委李锐等一些青年人更瞧不起他发表在《解放日报》上的几首白话诗,觉得太缺少"诗味儿"。文章发表后的一天傍晚,李富春遇见李锐说:"李锐,你好尖锐,挖苦萧三嘛!"①

---

① 李锐著,薛晓原编:《直言——李锐六十年的忧与思》,第 36 页。

　　第二个例子，是当时的文艺小青年方纪被边区文协秘书长吴伯箫派到住在文化沟的萧三那里帮助工作。据方纪回忆，"工作闲暇他（指萧三，笔者注）常常给我讲毛泽东同志青少年时期的生活。因为他跟毛主席是同学。他讲他在苏联的生活，讲苏联文协的成就。"[1] 周扬和萧三因靠近毛泽东，且又在延安掌握了部分话语权，这就很容易引起一些内心敏感观察犀利的文人特别关注。

　　与丁玲《大度、宽容与〈文艺月报〉》同期在创刊号刊出的，还有周文的《谈初步的研究》。周文在文中说："一个开始写作的人，如果在脑子里先就装满了这个主义或那个主义，他的写作才能，将会闷死在这些名词术语和主义的铁笼子里的。"1941 年的延安主流意识形态宣传的"主义"并不多，因此，周文的"主义"显然有所指。

　　一会一刊，管中窥豹。作家在延安社会享有较多的优待和自由，他们也以此寻找作家"共同体"的身份认同。尽管那时中央的方针立足于"放"，但并不意味着没有要求、没有原则。反映在这里的诸如作家间的"无原则争论""意气之争"，呼吁作家对延安社会的"黑暗"进行暴露，要求对延安社会作家要求文学脱离"主义"的自由创作等现象和观念，显然，是引发中共中央考虑在政策上对结社办刊进行"收"的一个重要原因。

---

[1]　方纪：《新的起点——回顾延安文艺座谈会前后》，《新文学史料》1982 年第 2 期；另参见萧三：《我为左联在国外作了什么？》，《新文学史料》1980 年第 1 期。

第三节　延安后期的出版管理

1942 的文艺座谈会，是延安作家在结社办刊历程上的转折点。

延安文艺座谈会共开了三次，前两次会议，作家们都踊跃发言，但在主持人看来，尽管"发言热烈，但没有说到主要问题，需要进行引导"。[①]毛泽东指示《解放日报》开辟"马克思主义与文艺"专栏发表经典文艺理论文章。刊登的文章包括《恩格斯论现实主义》《列宁论文学》等。毛泽东特别指定博古翻译列宁的《党的组织和党的文学》一文。14 日，《解放日报》在副刊的显要位置发表了博古翻译的《党的组织和党的文学》。

译文同时还配发了《告读者》，言明"最近由毛泽东、凯丰两同志主持所举行的'文艺座谈会'是一件大事，尤其对于关心当前文艺运动诸问题的读者，本版决定将与会有关材料及各作家的意见，择要续刊于此，以供参考与讨论"。[②]《告读者》特意说道"在目前，当我们正在整顿'三风'和讨论文艺上的若干问题时，这论文对我们当有极重大的意义"。

《讲话》重点引用的，是博古翻译的列宁《党的组织和党的文学》中关于文学艺术事业应该成为整个"革命机器"中的"齿轮和螺丝钉"的观点。这篇文章是对列宁观点的"摘译"。它对列宁原文中关于"文学事业中最少能忍受机械平均、水准化、少数服从多数"、文学"无条件地必须保证个人创造性、个人爱好的广大原野、思想与幻想，形式与内容的原野"等论述，涉及无多。博古在翻译中将"LITERATURE"译成了"文学"，这就促

---

① 黎辛：《博古与〈党的组织和党的文学〉的翻译》，《文艺理论与批评》1998 年第 1 期。

② P.K（博古）：《党的组织和党的文学》，《解放日报》1942 年 5 月 14 日。

成和加深了把作家和文学比成"齿轮和螺丝钉"的观念。列宁的这篇讲话目前一般被翻译为《党的组织与党的出版物》，其中经常引用的这段现在的翻译是这样的："写作事业应当成为无产阶级总的事业的一部分，成为由全体工人阶级的整个觉悟的先锋队所开动的一部巨大的社会民主主义机器的'齿轮和螺丝钉'。写作事业应当成为社会民主党有组织的，有计划的，统一的党的工作的一个组成部分。"① 毛泽东的引用，是直接将"写作事业"换成了"文学"。

列宁的讲话还为苏维埃文学展示了这样一个动人的前景："这将是自由的写作，因为把一批又一批新生力量吸引到写作队伍中来的，不是私利贪欲，也不是名誉地位，而是社会主义思想和对劳动人民的同情。这将是自由的写作，因为它不是为饱含终日的贵妇人服务，不是为百无聊赖、胖得发愁的'几万上等人'服务，而是为千千万万的劳动人民，为这些国家的精华、国家的力量、国家的未来服务。"列宁的这段讲话充满着人道主义的同情和浪漫主义的精神，这也是它能被有着兼济苍生和浪漫情怀的诗人毛泽东引为同调的一个重要原因。

毛泽东 23 日文艺座谈会的"结论"是以列宁文章中有关"党的文学"的观念立论，说："无产阶级的文学艺术是无产阶级整个革命事业的一部分，如同列宁所说，是整个革命机器中的'齿轮和螺丝钉'。因此，党的文艺工作，在党的整个革命工作中的位置，是确定了的，摆好了的；是服从党在一定革命时期所规定的革命任务的。"② 《讲话》成为党的文艺政策的纲领性文件，《党

---

① 译文采自《列宁论文学艺术》，第 68 页，中国社会科学院文学研究所编，人民文学出版社 1983 年版。

② 毛泽东：《在延安文艺座谈会上的讲话》，《毛泽东选集》第 3 卷，第 865—866 页，人民出版社 1991 年版。

的组织和党的文学》作为其重要引文，也就值得我们特别予以关注。

值得一提的是，博古翻译的此文在后来余波不断。1980年代以来要求重译的呼声不绝如缕，基本上都倾向于认为博古在那时对列宁的原话进行了"误译"，"党的文学"应该改为"党的出版物"。胡乔木的意见最有代表性：

> 请告编译局，《党的组织和党的文学》一文所以要改译，是因此文自一九四三年在延安《解放日报》译载以来，因为译文关键地方始终严重不确切，以致成为党在文艺方面"左"的指导思想的重要理论根据。"党的文学"的提法使人误认为文学这一社会文化现象是党的附属物，是党的事业中的"齿轮和螺丝钉"。党应对文学事业进行正确指导，犹如党应对工业、农业、科学教育的发展进行正确指导一样。但工业、农业、科学教育仍属于整个社会、整个人民和国家，并不因为有党的领导，就成为党的工业、农业、科学教育，成为党的事业中的"齿轮和螺丝钉"。在一定意义上说，整个党的事业也是整个社会发展和整个人民生活中的"齿轮和螺丝钉"。[1]

无论《讲话》是将整个党的文学，还是仅仅将党的出版物看做党的事业中的"齿轮和螺丝钉"，都意味着不符合党在那一时期的政治任务的文学，都不可能再有继续在延安生存的理由。这是历史无奈的选择。

---

[1]　转引自刘昊、石峰主编《新中国出版五十年纪事》，新华出版社1999年版，附录。

丁玲 20 世纪 80 年代曾回忆延安后期的社团与刊物的状况：

> 后来 1942 年我们党整风，整风是学习文件，批评
> 和自我批评，是和风细雨的。后来康生给搞乱了。又搞
> 了"抢救运动"。那时就没有文协、"文抗"了，都解散
> 到中央党校去了。到 1944 年，整风运动结束，"七大"
> 开过后，延安召开政协会议，有民主人士，文艺界也有
> 人。这种政协会议，文艺界当然要有组织参加，于是周
> 总理提议，要搞一个"文协"，还是叫我去搞！毛主席
> 也要搞。我就跟毛主席讲了，这难搞，则刚过了抢救运
> 动，大家没兴趣。毛主席说，和作家说点好话，讲点理
> 嘛！说点好话，陪点礼，同志们是会来的嘛！这样，就
> 又成立了"文协"。这个文协并不是真正地要作家进来，
> 而是一个招牌，是政协开会要的。我当主席，梁硕是副
> 主席也没开会，后来日本投降，牌子取消了，文协也就
> 没有了，这仅仅是原先"文协"的一点余波。开会时我
> 们两个坐在一起出席会议，后来我们就走了。①

在政策层面上对作家结社办刊进行管理的，主要是 1943 年 4
月 22 日的党务广播《关于延安对文化人的工作的经验介绍》。关
于这份党务广播稿，唐天然先生曾做考证，云："此件现存中央
档案馆。'党务广播'是延安整风运动后期，中共中央向各抗日
根据地介绍延安整风运动经验的宣传方式。它大约由当时的中央
党务研究室，根据中央精神，组织稿件，然后通过电台，向各根

---

① 周嘉向整理：《文协成立始末及其他——丁玲 1983 年 10 月 28 日谈话》，《延安文
艺研究》1992 年第 2 期。

据地领导机关传布。它同样起着中共中央指示的作用。" [1]

党务广播把"从抗战后我们对文化人的工作，主要的是对文艺工作者的工作"，分为三个阶段来说，第一阶段是从抗战初期到陕甘宁边区文协第一次代表大会（1940年1月）。在这一阶段内，已有许多文化人来到延安及前方，来来去去，听其自便，也因为当时我党忙于抗战，忙于其他工作，对文化人工作除招待及给予帮助其上前方外，一般的对文化人的工作注意还是不够。又因为当时政治环境还不十分坏，而物质条件也不是那样困难，在文化人中所发生的问题，也不是那样严重。广播稿认为延安文艺界的问题重第二阶段以来变得严重：

> 第二阶段从边区文协大会到毛主席召集的文艺座谈会前（1942年5月）。在这一阶段内，在边区文协大会上，毛主席提出了新民主主义的文化，作为团结进步文化人的总目标。但是毛主席提出的这个方针，当时许多文化工作同志，并未深刻理解，使其变为实际。且强调了文化人的特点，对他们采取自由主义态度。加以当时大后方形势逆转，去前方困难，于是在延安集中了一大批文化人，脱离工作，脱离实际。加以国内政治环境的沉闷，物质条件困难的增长，某些文化人对革命认识的模糊观点，内奸破坏分子的从中作祟，于是延安文化人中暴露出许多严重问题。如对艺术与政治的关系问题，有人想把艺术放在政治上，或者脱离政治。如对作家的立场观点问题，有人以为作家可以不要马列主义的立

---

[1] 唐天然：《有关延安文艺运动的"党务广播"稿——兼及由此引起的考查》，《新文学史料》1991年第2期。

场、观点就会妨碍写作。如对写光明写黑暗问题，有人主张对抗战与革命应"暴露黑暗"，写光明就是公式主义（所谓歌功颂德），还是"杂文时代"（即主张用鲁迅对敌人的杂文来讽刺革命）一类口号也出来了。代表这些偏向的作品在文艺刊物甚至党报上都盛极一时。这种由非无产阶级的思想出发，如文化与党的关系问题，党员作家与党的关系问题，作家与实际生活问题，作家与工农兵结合问题，提高与普及问题，都发生了严重的论争；作家内部的纠纷，作家与其他方面的纠纷也都层出不穷。为了清算这些偏向，中央特召开文艺座谈会，毛主席作了报告与结论，上述的这些问题都在毛主席的结论中得到了解决。

第三阶段，从座谈会到现在。在这一阶段中，就是把毛主席的结论，在文化人中展开讨论，从思想上转变他们，并采取具体步骤把他们动员到实际工作中，在他们思想上达到相当成熟的时机。把党员作家召集起来诚恳坦白地把一切问题都说清。因此，在现在延安"文抗"全部文化人下乡去工作，而"文抗"也无存在之必要了，"鲁艺"也大部下乡工作，其他文化团体、文化机关也是这样。

广播稿由此得出了三条"各根据地对文化人的工作之参考"，最后一条是这样：

过去我们的想法，总是把文化人组织进一个文协或"文抗"之类的团体，让他们住在一起，由他们自己去搞。长期的经验证明这种办法也是不好的，害了文化人，使他们长期脱离实际，结果也就写不出东西来，或者写出的东西也不好的。真正帮助文化人应当是分散他们，使之参加各种实际工作。

根据文艺座谈会和整风的经验，在有准备有步骤的情况办法之下，是可以把文化人的思想弄通的，而上述的办法（思想及批评及实际工作）都是可以做得到的。不过要注意选择适当的时机，即是问题已经暴露，他们思想上又稍有准备的时机，来与他们一道讨论，而得到解决。整风运动是一个最好机会，应当利用整风运动来检查文化人的思想，检查我们对文化人的工作。①

这也就有了丁玲在上文回忆中描述的延安后期社团刊物的基本状况。

---

① 《关于延安对文化人的工作的经验介绍》（1943 年 4 月 22 日党务广播），《陕甘宁边区抗日民主根据地》文献卷（下），第 449-450 页，中共党史资料出版社 1990 年版。

第十章
延安文学批评方式及其嬗变

较早时期，与相对自由的结社办刊氛围相应，延安的文学批评开展得自由、泼辣。无论是文学观念的碰撞还是创作方法的交流，不时火星四溅。其间，既有坦诚与公平地论证，也有浓厚的宗派主义的作祟与文人相轻的意气之争。在文艺座谈会上，延安的文学观念逐渐统一，而宗派主义这个老大难，也有了明确的解决之道。在1942年整风深入开展的情势之下，文学批评话语越来越倾向于从作家作品是否站在党的立场上、是否为工农兵服务等方面对文学进行评判，而对作品美学一面的评论，则比较忽视。

延安作家在整风以前的讨论氛围，是非常宽松的。他们既可以讨论当时延安的文艺政策，也可以讨论诸如创作要不要"主义"这样的带有很强政治性的问题。问题尖锐，讨论热烈，是这一时期批评氛围的一大特点。在尖锐的批评中，也常常夹杂着一些人事方面的"意气之争"。意气之争折射了延安文人中间作祟已久的宗派主义问题。为了解决这些问题，作家甚至要求中共中央予以仲裁。这也是文艺座谈会召开的原因之一。

这里以下面的几场笔墨官司，管窥延安当时文艺批评的风气与风向。主要有陈企霞和何其芳围绕诗的"主义"问题展开的论争、萧军和雪苇关于文艺批评态度上的论争、关于周扬《文学与生活漫谈》引起的论争以及围绕丁玲主编的《解放日报》文艺栏作品引发的争鸣。

第一节 诗的"主义"之争

陈企霞和何其芳围绕诗的"主义"问题展开的论争，首先由陈企霞在《文艺月报》第三期（1941 年 3 月 1 日）上撰文《旧故事的新感想》引发。陈企霞在文章的上半部分不指名地对何其芳所说"现在我们的诗的主题就是新民主主义"表示不满，他说："对于当前所有各方面、各部门的工作，必须服从于整个民族，全体民族斗争的现实目标，我是决能相信的。但是想到人们能够这样简便地拿着政治的口号来'概括'诗的主题，好像一下子就用了轻松的办法把诗当作了战线的俘虏，我却有着很大的疑虑。""也许因为自己读书不多，到今天还没有发现过任何伟大的文学理论家说过任什么某一种文学作品的主题应当是什么主义，如同那位同志用新民主主义的说法那样。"陈企霞公开表示诗歌（文学作品）无法直接以新民主主义来作主题，背后的思想背景当然是文艺创作上的自由论。这距离毛泽东演讲"新民主主义的政治与新民主主义的文化"不久。而毛泽东《新民主主义论》的发表，本来也有要以这个新的理论话语来整合延安思想界的诸子百家的动因。陈文的后半段语气深沉，一方面中肯地自我解剖，认为许多知识分子和作家，他们由于正义感，由于社会生活的某些启示，或是由于自己对于正确的世界观的追求，在他们的生活进行中，也不得不押解着戴着枷锁的"旧的自己"，即身上背负着不良传统的负担而走上长长的远道，这是一个艰苦的历程；另一方面也告诫自己身上的正面的力量也会暂时敌不过负面的力量，因而更要对自身的良知加以监管。"平心地说，还能够喊出'我'来的人，总比连我都记不下来的人（那样的人曾经有过多多少少呀！）要强得多。如果再苏醒一下，定一定心，原因就会被'我'马上追究出来。"① 陈企霞文中所指的那"还能够喊出'我'来的人"，应该是指从自我的麻木和迷失中觉醒的理性知识分子，而那"连我都记不下来的人"，大约又指向一味迎合政治或某种外部需要而失去自我的人。不难看出，陈企霞文章中表露出作为一个作家，其做人的个性、创作的个性，不应被任何外在力量所束缚的强烈愿望。

何其芳在回应文章中，回忆了自己被陈企霞批驳的观点，即新诗的道路或方向应是现实主义的，"它的范围应该服从于新民主主义这个政治口号"，因为"A. 这无疑地扩大了诗歌的内容，B. 这无疑地包括了众多的诗作者，C. 但我们应该提高我们自己到马列主义的诗作者的水准，用马列主义者的立场去歌唱新民主主义这个范围内的各种各样的内容"。在解释为什么要在讲新诗的内容问题的时候提到新民主主义时，他说自己并非在做政治八股，"而是根据我自己长期的写诗的经验，根据我对五四运动以来的中国新诗的了解，我感到了有这样的提出的必要"。旧诗的情感和内容越来越缩小和狭窄，而新诗的土壤中还有太多值得歌唱的东西没有被歌唱。这些"复杂的内容的范围"，"只能用新民主主义来作疆界，只要它不违反新民主主义"。②

陈企霞的反驳文章仍然认为"人们套用抽象的政治原则（特别是那种套用在像我们那样的青年中发生了影响的时候），常常可以发现不妥当的地方的"。在何其芳所谓"容或还有粗浅的地

① 陈企霞：《旧故事的新感想》，《文艺月报》第 3 期（1941 年 3 月 1 日）。
② 何其芳：《给陈企霞同志的一封信》，《文艺月报》第 4 期（1941 年 4 月 1 日）。

方"，"也常常真的发生一些坏的结果。这种现象在目前中国各文化部门中是不缺乏例子的"。① 到底有什么样的"不妥当的地方"、"坏的结果""例子"，陈企霞都没有明言。

两个人争论的焦点，是要不要用一种"主义"，或者说就是用毛泽东提出的"新民主主义"来作为文艺创作的指导方针。陈企霞更以"不听见早已说过教条主义必须休息的指示吗？"来质疑何其芳的新民主主义诗学，颇有"以子之矛攻子之盾"的味道。

第二节　萧军"拾零"引发的争论

《文艺月报》上第二次较有影响的论争，发生在萧军和雪苇之间。萧军在《第八次文艺月会座谈拾零》中说，在延安文艺运动开展上，有两个现象或障碍应予克服。一是属于作家本身的。他感觉作家总在"一个似乎看见而又看不见的圈子里做文章，既不敢迈出去一步，也不敢少迈一步的样子"，"这恐怕也就是'公式主义'的病根"。二是属于非作家的。有些人在某些学术部门"有一些研究和原则上的一些把握"，于是喜欢根据自己的原则来谈论文艺问题。"不过那是不应该太流于武断或执着就好了"，尤其是对于"那些在某些方面有着决定影响的人"。萧军认为，"因为延安这地方，只喜欢听取'首长'的意见，而自己懒得思想惯的人确有很多"，所以对于那些"对于自己的'原则'怀着'放在四海而皆准'有着高度'优越感'的人们底武断和执拗"，② 更不应该过度容忍。萧军直接将矛头对准延安在"某些方面有着决

---

① 陈企霞：《我射了冷箭吗？——答何其芳》，《文艺月报》第 5 期（1941 年 5 月 1 日）。
② 萧军：《第八次文艺月会座谈拾零》，《文艺月报》第 7 期（1941 年 7 月 1 日）。

定影响的人"，和"放之四海而皆准"的"原则"，实际上是以其自由文人的立场，而对延安的思想权威提出挑战。它和陈企霞与何其芳关于诗的主义问题的争论，实质是相通的。

引起他和雪苇论战的，是"拾零"中记述他对刊登在《解放日报》上何其芳的诗《革命，向旧世界进军》和立波的小说《牛》的评论。萧军直言对这两部作品的不满，认为在何其芳的诗中，"感觉不到情绪，形象，音节，意境"，"即使作者的思想，也只是一条棍子似的僵化了的硬邦邦的东西，感觉不到他的能动性和说服力，只是一片抽象语言的排列"，因而不承认它是诗；对于何其芳写下这样的诗，"我也无话可说。如今，我却觉得他似乎不适于再写这样的诗了"。关于立波的小说《牛》，萧军只觉得"作者不是用的如一般进步作家们所主张的科学的现实主义的手法，而似乎是用的庸俗的'自然主义'的手法"在写作。之后，萧军又指向为刊发这两篇作品的《解放日报》解说责任的雪苇，因为雪苇认为文责自负，而且《解放日报》是党报，各方面文章只要没有"大的问题"，内容可以广泛一些。萧军认为，即使鲁迅的文章，也曾经因为某种原因被退回来过，延安的刊物不能因为作者的名气或"面子问题"而不讲"货色"的质量。刊物还是多登无"名"作者的作品为好，因为"这'名'本来是外面一些商人们有时要挂它来做招牌赚钱的，延安不独不应承继这恶习，而且应该粉碎它"。萧军的这篇"拾零"无论是前半段对延安创作中的"公式主义"和"放之四海而皆准"的原则的嘲讽，还是具体评论两部作品，都比一般的评论文章泼辣有力，观点和立场都十分鲜明。文章显得异常另类。雪苇的反驳仅就事实和态度进行抗辩，口气比萧军缓和得多。

第三节　周扬"漫谈"引起的轩然大波

围绕周扬《文学与生活漫谈》的争论，涉及的问题更深，牵涉的人数更多，影响也更大。直接暴露了延安文人之间在思想观念以及处世态度上的分歧。

周扬的文章发表在《解放日报》。主要观点是：一、作为一个作家，首先当然要有生活，然而生活并不就等于文学，更重要的是要有认识生活和表现生活的能力。二、作家应该多体验生活，不论是上前线，或是去农村都好；要和周围的人打成一片，要不怕弄脏自己的手，至少也应当有弄脏了手的勇气；作家应有的决心是不要让生活迁就我，让我来迁就生活。三、延安作家过的是一种新的有意义的生活，而创作在这里又是自由的，写不出作品来的原因，并不是像有些作家说的没有肉吃或食物缺少维他命，或者是不愁衣食、缺乏刊物一类原因，而在于精神上的局促和狭隘。四、不赞成作家自视特殊，"但延安却必须成为这样一个地方，在这里作家特别地被理解，被尊重着。它真正是一块能够结出丰盛的文化艺术果实的沃土"。五、作家走出窑洞到百姓中间去是好的，但是一定要取材边区八路军或抗战，却可以成为一种对于创作的限制；"在题材、样式、手法等等上必须容许最广泛的范围"。"在延安，创作自由的口号应当变成一种实际"。①

引起争议的内容集中在周扬上述论点中的第三方面。争议一方是"文抗"的白朗、艾青、舒群、罗烽和萧军。萧军以"埋伏着的主题"来解读周扬的文章，首先是对周扬话里有话的态度表示不满。由于周扬的领导者身份，以及他在文中隐约又以领导者的口吻暗暗地指责延安一些作家"写不出东西却把原因归之为

---

① 周扬：《文学与生活漫谈》，《解放日报》（1941 年 7 月 17—19 日）。

没有肉吃"，更加激怒了萧军等人。萧军指责周扬"有自己的小厨房可以经常吃到肉"，却无端贬低其他人只知和首长闹平等争肉吃。他认为周扬的这一说法完全是想当然的向壁虚构，"我们很愿意举出一点证据来，给这样贪馋的人一个耳光"，然后奋力为自己争辩道："我们敢于这样说：凡是到延安来的——连一个小鬼也在内——他们绝不是想到这里来吃肉或者是补充维他命C的；这也正如周扬同志底参加革命，不仅仅是为了做院长，吃小厨房以至于出门有马骑……一般。"

对周扬文中谈到的"太阳中也有黑点"，萧军认为如今该讨论的不是太阳中有无黑点的问题，而应是怎样更有效和更迅速地处置黑点的问题。若只是反复说明这个事实本身，却不思如何加以改革，"这在某一方面看起来，就有把自己的'黑点'合理化的嫌疑"；更甚之，"若说人一定得承认黑点'合理化'，不加憎恶，不加指责，甚至容忍和歌颂，这是没有道理的事"，笔锋直指延安文艺界对"黑暗"的漠视。

周扬文中还引到了玛雅阔夫斯基（现译为马雅可夫斯基）以及他的自杀，但萧军除了对他所说的马雅可夫斯基的死是因为"爱的船在生活上撞碎了"表示保留外，还对周扬所谓的苏联社会上对马雅可夫斯基的争论是因为斯大林的手信才"鸦雀无声"并不表示同情，而对那些"鸦雀无声的人们"表示"害羞"。

关于作家在延安创作不出东西，萧军说，原因并非周扬所说的"写什么"的问题，而"应该寻找那些能够妨碍一个战士不能尽兴地作战的精神和物质上的原因吧——补充或消灭它"。[①] 在延安，妨碍一个战士，特别是萧军在此所指的文艺战士"不能尽兴地作

① 萧军执笔：《〈文学与生活漫谈〉读后漫谈集录并商榷于周扬同志》，《文艺月报》第8期（1941年8月1日）。

战"的原因是什么呢? 萧军锋芒所指，似乎是延安的言论环境。

萧军对延安言论环境的想象还可以从这篇文章的发表经过来看。文章经萧军之手写好后，寄给了《解放日报》，大概萧军没有想到会很快地以党报不是自由争论的地方为由而被退稿。萧军以为太不民主了，遂将载有周扬文章的报纸和这篇文章送给毛泽东，并表示无法忍受，要离开延安。[①] 毛泽东提示他："《解放日报》不给登，你不是自己办了一份《文艺月报》吗! 你可以登在《文艺月报》上啊! "[②] 有可能在毛泽东的心目中，《文艺月报》差不多也是一个可以有与《解放日报》一类的党报不同风格和取向的言论空间。一场延安文艺界沸沸扬扬的风波，因为周扬的沉默而不了了之。

这几场争论，双方无论赞成还是反对对方的观点，不管口气武断还是态度平和，也都是作家群体在文学范围内的争论，都没有哪一方运用某种优势压制另一方的话语权。尽管围绕周扬文章的争论被端到最高领导人那里要求仲裁，而毛泽东未必没有自己的立场和看法，但他还是比较克制地表达了自己相对中庸和超脱的态度。

再从争论的内容上看，双方谈论的焦点，相当深入地涉及了延安作家的文学观念甚至政治观念、写作立场与态度以及敏感的文艺政策等问题。透过双方的"话语"，可以清晰地看到作家之间在文学观念上的裂痕乃至鸿沟。其"认同分裂"已是不争的事实。

延安文人的认同分裂其实早已为不少作家所反感，并试图重建内部的团结。在第三次文艺月会上，周扬拟了一个讨论提纲《漫谈抗战三年来的文艺运动》，其中提出："批评家和创作家，怎样'打通心'，怎样合作，互相辅助、批评、统一着前进。"[③] 可

①　《胡乔木回忆毛泽东》，人民出版社 1994 年版，第 257 页。
②　王德芬：《萧军在延安》，《新文学史料》1987 年第 4 期。
③　周扬：《漫谈抗战三年来的文艺运动》，《文艺月报》第 2 期。

是，另外一些同志却不相信周扬的诚意，提出"'打'的方法和态度问题"，要他"先'通'了自己，也就是去'私'"，然后再去"打通"别人。[①]1941年8月，"文抗"会员大会还通过了"亲密文艺界的团结"的提案。但应者寥寥。周文在第一次文艺月会上，就提出"延安的作家要加紧团结，努力创作"。1942年5月1日萧红的追悼大会上，周文说："人在生时，常多隔阂，及至死后，才大家说好。这种生前与死后的不同看待，应该首先从文艺界加以清除。"[②]在《解放日报》纪念"文艺百期"特刊上，欧阳山质问道："为什么我们延安文艺界团结得并不巩固？""为什么（不必讳言的）某些'小小的纠纷'不能运用民主的方式加以适当地解决？"[③]奚如的文章说："延安文艺界表面上似乎是天下太平的，但彼此在背地里，朋友间，却常常像村姑似的互相诽谤，互相攻击；各以为是，刻骨相轻。显然的，这里存在着待决的问题，如对文学理论的见解，作品的看法，以及作家之间的正常的关系等等。为什么大家不能很明朗地、正当地提出来论战，面向广大的读者——决一雌雄呢？这显然是一种诡诈的病症。"[④]但正如鲁迅在给二萧的信中所说的："我觉得文人的性质，是颇不好的，因为他智识思想，都较为复杂。"[⑤]这些努力终于都未能产生良好效果。

　　如所周知，在1942年整风深入开展的情势之下，文学批评话语逐渐倾向于对作家的政治立场进行评判，对作品的美学评论比较忽视。对此部分更为细致的讨论，因其并非本着"问题意识"的核心，故而从略。

---

① 《新文学史料》1981年第4期。
② 1942年5月3日《解放日报》。
③ 《祝"文艺"的百尺竿头》，1942年3月12日《解放日报》。
④ 奚如：《一点意见》，1942年3月12日《解放日报》。
⑤ 1934年12月10日致萧军、萧红信。

第十一章

秧歌剧、《白毛女》与旧戏改革

延安文学制度催生了秧歌剧与《白毛女》，同时，要求"古为今用""推陈出新"的京戏改革也在毛泽东的推动下进行了大胆的尝试。文艺座谈会之后，毛泽东关注着文艺界的动向，他对上述新成果给以热情的表彰。毛泽东明确肯定了它们代表的"方向"，认为这样才算是走对了路。延安文学制度以演剧为文体标志，这并不是偶然的。为革命的政治服务、为工农兵服务，是它们鲜明的特征。

第一节　秧歌剧：民间文艺的再生

秧歌原为"阳歌"，得名于"言时较阳，春歌以乐"。《延安府志》中记有"春闹社，俗名秧歌"。它是流传于陕北的一种古老的群众祭祀活动，后来逐步演化为群众性的娱乐活动。每年春节来到，"锣鼓一响，喉咙发痒"，当地百姓就开始筹办秧歌来"热闹"或"闹红火"。较早时期，常常是男扮女妆，中间一般夹杂有男女相互调情的段子。在着装上，男女队身着彩服或带云角装的秧歌服，男的用毛巾包头，女的则手持彩肩、汉巾。在活动形式上，有大场秧歌、小场秧歌，中间还包括一些道具舞，如"狮舞""龙灯""水船"等。秧歌的名称有排门子秧歌、彩门秧歌、酒曲秧歌、花灯秧歌等。秧歌表演时，载歌载舞，通常是扭完后停着唱，当地百姓叫"敲起来扭起来，不敲不扭唱起来"。领头扭的叫伞头，一手持伞；另一个舞者身拎一串铃，手拿拂尘，称之为马排子，走在伞头后面。锣鼓唢呐一响，在伞头的指挥下进行排列组合，变化出千姿百态的图案。唱是先由伞头起唱，多为见景生情，即兴创作，锣鼓间奏，群众合唱最后一句。秧歌队通常有彩绸、花伞、彩扇、舞鼓、舞狮、舞龙、旱船、跑驴、花轿、高跷、丑角、蛮婆等内容组成。秧歌表演中即兴的成分很多，带有某种狂欢性质。其中男女演员粗俗的对唱和动作，尤为传统秧歌中的一大看点，所以秧歌表演也叫闹秧歌，秧歌又有"骚情秧歌"的别称。

文化人来到陕北之后，对当地群众喜闻乐见的这种"骚情秧歌"并不看重。但是，经过了文艺座谈会和整风之后，文化人转而向这种以前被视为低级趣味的民间形式寻求创作的灵感。"鲁艺"师生响应毛泽东提出的走出"小鲁艺"，跨进"大鲁艺"的号召后，率先发现了这种当地百姓喜闻乐见的民间歌舞，边学习，边创新，赋予它新的政治内涵，变换了其旧的形式，比如领头的伞头改为工农形象持木制镰刀斧头，内容上宣传共产党的政策，使之形象健康，场面热烈，调子高亢，情趣诙谐。以前的"骚情秧歌"被现在的"翻身秧歌""胜利腰鼓"所取代。

1943年的春节是秧歌的天下。

当"鲁艺"师生经过精心排演的新秧歌出现在延安街头时，它引起的震撼效果是多方面的：第一，在延安当地的婆姨女子、老汉娃娃看来，由知识分子来演下里巴人，已经是一个不能再稀奇的看点；第二，在文艺界的同行眼中，它向他们呈示着一种民

间化的方向；第三，在共产党的领导人看来，经过整风的文化
人已经开始向工农兵方向迈进了。毛泽东看了后说："这才像
个为工农兵服务的样子嘛。"并认为"这也是全党整风运动的伟
大结果"！①

1944 年 3 月召开的一次宣传工作会议上，毛泽东特别称赞了
秧歌剧所起到的教育作用，说："这就是我们的文化。早几年那
种大戏、小说，为什么不能发生这样的力量呢？因为它没有反映
边区的经济、政治，成百成千的文学家，艺术家，文化人，脱离
群众。开了文艺座谈会以后，去年搞了一年，慢慢地摸到了边，
一经摸到了边，就有广大的群众欢迎。所谓摸到了边，就是反映
群众，真正的反映经济、政治，这就能够有指导作用。"他要求
多组织秧歌队，一个区至少搞一个。②

"鲁艺"编演新秧歌的成功和领导人的赞赏直接推动了文化
人群起仿效。艾青当上了中央党校秧歌队的副队长，率领一百多
人的秧歌队到杨家岭、王家坪、桥儿沟、南泥湾等地演出。他的
秧歌队因演出《牛永贵挂彩》影响较大，还被《解放日报》登报
表扬，消息称"中央党校秧歌队春节节目精彩，中央办公厅特拨
款五千元予以奖励"。③据统计，延安的秧歌队从无到有在短短
几个月就一下子发展到二十七个，上演节目一百五十多出。题材
内容多是反映边区建设、男耕女织、互助合作、劳动竞赛、表彰
先进、拥军优属、支援前线、破除迷信、扫除文盲等等。周扬
在 1944 年 3 月对五十六篇秧歌剧主题的统计结果是：写生产劳
动（包括变工、劳动英雄、二流子转变、部队生产、工厂生产
等）有二十六篇，军民关系（包括归队、优抗、劳军、爱民）的

---

① 转引自艾克恩编：《延安文艺运动纪盛》，第 419 页。
② 《胡乔木回忆毛泽东》，人民出版社 1994 年版，第 265 页。
③ 参见《解放日报》1943 年 3 月 15 日消息。

有十七篇，自卫防奸的有十篇，敌后斗争的有两篇，减租减息的
有一篇。^① 其中除了王大化、李波表演的《兄妹开荒》在延安多
次公演后观者如潮，堪称小型秧歌剧的代表作之外，马健翎的
《十二把镰刀》、丁毅的《刘二起家》、周戈的《一朵红花》、贺敬
之的《栽树》、马可的《夫妻识字》、陆石的《动员起来》、苏一
平的《红布条》、谭碧波的《睁眼瞎子》、王汶石的《边境上》等
等，也屡演不衰。在这个热潮中，《解放日报》刊登了许多延安
文艺界知名人士的赞颂秧歌剧的文章，如黄钢的《皆大欢喜——
记鲁艺宣传队》、王亚凡的《西北文工团秧歌舞报道》、默涵的
《保安处的秧歌》、崇基（艾思奇）的《群众自己的秧歌队》、禾
乃英（默涵）的《留政秧歌队》、颜一烟的《工人秧歌》、禾乃英
（默涵）的《延安市民的秧歌队》、萧三的《看了〈动员起来〉以
后》、默涵的《学习郝家桥秧歌队》、艾青的《汪庭有和他的歌》、
丁玲的《民间艺人李卜》、萧三、立波的《练子嘴英雄拓老汉》、
马可、清宇的《刘志仁和南仓社火》、立波的《秧歌的艺术性》、
冯牧的《对秧歌形式的一个看法》，为之推波助澜。艾青用切身
亲身体会写成的《秧歌剧的形式》一文，对如何创作秧歌剧的
许多问题都做了论述。他认为：秧歌剧所以能够很快的发展，
主要是因为它体现了毛泽东的文艺方向——与群众结合，内容
表现群众的生活和斗争，形式为群众所熟悉所欢迎。此文深得
一直关注延安秧歌发展的毛泽东赞赏。他看到后马上给胡乔木
写信说："此文写得很切实、生动，反映了与具体解决了年来秧
歌剧的情况和问题，除报上发表外，可印成小册，可起教本的
作用。"^②

---

① 周扬：《表现新的群众的时代——看了春节秧歌之后》，《解放日报》1944 年 3 月
　21 日。
② 见《毛泽东书信选集》第 232 页，人民出版社 1983 年版。

周扬在《表现新的群众的时代——看了春节秧歌之后》一文中，高度评价了新秧歌（斗争秧歌）贴近群众贴近实际的长处。新秧歌的内容和形式都是新的，因为它能够迅速、简单、明了地反映群众的日常生活的斗争，所以它成了群众自己的东西。它是群众艺术的最主要的形式，已经在群众当中站定了脚跟。它是"实践毛主席文艺方针的初步成果"，也"完全证明了毛主席在文艺座谈会讲话中所指引的文艺新方向的绝对正确"。①

艾思奇在为《解放日报》写的社论《从春节宣传看文艺的新方向》中，认为自从毛泽东在文艺座谈会上讲话后 10 个月来，经过一些反省、讨论和实践尝试的过程，文艺界在思想上和行动上的步调渐趋一致。许多脱离实际、脱离群众的小资产阶级自由主义的倾向逐步受到清算，而毛泽东同志所指出的为工农大众服务的方向，成为众所归趋的道路。这已经为春节宣传中出现的秧歌剧等民间艺术的热潮所证明。延安秧歌运动是延安文艺工作成绩的一次检阅，检阅的结果证明毛主席的文艺方向是完全正确的。其特点是：一、文艺与政治密切结合；二、文艺工作者面向群众；三、贯彻了"在普及基础上的提高，在提高指导下的普及"的方针。其中最大的收获是：文艺工作者"开始努力使文艺从知识分子的小圈子里走向工农兵群众"。因此，"文艺界同志们的下乡工作，是有重大意义的"。②

党的文艺政策也再次特别强调了戏剧是根据地"文艺工作各部门中……最有发展的必要与可能"的，并且指出："内容反映人民感情意志，形式易演易懂的话剧与歌剧（这是融戏剧、文学、音乐、跳舞甚至美术于一炉的艺术形式，包括各种新旧形式

① 周扬：《表现新的群众的时代——看了春节秧歌之后》，《解放日报》1944 年 3 月 21 日。

② 艾思奇：《从春节宣传看文艺的新方向》，《解放日报》1943 年 4 月 25 日社论。

与地方形式），已经证明是今天动员与教育群众坚持抗战发展生产的有力武器，应该在各地方与部队中普遍发展。"① 陕甘宁边区在制定《关于发展群众艺术的决议》中指出："群众艺术无论新旧，戏剧都是主体，而各种形式的歌剧尤易为群众所欢迎。应该一面在部队、工厂、学校、机关及市镇农村中发展群众中的话剧和新秧歌、新秦腔等活动，一面改造旧秧歌、社火及各种旧戏。"② 文艺政策的导向，为以秧歌剧为代表的延安戏剧的兴盛打下了坚实的基础。

秧歌剧成为延安文学的一个标志性文体。秧歌剧热潮同时也是一个知识分子与工农兵结合、为工农兵服务的典范性案例。

秧歌剧在两个方面达成了政治对文艺的诉求：

首先，文学创作这种之前被视为作家私人化的工作，也已变成群众参与的公共文艺活动。在有些群众参与性强的秧歌剧中，群众在参与角色中体验剧情想要渗透的政治情绪和政治任务，创作的主客体两方面在演剧活动中，真正"打成一片"，情感交融在一起。它没有"第四堵墙"，甚至完全没有"墙"。即使是那些剧情较强、由专业演员表演的秧歌剧，在创演的过程中，也总是边演出边根据群众意见反复修改，体现了它的开放性。

其次，它创造了一种作家与工农兵结合、为工农兵服务的具体形式与模式。秧歌剧具有很强的示范效应。它之所以能很快形成一种作家争相参与的创作潮流，就在于作家亲身看到了文艺服务工农兵产生的巨大作用，文学强大的"功能"活生生地展现在他们面前。无论他们暂时能与不能、敢于不敢参与，他们受到一

---

① 中共中央宣传部：《关于执行党的文艺政策的决定》，《解放日报》1943 年 11 月 8 日。
② 载于《解放日报》1945 年 1 月 12 日。决议中提到的"社火"，乃旧时农村节日期间表演的民间杂戏。

次鲜活的、交织着乐与痛的冲击。同时，它也使得"群众的自我教育"在参与中得以完成。

第二节　《白毛女》：民族新歌剧与集体创作模式的诞生

《白毛女》的诞生，是我国民族新歌剧发展道路上的一座里程碑。我们之所以把它作为延安文学制度的代表性产物，是因为它开创的集体创作模式，对当时及以后的文学创作尤其是戏剧创作，产生了深远的影响。

该剧的编创过程是这样的：1945 年，西北战地服务团从晋察冀前方回到延安，带回了当地流传很广的"白毛仙姑"的传奇。这个故事在 20 世纪 40 年代初就已经流传在河北阜平一带，其版本差别较大。最原始的版本是说在一个山洞里，住着一个浑身长满白毛的仙姑。仙姑法力无边，能惩恶扬善，扶正祛邪，主宰人间的一切祸福。在西北战地服务团带回的故事中，讲述的则是一个被地主迫害的农村少女只身逃入深山，在山洞中坚持生活多年，因缺少阳光与盐，全身毛发变白，又因偷取庙中供果，被附近村民称为"白毛仙姑"。后来在八路军的搭救下，少女得到了解放。时任"鲁艺"院长的周扬在了解到这个故事后，敏锐地感到这个故事中蕴含着可以挖掘和利用的思想内容。他立即决定由"鲁艺"以"白毛仙姑"为题材，创作并演出一部大型舞台剧，向即将举行的党的"七大"献礼。

"鲁艺"对剧情进行了加工，将戏剧的重心放在反映阶级剥削给劳动人民造成的沉重灾难上予以表现。曲作者以秦腔为基调为剧本配了曲。但试排结果难以令人满意。周扬认为无论从剧作的立意，还是从艺术形式上，都没有走出旧剧的程式，要求重新排戏，强调这出戏的主题，要能体现出劳动人民的反抗意识，以鼓舞人民的斗志，去争取抗战的最后胜利。经过对剧本的不断地修改，最后，新剧本确立了"旧社会把人变成鬼、新社会把鬼变成人"的主题。

《白毛女》成功地塑造了杨白劳、喜儿等农民形象。杨白劳是旧中国千百万贫苦农民的典型。他被地主残酷剥削，在卖掉女儿喜儿后，最后还是被逼上绝路，含恨而死。杨白劳的悲惨结局，是对地主阶级欺压劳动人民的恶行的有力揭露和血泪控诉。在演出当中，他的遭遇始终受到广大观众的深切同情，极大地激发起人民群众的阶级义愤。

杨白劳的女儿喜儿是《白毛女》着力塑造人物形象。戏剧开头，她是一个天真淳朴善良的农村少女。但是，随着父亲杨白劳被地主阶级步步紧逼，她的生活开始跌入了万丈深渊。在被卖到地主黄世仁家后，她先是忍受恶毒的地主婆的折磨，继而又被黄世仁污辱。她也曾喊着："爹呀！我要跟你去啦！"企图自尽，但在遇救后很快就抛弃了"不能见人"的思想，决心为复仇而活下去。怀着对地主阶级的不共戴天的仇恨，喜儿躲开追捕逃入深山老林。在山上，她依靠庙里的供奉和采野果维持非人的生活，仇恨在她内心积聚着，喜儿等待着复仇的时机。最后，喜儿在共产党领导的人民军队的帮助下，终于报了血海深仇。戏中的"鬼"变成了人，而且成为社会的主人。新旧社会两重天的鲜明对比，表明了只有共产党才是农民的救星这一真理。

1945 年 5 月，《白毛女》剧组在延安为出席党的"七大"全体代表举行公演第一场。毛泽东、周恩来等中共中央领导人出席观看。戏剧演出取得了震撼效果。第二天，中央办公厅传达了毛泽东等中央领导的三点意见：第一，这个戏是非常适合时宜的；第二，黄世仁应该枪毙；第三，艺术上是成功的。传达者解释这些意见说，中国革命的基本问题是农民问题，所谓农民问题主要就是农民反对地主阶级剥削的问题。在抗日战争胜利后，这种阶级斗争必然尖锐起来。这个戏既然反映了这种现实，一定会广泛地流行起来。[①] 剧组根据这些指示和在排演中收集到的群众意见，对它又进行了多次修改。在修改过程中，阶级对抗的尖锐程度以及农民阶级的仇恨意识，在不断提高；共产党在帮助农民阶级复仇和翻身中的作用，也从无到有并不断强化。最初的剧本中，喜儿在被黄世仁污辱并怀孕时，曾一度对黄世仁抱有幻想。在编剧和演出过程中，剧作者最终删去了喜儿身上这些落后的思想，突出了农民群众身上的反抗意志。此外，还增加了赵老汉讲述红军故事的情节，把农民的反抗性和党的影响联系了起来。最后演出的剧本还增加了大春痛打穆仁智，在赵老汉指点下投奔红军，杨格村解放后，他回到家乡开展反霸斗争等重要情节。[②] 这些修改，使得"只有跟着中国共产党才能翻身"，"共产党是人民的大救星"，逐渐上升为剧作的主题。

在艺术上，《白毛女》继承了民间歌舞的传统，同时也借鉴了我国古典戏曲和西洋歌剧的表现方法，在秧歌剧基础上，创造出了为中国老百姓所喜闻乐见的崭新的歌剧形式，为发展我国民族歌剧积累了重要的经验。《白毛女》的音乐创作广泛吸取了各种民间音调，包括民歌、说唱、戏曲和器乐等，作为创造剧中各种人物主题的音调基础，并根据人物性格和剧情发展的需要，给以富于独创性的改造和发展，使歌剧音乐既有鲜明的民族特点，又有强烈的戏剧性。因而，《白毛女》在延安和其他解放区的演出，都受到空前热烈的欢迎。解放区报纸不断报道当时演出的盛

[①] 张庚：《历史就是见证》，《人民日报》1977 年 3 月 13 日。

[②] 参阅丁毅：《歌剧〈白毛女〉创作的经过》，《中国青年报》，1952 年 4 月 18 日。

况："每至精彩处，掌声雷动，经久不息，每至悲哀处，台下总是一片唏嘘声，有人甚至从第一幕至第六幕，眼泪始终未干……散戏后，人们无不交相称赞。"[1]

集体创作，边演边根据群众的意见修改，不断将戏剧的主题进行"提升"，在继承民间传统的基础上进行创新，这些都是《白毛女》留下的文学遗产。

第三节　京剧改革："古为今用"的一个尝试

在新秧歌剧以及民族新歌剧受到欢迎与表彰的同时，延安和其他解放区的戏曲改革工作也在进行着。"戏改"的成果，比较集中在京戏的改革上。

尽管"五四"前后直到抗战前期，已经有人尝试改良京剧，使之能反映新的现实与满足新的观众的客观需要，但终因京剧的程式有着很大的历史惰性而未能取得切实的成效。延安文艺座谈会以后，改革京剧的问题再次被重视起来。1942年10月，延安平剧院成立，宗旨为"研究平剧，改革平剧"，使"平剧为新民主主义服务"。平剧院开展戏曲改革的第一批成果，是用京戏的程式、唱腔，加以民间的歌谣，创作出反映现实生活的新戏。而稍后利用整套京剧艺术形式来表现历史题材，并引起广泛关注的，首先要推新编京剧《逼上梁山》。

《逼上梁山》共三幕二十七场，最初是一九四三年由延安中央党校的一部分爱好京剧的同志组成的业余文艺团体——大众艺术研究社集体编写（杨绍萱、齐燕铭等执笔），并排练演出的。

---

[1] 1946年1月3日《晋察冀日报》。

剧本根据《水浒传》中林冲被逼投奔梁山的故事改编，在旧的故事里注入了新的观点、新的内容，就是"通过林冲被逼上梁山的故事，讲古比今，教育群众，争取敌占区的人民与军政人员弃暗投明，参加到革命队伍里来"。①

1944年元旦前后，《逼上梁山》首次演出引起热烈反响。1月9日，毛泽东看了演出后的当晚，就向编剧和导演写了著名的关于京剧改革的信，给《逼上梁山》以很高的评价：

> 绍萱、燕铭同志：
>
> 看了你们的戏，你们做了很好的工作，我向你们致谢，并请代向演员同志们致谢！历史是人民创造的，但在旧戏舞台上（在一切离开人民的旧文学旧艺术上）人民却成了渣滓，由老爷太太少爷小姐们统治着舞台，这种历史的颠倒，现在由你们再颠倒过来，恢复了历史的面目，从此旧剧开了新生面，所以值得庆贺。郭沫若在历史话剧方面做了很好的工作，你们则在旧剧方面做了此种工作。你们这个开端将是旧剧革命的划时期的开端，我想到这一点就十分高兴，希望你们多编多演，蔚成风气，推向全国去！

《逼上梁山》得到毛泽东的肯定后，延安平剧院再接再厉，又创作并演出了另一部新京剧《三打祝家庄》。该剧是毛泽东建议改编的，体现并宣传了毛泽东的军事思想。毛泽东曾说："《水浒传》上宋江三打祝家庄，两次都因情况不明，方法不对，打了

---

① 金灿然：《论〈三打祝家庄〉》，《延安平剧改革创业史料》，北京：文津出版社1989年版。

败仗。后来改变方法，从调查情形入手，于是熟悉了盘陀路，拆散了李家庄、扈家庄与祝家庄的联盟，并且布置了藏在敌人营盘里的伏兵，第三次就打了胜仗。"[1]《三打祝家庄》就"以三次攻打祝家庄的情况与策略运用的不同为中心编演。全剧共分三幕，第一幕写调查研究的重要，第二幕写利用矛盾各个击破，第三幕写里应外合"。[2]《三打祝家庄》演出后，毛泽东向作者、导演、演员、舞台工作人员表示祝贺，指出："我看了你们的戏，觉得很好，很有教育意义。继《逼上梁山》之后，此剧创造成功，巩固了平剧革命的道路。"

《逼上梁山》《三打祝家庄》等新编京剧的成功，引发了京剧改革的热潮。仅以当时的延安而言，战卫部自编自演了《战北原》《史可法》《恶虎村》等剧，八路军留守处政治部也上演《保卫边区》《阎家坪》。后来，各地还相继演出《中山狼》《进长安》《红娘子》《九宫山》等新京剧。这些剧目中，多数是新编历史剧，但也已经有了现代题材的作品。

毫无疑问，京剧改革这部大戏的总导演还是毛泽东。1942年12月21日，他在演说如何改造旧艺术创造新艺术问题上，完全以旧戏为例展开：

  ……艺术团体也是如此。你们平剧院接受旧的艺术，还要创造新的艺术。旧的艺术是有缺点的，尤其是它的内容，我看是颠倒是非、混淆黑白。历史本来不是帝王将相创造的，而是劳动人民创造的，可是在旧戏中，比如孔明一出场就神气十足压倒一切，似乎世界

---

[1] 陈伯达：《关于文艺民族形式的论争》，《中国文化》1940年第2卷第2期。

[2] 金灿然：《论〈三打祝家庄〉》，《延安平剧改革创业史料》，北京：文津出版社，1989年版。

就是他们的，劳动人民不过是跑龙套的。世界上本来百分之九十的人是工人、农民，我们住的房子，都是他们双手盖起来的，土豪劣绅连个柱子都搬不动，可是许多的旧戏却把劳动人民表现成小丑。当然，旧戏中也有些剧本是好的，如《打渔杀家》之类。有些旧戏你们可以改造它，用自己的创造力掌握了这门艺术，并且从政治上来个进步，你们就可能写些新的东西。打仗也是个创造，但这是死了好多人才换来的。一九二七年我在武汉时还是个白面书生，但是在以后二十年的战争中创造了打仗的新的方法。同样，我们党的每一个工作人员和干部，在各种工作中都有可能发挥自己的创造力。前途是我们的。打败仗我们不怕，不打败仗我们就不知道仗应该是如何打法。平剧这个剧种在延安曾有过很多的争论。平剧把老爷、太太、少爷、小姐写成一个世界，穷人就不算数。平剧的形式目前我们不忙改，只挑出若干需要修改的戏，首先从内容着手改造。过去在延安改造了两个戏，一个是《逼上梁山》，一个是《三打祝家庄》，缺点就是太长了。有些旧戏我看写的还很精练。希望你们大胆地进行艺术创造，将来夺取大城市后还要改造更多的旧戏。《恶虎村》这出戏应该把黄天霸改写成特务。按照马列主义的观点，国家组织第一是军队，没有军队就没有力量，第二是政府。蒋介石的政府是压迫人民的，我们的政府是压制恶霸、土豪劣绅的。至于我们有个别干部欺压老百姓，也要根据老百姓的意见对他进行制裁，因为他是人民的罪人。

　　平剧在中国有很多人搞，国民党统治区那里有一摊子。我们这些同志在政治上提高了，将来到了大城市，要把那些旧的戏剧团体接收过来，去领导他们。如果单靠演旧戏，我们自然演不过他们。如果在政治上不提高，那我们就领导不了他们。[1]

着眼于政治，着眼于内容，着眼于"古为今用"，始终是毛泽东指导旧戏改革的指导思想。

经过戏曲改革，京剧这样古老的剧种被从严格定型了的程式中解放出来，使之能够适应抗战宣传的需要，为京剧改革提供了一些新的经验。但是，京剧毕竟又是一门有着特殊历史、特殊审美方式、特定程式的古老剧种。对它的改革如果不切实照顾其艺术上的特殊性，就很难取得真正的成功。许多改编不是首先从戏曲形式出发，而是首先研究历史斗争生活，分析历史人物，更由于当时参加演出的绝大多数同志都缺乏戏曲基本功的修养，因而，尽管改革的结果是所谓人物形象"突破旧剧行当的限制"，表演也"不拘于程式了"[2]，但实际的演出效果究竟怎样，就颇让人怀疑了。事实上，即使是毛泽东对它的肯定，也主要是着眼于其思想内容上把颠倒的历史"再颠倒过来"，并没有就其演出的质量加以评价。当时参与了改编的作者直言："《逼上梁山》的主要成绩，应该说还是在思想内容方面。在艺术方面，的确还需要很多的努力和加工。"[3]

---

[1]　毛泽东：《改造旧艺术创造新艺术》，《毛泽东文集》第 4 卷，第 324 页。

[2]　齐燕铭《旧剧革命划时期的开端》，《延安平剧活动史料集》（第一卷），北京：文化部党史资料政绩工作领导小组延安平剧活动史料征集组编，1985 年版。

[3]　金紫光：《在延安参加编演〈逼上梁山〉的经验》，《延安平剧改革创业史料》，北京：文津出版社 1989 年版。

主要参考文献

[1] 《解放日报》，1941年—1945年。

[2] 《新中华报》，1937年—1941年。

[3] 《文艺月报》，1941年第1—13期。

[4] 《中国文化》，1940年第1—3卷。

[5] 《大众文艺丛刊》，1948年。

[6] 文振庭编：《文艺大众化问题讨论资料》，上海文艺出版社1987年版。

[7] 丁易编：《大众文艺论集》，北京师范大学出版社1951年版。

[8] 江西师范大学中文系苏区文学研究室编著：《江西苏区文学史》，江西人民出版社1984年版。

[9] 汪木兰、邓家琪编：《苏区文艺运动资料》，上海文艺出版社1985年版。

[10] 林默涵总主编：《中国解放区文学书系》，重庆出版社1992年版。

[11] 丁玲主编：《延安文艺丛书》，湖南人民出版社1983年版。

[12] 《延安文艺研究》，1985年—1992年。

[13] 《新文学史料》，1979年—2003年。

[14] 《抗战文艺研究》，1981年—1995年。

[15] 刘增杰等编：《抗日战争时期延安及各抗日民主根据地文学运动资料》（上、中、下），山西人民出版社1983年版。

[16] 苏光文编选：《国统区抗战文学研究丛书·文学理论史料选》，四川教育出版社1988年版。

[17] 《赵超构文集·第二卷》，文汇出版社1999年版。

[18] 延安整风运动编写组编：《延安整风运动纪事》，求实出版社1982年版。

[19] 王敬主编:《延安〈解放日报〉史》,新华出版社 1998 年版。

[20] 宋金寿主编:《抗战时期的陕甘宁边区》,北京出版社 1995 年版。

[21] 中央档案馆编:《中共中央文件选集》,中共中央党校出版社 1991 年版。

[22] 《毛泽东文集》(1—4 卷),人民出版社 1993、1996 年版。

[23] 《毛泽东选集》(1—4 卷),人民出版社 1991 年版。

[24] 宋贵仑著:《毛泽东与中国文艺》,人民文学出版社 1993 年版。

[25] 《毛泽东论文艺》,人民文学出版社 1958 年版。

[26] 陈晋著:《文人毛泽东》,上海人民出版社 1997 年版。

[27] 《胡乔木回忆毛泽东》,人民出版社 1994 年版。

[28] 斯图尔特·施拉姆著:《毛泽东》,红旗出版社 1987 年版（1988 年重印）。

[29] 斯诺著:《西行漫记》,河北人民出版社 1992 年版。

[30] 《列宁全集》第 4 卷,人民出版社 1988 年版。

[31] 《李大钊文集》人民出版社 1984 年版。

[32] 《陈独秀文章选编》上册,北京三联书店 1988 年版。

[33] 《张闻天文集》,中共党史出版社 1990 年版。

[34] 刘家栋著:《陈云在延安》,中央文献出版社 1995 年版。

[35] 《陈云文选》第 1 卷,人民出版社 1995 年版。

[36] 成仿吾传编写组编:《成仿吾传》,中共中央党校出版社 1988 年版。

[37] 李维汉著:《回忆与研究》(上、下),中共党史资料出版社 1986 年版。

[38] 李锐著、薛晓原编:《直言——李锐六十年的忧与思》,今日中国出版社 1998 年版。

[39] 师哲著:《在历史巨人身边》,中央文献出版社 1992 年版。

[40] 金城著:《延安交际处回忆录》,中国青年出版社 1985 年版。

[41] 中国人民解放军国防大学党史教研室编《中共党史参考资料》第 1—16 册,国防大学出版社 1980 年版。

[42] 温济泽等编:《延安中央研究院回忆录》,中国社会科学出版社、湖南人民出版社 1984 年版。

[43] 吴介民主编:《延安马列学院回忆录》,中国社会科学出版社 1991 年版。

[44] 艾克恩编:《延安文艺回忆录》,中国社会科学出版社 1992 年版。

[45] 艾克恩主编:《延安城头望柳青》,文化艺术出版社 1991 年版。

[46] 艾克恩编:《延安文艺运动纪盛》,文化艺术出版社 1987 年版。

[47] 王培元著:《抗战时期的延安鲁艺》,广西师范大学出版社 1999 年版。

[48] 饶鸿兢等编:《创造社资料》,福建人民出版社 1985 年版。

[49] 黄昌勇著:《王实味传》,河南人民出版社 2000 年版。

[50] 黄樾著:《延安四怪》,中国青年出版社 1998 年版。

[51] 李新等主编:《中国新民主主义革命时期通史》,人民出版社 1962
年版。

[52] 李志民著:《革命熔炉》,中共党史资料出版社 1986 年版。

[53] 朱鸿召著:《延安文人》,广东人民出版社 2001 年版。

[54] 朱鸿召编:《众说纷纭话延安》,广东人民出版社 2001 年版。

[55] 朱鸿召编:《延安访问记》,广东人民出版社 2001 年版。

[56] 黄药眠著:《动荡:我所经历的半个世纪》,上海文艺出版社 1987
年版。

[57] 延安中央党校整风运动编写组编:《延安中央党校的整风学习》第 1、
第 2 集,中共中央党校出版社 1988 年版。

[58] 《陕甘宁边区抗日民主根据地》文献卷(下),中共党史资料出版社
1990 年版。

[59] 中共中央书记处编:《六大以来——党内秘密文件》(上、下),人民
出版社 1981 年版。

[60] 《马克思主义与文艺》,延安解放社 1944 年版。

[61] 《陕甘宁边区抗日民主根据地·文献卷》(下),中共党史资料出版社
1990 年版

[62] 《瞿秋白文集》(文学编),人民出版社 1991 年版。

[63] 刘小中著:《瞿秋白与中国现代文学运动》,南京大学出版社 2002
年版。

[64] 周扬等著:《忆秋白》,人民文学出版社 1981 年版。

[65] 瞿秋白纪念馆编:《瞿秋白研究(8)》,学林出版社 1996 年版。

[66] 延敬理、徐行选编:《朱自清散文》,中国广播电视出版社 1994 年版。

[67] 《丁玲文集》,湖南人民出版社 1984 年版。

[68] 王中忱、尚侠著:《丁玲生活与文学的道路》,吉林人民出版社 1982
年版。

[69] 袁良骏编:《丁玲研究资料》,天津人民出版社 1982 年版。

[70] 夏志清著,刘铭铭编译:《中国现代小说史》,香港友联出版社 1982

年版。

[71] 杨桂欣编：《观察丁玲》，大众文艺出版社 2001 年版。

[72] 周良沛著：《丁玲传》，十月文艺出版社 1993 年版。

[73] 《何其芳文集》，人民文学出版社 1983 年版。

[74] 《周立波文集》，人民文学出版社 1959 年版。

[75] 《胡风全集》，湖北人民出版社 1999 年版。

[76] 《胡风评论集》(上、下)，人民文学出版社 1985 年版。

[77] 《胡风回忆录》，人民文学出版社 1993 年版。

[78] 李辉著：《胡风集团冤案始末》，人民日报出版社 1989 年版。

[79] 梅志等著：《我与胡风》，宁夏人民出版社 1993 年版。

[80] 韦君宜著：《思痛录》，北京十月文艺出版社 1998 年版。

[81] 刑小群、孙珉编：《回应韦君宜》，大众文艺出版社 2001 年版。

[82] 王学典著：《20 世纪中国史学评论》，山东人民出版社 2002 年版。

[83] 陈思和著：《中国新文学整体观》，上海文艺出版社 1987 年版。

[84] 余虹著：《革命·审美·解构——20 世纪中国文学理论的现代性与后
现代性》，广西师范大学 2001 年版。

[85] 伊夫·塔迪埃著，史忠义译：《20 世纪的文学批评》，百花文艺出版社
1998 年版。

[86] 阿兰·谢里登著：《求真意志：米歇尔·福柯的心路历程》，上海人民
出版社 1997 年版。

[87] 李扬著：《抗争宿命之路》，时代文艺出版社 1993 年版。

[88] 詹姆逊著，王逢振等译：《政治无意识》，中国社会科学出版社 1999
年版。

[89] 刘增杰等著：《中国解放区文学史》，河南大学出版社 1988 年版。

[90] 许志英、邹恬主编：《中国现代文学主潮》，福建教育出版社 2001
年版。

[91] 洪子诚著：《中国当代文学史》，北京大学出版社 1999 年版。

[92] 洪子诚著：《中国当代文学概说》，香港青文书屋 1997 年版。

[93] 江沛、纪亚光著：《毁灭的种子——国民政府时期意识形态管理研
究》，陕西人民教育出版社 1998 年版

[94] 艾晓明著：《中国左翼文学思潮探源》，湖南文艺出版社 1991 年版。

[95] 载欧阳哲生选编：《解析胡适》，社会科学文献出版社 2000 年版。

[96] 《陈思和自选集》，上海文艺出版社 2001 年版。

[97] 余英时著:《士与中国文化》,上海人民出版社 1987 年版。

[98] 陈建华著:《"革命"的现代性——中国革命话语考论》,上海古籍出版社 2000 年版。

[99] 朱文显著:《知识分子问题:从马克思到邓小平》,四川人民出版社 1999 年版。

[100] 苏春生著:《中国解放区文学思潮流派论》,中国社会科学出版社 2000 年版。

[101] 王福湘著:《悲壮的历程——中国革命现实主义文学思潮史》,广东人民出版社 2002 年版。

[102] 王德芬著:《我和萧军风雨五十年》,中国工人出版社 2004 年版。

[103] 刘禾著:《语际书写》,上海三联书店 1999 年版。

[104] 徐懋庸著:《徐懋庸回忆录》,人民文学出版社 1982 年版。

[105] 包子衍、袁绍发编:《回忆雪峰》,中国文史出版社 1986 年版。

[106] 朱鸿召著:《延安曾经是天堂》,陕西出版集团 2012 年版。

[107] 吴敏著:《宝塔山下交响乐:20 世纪 40 年代前后延安的文化组织与文学社团》,武汉出版社 2011 年版。

[108] 吴敏著:《延安文人研究》,文汇出版社 2010 年版。

附录

"四事"与"四文"的连动

——重论延安文艺制度的建构过程

赵卫东

长期以来，研究者往往将对延安文艺制度生成核心因素的解读，高度聚焦于延安文艺座谈会（以下简称"座谈会"）以及毛泽东《在延安文艺座谈会上的讲话》（以下简称《讲话》）这一事一文上。然则一事一文虽可说是关键中之关键者，但其周围，也有无法忽略的他事与他文与之相辅相成，终使延安文艺制度的建构竟其全功；不然，"延安文艺制度"恐怕就只是一个"骨感"十足的抽象命题而已。所谓他事者，一是"文艺界整风运动"，二是"文艺工作者下乡运动"，三是"秧歌剧运动"；此三事与"座谈会"一起，合为"四事"；他文者，一是毛泽东的《文艺工作者要与工农兵相结合》，二是"党务广播"《关于延安对文化人的工作的经验介绍》，三是中共中央宣传部印发的《关于执行党的文艺政策的决定》；此三文与《讲话》一起，合为"四文"。联系起来看，上述"四事""四文"连续而发、互文而作，又步步为营、环环相扣，有力、有效地在起承转合中完成了延安文艺制度建构这篇大文章。鉴于延安文艺座谈会与《讲话》已是人尽皆知的"大事"和"经典"，本文着力钩沉另外的三事与三文，将其合璧以还原延安文艺制度建构的关键过程。

一、"文艺界整风运动"："座谈会"的前因或后果

胡乔木在回忆毛泽东的书中，把记叙延安文艺座谈会的一章题为"关于延安文艺座谈会前后"，并自问自答："为什么说'座谈会前后'？'后'还有许多事。"①的确，就转变文艺界的风气以达成文艺为工农兵服务的目标而言，座谈会只能算是一幕"开场戏"；而有了在此之后渐次展开的一连串事件，这场大戏才算完整谢幕。在这一连串事件组成的延安文艺制度建构这篇大文章里，文艺界整风运动，可谓启全文以居要、"乃一篇之警策"的点睛之笔。

关于座谈会与文艺界整风的关系，身在其中的胡乔木似也有疑："有可能座谈会前已开始整风，但整不下去，各说各的吧。"②笔者曾在拙作《1940年代延安"文艺政策"演化考论》中对之做过初步梳理：

1942年由毛泽东正式发动的全党大整风运动，开始的设计并不涉及文人与文艺。但随着文人在整风中对党的批评超越了毛泽东等中共高层的底线，且"扰乱"了毛泽东对整风的总体部署，毛泽东对文人和文艺的关注程度迅速升高。通过密集调研，毛泽东结合自己业已形成的一些不良观感，掌握了延安文人当中存在的"自由主义""和党闹独立性""把艺术放在政治之上""偏重提高而忽略普及"等问题，并响应作家们的一再要求，利用整风中形成的组织气氛、话语环境，将本来针对党内的"整顿三风"运动顺势导向文艺界，通过召开文艺座谈会而制定出新的文艺政策。事实上在座谈会召开之前，中央并未安排文艺界参加整风；要求文艺界整风是在座谈会上及之后5月28日的整风高级学习组的会议上才确定的。③

---

① 胡乔木：《胡乔木回忆毛泽东》，第55页，人民出版社1994年12月版。
② 胡乔木：《胡乔木回忆毛泽东》，第56页。版本同上，下引不赘。
③ 赵卫东：《一九四〇年代延安"文艺政策"演化考论》，《中国现代文学研究丛刊》2010年第2期。

　　这也正是本文将在文艺座谈会召开之后针对文艺界的整风，从"全党大整风运动"中抽取出来作为一个单独个案进行分析的原因。

　　如所周知，"全党大整风运动"的对象，当然是党员（尤其是党的高级干部）和党的组织。比如"鲁艺"作为实现中共文艺政策的"堡垒"，早在座谈会之前的一个月就已经开展了以传达毛泽东的整风报告、全体人员参加研究中宣部规定的 22 个整风文件为主的整风运动。而像"文抗"这样非党人士居多的单位，在之前就没有明确的整风任务；即便参与，也是以"他者"的身份去"整"别人、尤其是所在单位领导的"风"。而在座谈会后的"文艺界整风运动"阶段，文艺界人士也就不再有隔岸观火的"看客"存在了。

　　座谈会结束后，"鲁艺"的整风学习在新的氛围中"重新出发"。"鲁艺总学委"编印出复习大纲供师生讨论、反省，大纲提出如下问题：一、从反主观主义方面：看历史根据，看现状根据，从艺术方面看其意义何在？（左翼十年中的新教条，在艺术上的资产阶级倾向及封建主义的旧教条，曾产生过何种坏作用？）二、从反主观主义方面：主观主义在"鲁艺"具体表现在哪里？所学与所用是否脱节？提高与普及联系怎样？艺术性与革命性是否兼顾等？三、如何克服主观主义？如何从实际出发？在艺术工作上如何实践？如何进行阶级分析？如何对群众采取正确态度？改造"鲁艺"的中心问题在哪里？如何着手？为推动师生认识上的深化，"鲁艺总学委"印发了列宁的《论党的组织和党的文学》、高尔基的《论年轻的文学及其任务》、拉法格的《论作家与生活》等提供参考。显然，其"问题意识"加大了向《讲话》靠拢的力度。

　　对"文抗"整风活动的报道始于座谈会后的三个月。《解放日报》载"文抗"会员在以个人学习和反省这两种方式进行"整风"后，用了 8 天时间举行"学风总结大会"，被检查者在大会中大多诚实坦白，批评者也毫不客气，尖锐彻底，但不失其与人为善态度，接受批评亦甚虚心。指其大多能通过整风学习掌握马列主义思想方法，向小资产阶级思想进攻，揭露文化人缺乏实际精神，与现实脱离的毛病。认识到作家与工农结合的重要性，扫除那些浓厚的小资产阶级的观点和情绪。① 随着党风学习的深入，"文抗"作家逐步克服了拿空洞当原则，拿琐碎当具体的偏向。为了给小资产阶级思想以无情的解剖，他们收集材料供给反省人，在小会及大会上座谈，最后反省人和大家意见取得一致。过去少数党员作家认为遵守纪律只是遵守党的高级领导机关的纪律，不遵守支部的纪律。通过整风，对小资产阶级的"人性"与无产阶级的党性学会了区分，在生活创作上也从个人中心转变到集体中心。②

《解放日报》曾被毛泽东要求改版以适应大整风的要求和节奏，为配合文艺界整风，该报特意组织了"创作和思想的道路"征文。征文"缘起"为：自从整顿三风，特别是"文艺座谈会"以来，我们的文学、艺术界同志们，对于自己思想意识和工作的反省与改造，显著地已有明确的、事实的表现。这次整风学习对于文学、艺术界同志，对于中国新兴文学艺术的前途，实在都是非常必要的事情。在这样的目的下，我们以"创作和思想的道路"为范围，向我们文学、艺术界诸同志征文。"征文列出如下"问题："你在创作中是否意识到站在一定的阶级立场，如何把握的？你善于把握哪一种题材（和人物）？你在创作的时候，想到欣赏的对象没有，你以那一类人作为对象？你对于自己过去的作品，作怎样的分析和估计？等等。这些提问围绕《讲话》的"问题意识"而展开，循循善诱，不悱不发。

整风中还穿插了"审干运动"与"抢救运动"，一些针对从国统区到延安的知识分子的过激做法，使不少文化人受到不应有的伤害，但也促

---

① 《解放日报》1942 年 8 月 21 日讯。
② 《解放日报》1942 年 11 月 28 日讯。

使他们对"革命"以及"干革命"这些抽象名词，重新开始了更接地气的理解。丁玲和刘白羽既是整风的领导者，也是被"整风"的对象。在他们的心路历程里，我们能读出来的，是即便早获文名的大作家，也有思想转变之难、灵魂撞击之烈，更有在历经磨炼而超越旧我之后发自心灵深处的深沉感慨。领导"文抗"整风的丁玲如此描述自己的整风感受：

> 在整顿三风中，我学习得不够好，但我已经开始有点恍然大悟，我把过去很多想不通的问题渐渐都想明白了，大有回头是岸的感觉。回溯着过去的所有的烦闷，所有的努力，所有的顾忌和过错，就像唐三藏站在到达天界的河边看自己的躯壳顺水流去的感觉，一种翻然而悟，憬然而惭的感觉。我知道，这最多也不过是一个正确认识的开端，我应该牢牢拿住这钥匙一步一步踏实地走快。前边还有九九八十一难在等着呢。[①]

身为"文抗"党组书记的刘白羽从 1942 下半年到 1944 年上半年到中央党校三部参加整风运动，他自己的"批判自传"曾经"写了八遍，被否定了八遍"，当第九稿通过后，他"胸口一热，眼泪几乎夺眶而出，心里只是念着一句话："我总算通过了！我总算通过了！这是我一生一个决定性的时刻"。[②] 这和他在 20 世纪 80 年代描述自己整风中通过学习文件大关后，"像穿过黑夜走向黎明，吹着拂面的清风，看到鲜红的晨光，犹如一只小船，终于漂向真理的彼岸"的感觉是一致的。[③]

---

① 丁玲：《文艺界对王实味应有的态度及反省》，《解放日报》1942 年 6 月 16 日。
② 刘白羽：《延安文艺座谈会的前前后后》，《解放军报》2002 年 5 月 20 日。
③ 刘白羽：《我的人生转折点》，《延安中央党校的整风学习》第 1 集，第 134—136 页，中共中央党校出版社 1988 年版。

毛泽东在"七大"报告的结论部分举了一个例子，颇能说明文艺界整风的成效：

> 关于知识分子，我也讲一个例子。去年春节，杨家岭的秧歌队到安塞演出，正赶上安塞的劳动英雄开会，我们杨家岭的娃娃同志、青年同志和劳动英雄一起扭秧歌，这说明关系好了，我说从此天下太平了。从前躲飞机也不走一条路，现在在一起扭秧歌了。同志们！躲飞机这是要命的事，还分得这样清，不走一条路，可见这个问题的严重。[①]

文艺界整风是中国现当代文学史上的大事件，其意义已为它对整个当代中国文化发展的决定性影响所证明；关于这方面的研究，已有几乎汗牛充栋的文献史料可以拿来继续论证，本文就此打住。整风包孕了"座谈会"，也延伸、推动和强化了"座谈会"的内涵与落实，在建立文艺制度的功劳簿上，毫无疑问是厥功甚伟的一颗"明星"。

二、"文艺工作者下乡运动"：承前启后水到渠成的体制安排

1943年的文艺工作者下乡运动，是继文艺界整风运动之后，锻炼和转变作家的又一次体制性的运作。如果稍微放大视野，将上文论述的"座谈会""文艺界整风"在一个时间线上予以考察，便可看出这些安排恰似一套组合拳，直指延安文艺制度中的作家思想改造及"与工农兵的结合"等关键问题。上文所引胡乔木谈到座谈会之"后"还有许多事，胡还特意申明："现在许多作家回忆，除座谈会本身外，下乡是很重要的问题。"[②] 当然，中共中央的核心部门出面组织的这次活动，选择了合

---

① 《毛泽东在七大的报告和讲话集》，第209页，中央文献出版社1995年版。
② 《胡乔木回忆毛泽东》，第55页，人民出版社1994年版。

适的时机，经过了精心的谋划，取得了显著的成效。

文艺座谈会召开之后，已经有作家开始主动要求下乡。比如艾青就给毛泽东写信提出要求，毛泽东复信"目前还是希望你蹲在延安学习一下马列，主要是历史唯物论"，然后再到前方，切实研究农村阶级关系。[①]是毛泽东不想尽早让艾青下乡？显然不是。毛泽东劝说艾青暂时留下，是从整个整风的进程和节奏，以及他对文艺界整风的期待出发考虑的：文艺界整风这时才刚刚真正开始，文化人的问题尚未得到解决，如果这时就把他们分散到乡下，则整风诸多有待开展的环节如辩论、反省、记日记等被证明行之有效的做法，则势必无法进行，而通过整风对他们进行思想改造的任务也必将付之东流。我们相信，这一点应该已在中共中央高层达成共识；因为，时任中宣部部长的凯丰在动员文化人下乡的党的文艺工作者会议上对此已有明确说明。他说，许多作家在座谈会后要求下乡，后因整风运动，把大家留在延安整风后再下去，一留就留了一年。留了一下是有好处的，那时就下去倒反不见得有好处。今天我们有了文艺运动的方针，又有了整风运动思想上的准备，所以今天下去比那时下去好。[②]

由此可见，下乡运动不仅是作家们参与整风的一种"自选动作"，也极有可能是中共中央关于整风后续工作的一次预先安排。还应特别注意的是，为组织好这次下乡运动，中央文委和中央组织部特意召开了党史空前的党的文艺工作者会议。这是一次有中央领导刘少奇、博古、凯丰、陈云参加，规格颇高的"动员会"兼"送行会"，延安 50 多位党员作家出席，中央领导悉数发言。过去的研究也曾注意到这次会议对下乡运动的非凡影响，但对几位领导讲话的内容则缺乏认真研读，这当然是不应有的忽视。

---

① 何明编：《伟人毛泽东》，第 906 页，中央文献出版社 2003 年版。
② 凯丰：《关于文艺工作者下乡的问题》，《解放日报》1943 年 3 月 28 日。

会议先由中宣部部长凯丰讲话。他先讲了这次"讲话"的语气问题。他说，从前和文艺工作同志讲话，不管党员也好，非党员也好，总是客气，中央文委觉得自己没有尽到责任。经过了整风，大家认识进步了，时机也成熟了，所以这些问题应当说了，说了大家不会见怪，不会反感，因为在思想上有了认识一致的准备。

凯丰共讲了四个问题：一、"为什么下乡，怎样下乡"？他说，以前的下乡之所以没有能够解决文艺工作者和实际结合与和工农兵结合的问题，原因主要是没有首先解决认识上的问题。这次下乡，就是要解决这两个老大难问题。总结过去下乡的经验，应该提出两个问题，一是要打破做客的观念，这就要求不要抱收集材料的态度下去，而要抱工作的态度下去；不要抱暂时工作的态度下去，而要抱长期工作的态度下去。二是要放下文化人的资格。自己不要以为自己是文化人就自视特殊，否则就会格格不入。二、"下乡的困难"。这次下乡不但有生活上的困难，还有工作上的困难。文艺工作者既然下乡，就必须服从当地党的当前任务，服从当地的组织，不管灵感来与不来都要完成任务。三、"下去应该注意什么"？文艺工作者下乡背上背了一个文化人的"包袱"，因此一定要把这个"包袱"放下来。四、"对下乡文艺工作者的希望"。总之，这次就是希望真正能够解决以前没有解决的问题，彻底实现两个结合。[①]

中央组织部部长陈云的讲话题为《关于党的文艺工作者的两个倾向问题》，直指文化人的缺点，开门见山：今天这个送行会上不想讲文化人的贡献，只想讲讲"两个倾向"，"或者说两个缺点"："一个是特殊，一个是自大。"这两样东西都是不好的，都是应该去掉的。关于不要特殊，陈云说，先要弄清楚文化人是以什么资格做党员。做文化工作的同志过去长期分散工作，受党的教育比较少，和工农兵的讲话也比较差，

---

① 凯丰：《关于文艺工作者下乡的问题》，《解放日报》1943 年 3 月 28 日。

在思想意识上不免产生一些弱点。又因此要人家长期照顾，这就并不漂亮了。因此，要解决文化人要不要遵守纪律和要不要学习马列主义、学习实际政治两个问题。马克思、恩格斯、列宁、斯大林、毛泽东我们都承认他们是天才，但他们都是遵守纪律的模范。同志们要注意真心的遵守和具体的遵守。真心遵守，就是心口一致、言行一致，具体遵守就是一定要服从支部、服从直接的上级，即使上级的人比你弱，你也一定要服从。做不到这一步，我们的党就要垮台。学习政治不但于作品有好处，于作家为人也有好处，可以使我们去一些小气，少一些伤感。我们有些同志一高兴就是灵感，一不高兴就是伤感，这叫做感情用事。这样事业固然搞不好，自己也很吃亏。

关于自大，陈云说：文化人身上的这个毛病来源于两个地方：一个是对整个文艺工作有了不合事实的估计，一个是对个人成就才能有了不合事实的估计。不要把文艺的地位一般的估计过高，同时对自己个人在文艺上的地位更不要估计过高。我们的同志忽略了一个简单的道理："小菜煮在锅里，味道闻在外面。"一个人的成就不是靠自己称的，要口称何不上秤称，看自己的知识够了没有？没有呢。[1]

中央书记处书记刘少奇在发言中指出，文艺工作者要从改造实际中长期学习，才能改造主观与客观。《解放日报》社社长博古的发言从自己分管的工作出发，强调了速写、报告这些一向并不为文艺家看中的通俗文体在文艺上和政治上的重要性，号召大家成为党报通讯员。

这次会议是党组织的内部会议，参会者都是党员。党组织对党员作家讲话，一改过去对文化人的客客气气，口吻严厉，直指要害，提出的要求明确而具体。这体现了党"内外有别"的组织原则，冀望党员作家站稳立场，在下乡改造中做出表率。

会议之后，《解放日报》在第三天的头版位置详细报道了这次会议

[1] 陈云：《关于党的文艺工作者的两个倾向问题》，《解放日报》1943年3月29日。

的情况，并在《毛泽东同志曾指示文艺应为工农兵服务》的标题下，较为全面地介绍了《讲话》的精神。按说，座谈会已经过去了将近一年，为什么关于《讲话》的内容还未及时在党报上披露，而直到这次组织作家大规模下乡之时才为之公开呢？这当然是时机的选择，但也至少说明，对这次的下乡运动，中央给予了充分的重视。

在中央的统一部署和文化人的自我反省中，下乡成为1943年开春之后延安文化运动的主题。几乎所有的文化人都背上简单的行囊，被安排到或近或远的工厂、农村，成为当地的一名实际工作者。比如中共中央西北局宣传部闻风而动，迅速召集各剧团负责人会议，动员和组织剧团下乡。宣传部长李卓然说，自《讲话》发表和中宣部指示下达后，文艺界作了很大努力，尤以"鲁艺"的秧歌剧、民众剧团的《血泪仇》、平剧院的新型歌剧、青年艺术剧院的活报剧等，最受百姓欢迎。今后的任务是到实际工作中学习，帮助各分区的文艺运动，使之认真贯彻毛主席指出的方向。会议决定"鲁艺"赴绥德分区，民众剧团赴关中分区，西北文工团赴陇东分区，青年艺术剧院和部艺剧团赴三边分区，平剧院赴延属各县。柯仲平代表下乡剧团发言。他介绍了自己下乡的经验：尽量想法接近群众，以烟斗为例，在乡下时他的一只烟斗曾叫许多好奇的老百姓吸过，他从未擦洗过，这样老百姓觉得他有点像自家人，说话就比较亲切了。①

为及时反映这次下乡运动的成效，《解放日报》陆续发表了一些作家响应这次会议并自我反省的文章，如舒群的《必须改造自己》（3月31日）、周立波的《后悔与前瞻》（4月3日）、何其芳的《改造自己、改造艺术》（4月3日）、萧三的《可喜的转变》（4月11日）等。

何其芳在《改造自己、改造艺术》中认为，和从前比较起来，这次下乡并不是一个简单的收集材料的问题，而是一个有严重意义的改造自

---

① 《解放日报》1943年11月24日。

己、改造艺术的问题。如果仍然"旧我未死，心多杂念"，将来就有可能在革命队伍中掉队。自己也是经过了整风，才猛然意识到自己原来像那外国神话里的半人半马的怪物，一半是无产阶级，还有一半甚至一多半是小资产阶级，才知道自己急需改造。自己不但还没有将文艺成为行的人，而且一直还没有用正确的态度搞过文艺。[1]

周立波在《后悔与前瞻》陈述了自己"做客"下乡的害处，反思这些原因有三：一是还拖着小资产阶级的尾巴，不愿意割掉，还爱惜知识分子的心情，不愿抛除；二是中了书本子的毒，不知不觉成了上层阶级的文学俘虏；三是在心理上，强调了语言的困难，以为只有北方人才适宜于写北方。夸大语言的困难，是躲懒的借口。[2]

下乡运动作为一种体制化的成果也很快被中央部门所总结："过去我们的想法，总是把文化人组织进一个文协或"文抗"之类的团体，让他们住在一起，由他们自己去搞。长期的经验证明这种办法也是不好的，害了文化人，使他们长期脱离实际，结果也就写不出东西来，或者写出的东西也不好的。真正帮助文化人应当是分散他们，使之参加各种实际工作。"[3]

毛泽东也由此形成了解决知识分子脱离实际工作的思路；比如，1944 年他提出"要搞七千知识分子下去"，"甚至可以把整个延大、整个行政学院解散下乡"，搞"放假旅行，真正学习本领"。[4]

这次组织文艺工作者下乡到基层体验生活汲取素材的"运动"，作为延安文艺工作经验体制化的一个组成部分，到后来又逐渐发展为中国共产党解决文艺界脱离底层生活经验建立与基层民众情感联系的一项长

---

① 何其芳：《改造自己、改造艺术》，《解放日报》1943 年 4 月 3 日。

② 立波：《后悔与前瞻》，《解放日报》1943 年 4 月 3 日。

③ 《关于延安对文化人的工作的经验介绍》（1943 年 4 月 22 日党务广播），载《陕甘宁边区抗日民主根据地》文献卷（下），中共党史资料出版社 1990 年版，第 449—450 页。

④ 转引自《胡乔木回忆毛泽东》，人民出版社 1994 年版，第 270 页。

期文化策略，为当代的文艺制度所继承。

三、"秧歌剧运动"：《讲话》落地开新篇

如果说"座谈会""文艺界整风""文艺工作者下乡运动"对于作家来说都是"被安排"的，带有较多的被动性，那么随后的"秧歌剧运动"就是作家们以新的姿态主动投身民间的结果。它在短时间内迅速掀起创演高潮，生动诠释了一种崭新文艺制度的革命性力量。有了这场运动，前面的"三事"就都成了铺垫；没有这场运动，前面的"三事"再轰轰烈烈，所谓"体制"还是缺了一个着落。"秧歌剧运动"为整个延安文艺制度的生成写下了浓墨重彩的一笔，使得新体制的诞生完美收官。

秧歌古称"阳歌"，相传得名于"言时较阳，春歌以乐"，或者由春季社日民间对土地爷的祭祀而来也未可知。《延安府志》记有"春闹社，俗名秧歌"，可为佐证。在陕北，秧歌逐渐从古老的群众祭祀活动演化为大众娱乐，每年春节来到，"锣鼓一响，喉咙发痒"，当地百姓就开始筹办秧歌来"热闹"或"闹红火"。较早时期，常常是男扮女妆，中间一般夹杂有男女相互调情的段子。在着装上，男女队身着彩服或带云角装的秧歌服，男的用毛巾包头，女的则手持彩肩、汉巾。在活动形式上，有大场秧歌、小场秧歌，中间还包括一些道具舞，如"狮舞""龙灯""水船"等。秧歌的名称有排门子秧歌、彩门秧歌、酒曲秧歌、花灯秧歌等。秧歌表演时，载歌载舞，通常是扭完后停着唱，当地百姓叫"敲起来扭起来，不敲不扭唱起来"。领头扭的叫伞头，一手持伞；另一个舞者身挎一串铃，手拿拂尘，称之为马排子，走在伞头后面。锣鼓唢呐一响，在伞头的指挥下进行排列组合，变化出千姿百态的图案。唱是先由伞头起唱，多为见景生情，即兴创作，锣鼓间奏，群众合唱最后一句。秧歌队通常有彩绸、花伞、彩扇、舞鼓、舞狮、舞龙、旱船、跑

驴、花轿、高跷、丑角、蛮婆等内容组成。秧歌表演中即兴的成分很多，带有某种狂欢性质。其中男女演员粗俗的对唱和动作，尤为传统秧歌中的一大看点，所以秧歌表演也叫"闹"秧歌；秧歌又有"骚情秧歌"的别称。

文化人初到陕北，对当地群众喜闻乐见的这种"骚情秧歌"并不看重。但是，经过了文艺座谈会和整风之后，文化人下乡重新"发现"了这种一向被视为低级趣味的民间形式，主动地向它寻求创作灵感，当他们热情地拥抱民间艺术时，被"唤醒"了的民间文艺也获得了新的生命。"鲁艺"在整风结束后响应毛泽东提出走出"小鲁艺"，跨进"大鲁艺"的号召，率先发现了这种当地百姓喜闻乐见的民间歌舞，边学习，边创新，赋予它新的政治内涵，变换了其旧的形式，比如领头的伞头改为工农形象持木制镰刀斧头，内容上则极力配合宣传党的政策，使之形象健康，场面热烈，调子高亢，情趣诙谐。以前的"骚情秧歌"被现在的"翻身秧歌""胜利腰鼓"所取代。当各路秧歌队花花绿绿扭扭唱唱出现在延安街头时，手持镰刀斧头的"伞头"、变化多端的队形，一进一退、一左一右地扭跳，令平日里略显沉寂的大街顿时人气爆棚。特别是当秧歌剧《兄妹开荒》第一次以翻身农民的形象和热烈的劳动场面展现在观众面前时，不禁让人耳目一新。古老的秧歌剧这个"旧瓶"，于今装了人民群众积极投身生产劳动参加革命斗争的"新酒"，引得毛泽东、周恩来、朱德等中央领导也边看边"赞"，毛泽东不但表扬文艺界开始"像个为工农兵服务的样子"了，还认为"这也是全党整风运动的伟大结果！"[1]诗人戈壁舟感而赋诗《毛主席笑了》："有了毛主席的文艺方向，/秧歌队到处扭唱。/我们给毛主席表演，/毛主席亲自到场。/大秧歌一完都往下坐，/王大化演出《兄妹开荒》。"[2]

---

[1] 转引自艾克恩编：《延安文艺运动纪盛》，文化艺术出版社1987年版，第419页。

[2] 艾克恩：《延安文艺运动纪实——毛主席〈在延安文艺座谈会上的讲话〉的前前后后》，《新文学史料》1992年第3期。

在 1944 年 3 月召开的一次宣传工作会议上，毛泽东特别称赞了秧歌剧所起到的教育作用："这就是我们的文化。早几年那种大戏、小说，为什么不能发生这样的力量呢？因为它没有反映边区的经济、政治，成百成千的文学家，艺术家，文化人，脱离群众。开了文艺座谈会以后，去年搞了一年，慢慢地摸到了边，一经摸到了边，就有广大的群众欢迎。所谓摸到了边，就是反映群众，真正的反映经济、政治，这就能够有指导作用。"他要求多组织秧歌队，一个区至少搞一个。①

毛泽东的点赞推动了秧歌剧的大"火"。据统计，延安的秧歌队从无到有在短短几个月就一下子发展到 27 个，上演节目 150 多出。题材内容多是反映边区建设、男耕女织、互助合作、劳动竞赛、表彰先进、拥军优属、支援前线、破除迷信、扫除文盲等等。周扬在 1944 年 3 月对 56 篇秧歌剧主题的统计结果是：写生产劳动（包括变工、劳动英雄、二流子转变、部队生产、工厂生产等）有 26 篇，军民关系（包括归队、优抗、劳军、爱民）的有 17 篇，自卫防奸的有 10 篇，敌后斗争的有 2 篇，减租减息的有 1 篇。②其中除了王大化、李波表演的《兄妹开荒》在延安多次公演后，观者如潮，堪称小型秧歌剧的代表作。知名作家如艾青也以极大的热情参与秧歌剧的创演，他以中央党校秧歌队副队长的身份率领一百多人的秧歌队赴杨家岭、王家坪、桥儿沟、南泥湾等地演出，除《解放日报》予以表彰外，中共中央办公厅又特拨了五千元予以奖励。③

延安文艺界知名人士的热情礼赞，也是秧歌剧大"火"的助推剂。艾思奇的《群众自己的秧歌队》、丁玲的《民间艺人李卜》、萧三的《练子嘴英雄拓老汉》《看了〈动员起来〉以后》、周立波的《秧歌的艺术

---

① 《胡乔木回忆毛泽东》，人民出版社 1994 年版，第 265 页。
② 周扬：《表现新的群众的一代——看了春节秧歌之后》，《解放日报》1944 年 3 月 21 日
③ 参见《解放日报》1943 年 3 月 15 日消息。

性》、冯牧的《对秧歌形式的一个看法》、黄钢的《皆大欢喜——记鲁艺宣传队》，林默涵的系列通讯《保安处的秧歌》《留政秧歌队》《延安市民的秧歌队》《学习郝家桥秧歌队》等，都由《解放日报》即时刊出，堪称媒体与文艺生产良好互动的生动教材。艾青以切身亲身体会写成《秧歌剧的形式》，他认为：秧歌剧所以能够很快地发展，主要是因为它体现了毛泽东的文艺方向——与群众结合，内容表现群众的生活和斗争，形式为群众所熟悉所欢迎。论文深得一直关注秧歌发展的毛泽东的赞赏，他看到后马上给胡乔木写信说："此文写得很切实、生动，反映了与具体解决了年来秧歌剧的情况和问题，除报上发表外，可印成小册，可起教本的作用。"①

"鲁艺"院长周扬在《表现新的群众的时代——看了春节秧歌之后》一文中，高度评价了新秧歌（斗争秧歌）贴近群众贴近实际的长处。周扬总结道：新秧歌的内容和形式都是新的，因为它能够迅速、简单、明了地反映群众的日常生活的斗争，所以它成了群众自己的东西。它是群众艺术的最主要的形式，所以才能在群众中站定脚跟。它是"实践毛主席文艺方针的初步成果"，也"完全证明了毛主席在文艺座谈会讲话中所指引的文艺新方向的绝对正确"。②

身为中宣部、边区文协、《解放日报》主要负责人的艾思奇，在为《解放日报》写的社论《从春节宣传看文艺的新方向》中，高屋建瓴地对秧歌剧运动做了"小结"。他认为自从毛泽东在文艺座谈会上讲话后10个月来，经过一些反省、讨论和实践尝试的过程，文艺界在思想上和行动上的步调渐趋一致。许多脱离实际、脱离群众的小资产阶级自由主义的倾向逐步受到清算，而毛泽东同志所指出的为工农大众服务的方向，成为众所归趋的道路。这已经为春节宣传中出现的秧歌剧等民间艺

① 见《毛泽东书信选集》，人民出版社1983年版，第232页。
② 周扬：《表现新的群众的时代——看了春节秧歌之后》，《解放日报》1944年3月21日。

术的热潮所证明。延安秧歌运动是延安文艺工作成绩的一次检阅，检阅的结果证明毛主席的文艺方向是完全正确的。其特点是：一、文艺与政治密切结合；二、文艺工作者面向群众；三、贯彻了"在普及基础上的提高，在提高指导下的普及"的方针。其中最大的收获是：文艺工作者"开始努力使文艺从知识分子的小圈子里走向工农兵群众"。因此，"文艺界同志们的下乡工作，是有重大意义的"。①

不难发现，秧歌剧热潮实乃延安文艺制度形成的标志性事件；它聚集了这样一些体制性元素：《讲话》作为精神引领、整风和下乡运动作为推手、毛泽东等领导人的鼓励、《解放日报》等主流媒体的宣传、"鲁艺"为代表的文艺单位的积极参与。从座谈会之前文化人与民间的隔膜，到仅仅过去一年时间，就产生了一种轰轰烈烈、影响深远的民间文艺运动，这凸显了"延安特色"的体制性力量。五四以来左翼文艺界一直呼唤着文艺的"大众化"，抗战为文艺大众化的实现提供了历史性的契机，但似乎只有延安的秧歌剧运动，才将文艺大众化这个口号得以完全落实。就此而言，将其看做文艺走向民间意义上的"新文化运动"，似也并不为过。

至此，我们已从"事"的视角，对1942年前后发生的一些重要文学事件进行梳理，提炼其中最具影响力的"四事"合以观之，在时间线与逻辑线上还原它们之间前后相继、彼此呼应的内在关系，并着力勾勒了它们在建构延安文艺制度进程中所扮演的角色，以及所展现的体制性力量。

四、《文艺工作者要同工农兵相结合》：当之无愧的《讲话》姊妹篇

本节我们将从"文"的视角，考察以上"事"之所"由"或"事"之所"生"，以呈现本文所谓"四事"与"四文"之间的互动关系，深

---

① 艾思奇：《从春节宣传看文艺的新方向》，《解放日报》1943年4月25日社论。

入挖掘"延安文艺制度"的发生学底蕴。

关于延安文艺政策的演化过程，笔者曾于拙作《一九四〇年代延安"文艺政策"演化考论》中予以分疏：

> ……以往研究者对后期延安文艺政策或文艺生态的考察，过多地集中在《讲话》上，而忽略了另外一些相关文献。其中毛泽东在 5 月 23 日后的 28 日整风高级学习组会议上的讲话《文艺工作者要同工农兵结合》，堪称《讲话》的姊妹篇，是对毛泽东在"讲话"中未便说明和未能充分展开的思想的补充。它们与 1943 年 11 月《中央宣传部关于执行党的文艺政策的决定》、1943 年 4 月党务广播《关于延安对文化人的工作的经验介绍》以及 1943 年 3 月中央组织部、中央文委组织召开的"党的文艺工作者会议"上凯丰的讲话《关于文艺工作者下乡的问题》以及陈云的讲话《关于党的文艺工作者的两个倾向问题》一起，共同构成了后期文艺工作的政策体系。[①]

不过，鉴于凯丰以及陈云的讲话只是针对部分党员而并未为党外作家所了解，其影响比较有限，拙作将它们与其他"四文"并列为"政策体系"，似也未尽妥当，特于此处献疑以就教于方家。

如所周知，诞生于"座谈会"的《讲话》实际上是 5 月 2 日第一次会议毛泽东的"开场白"和 23 日"闭幕式"上的"总结"这两次讲话的"集成"。《讲话》的全文首发于 1943 年 10 月 19 日的《解放日报》，距离"座谈会"已有一年半多。胡乔木解释《讲话》没有及时发表的原因有二：一是因为整理费时，二是"发表还要找个时机，同鲁迅逝世纪

---

① 赵卫东：《1940 年代延安文艺政策演化考论》，《中国现代文学研究丛刊》2010 年第 2 期。

念日可能有点关系"。① 然而，在这一年多中间，中共中央高层有关文艺和文化人工作问题的论述与具有高度指导性的文件，却并未断档，其于文艺制度的影响最著者，便有毛泽东的另一篇讲话《文艺工作者要同工农兵相结合》，与被称为"党务广播"的《关于延安对文化人的工作的经验介绍》两文。它们虽然没有《讲话》的系统性与影响力，但其权威性与操作性，几乎可与《讲话》比肩。以下逐文以论。

"座谈会"之后仅三天，即 5 月 28 日，在整风高级学习组（也叫"中央学习组"）的会议上，毛泽东做了一个长篇报告，在报告的第三部分，他就文艺问题再次发声，这便是著名的《文艺工作者要同工农兵相结合》（下简称《结合》）②。

与《讲话》对象的普泛性不同，《结合》的对象是参加中央学习组整风的党内高级干部；正因为如此，在这个层级里，毛泽东把对文艺问题的观点表达得更直接、更有针对性，也更具"政策性"。在"开场白"里，他简明扼要介绍了刚刚结束的文艺座谈会的"实质"，即"座谈怎么样使文艺界的同志与我们在座的同志、与我们领导下各方面工作的同志相结合的问题"。下面的讲话则着重向参会的高级干部解释"党对待这个问题的政策"。《结合》回顾了中国共产党自红军时期以来在文化人和文艺问题上的政策取向和演化过程，高屋建瓴、主题突出，论述了中国共产党在文化人和文艺问题上的根本主张；它呼应、延伸、深化了《讲话》，是《讲话》的"互文"，亦是《讲话》的"姊妹篇"。具体而言，则有如下数点：

第一，《结合》肯定了共产党在西安事变之后建立统一战线以来制订的知识分子政策是成功的，肯定了大批来到延安的文艺工作者"不但是抗日的，而且是有民主思想、倾向于民主的"（引号内为《结合》内

---

① 《胡乔木回忆毛泽东》，人民出版社，1994 年版，第 58 页。
② 全文见《毛泽东文集》第 2 卷，第 424-433 页，人民出版社 1993 年版。

容，下同）。他们中"大多数人变成了党员，他们的思想不但是抗日的、民主的，而且成了无产阶级的"。他们中的一些人出现了一些问题，但是，"现在所有发生的这些问题，所有发生问题的作品，我们说都没有什么大问题。……至于某些时候，或者某次说话、写文章没有弄好，这是属于部分的性质，这样的问题好解决，都不是什么严重问题。个别比较严重的就是王实味这个同志，他的思想是比较成系统的，似乎坏的东西比较更深一些"。这是毛泽东对文艺界问题的一个总体判断，认为问题属于"总体可控"。

第二，《结合》认为文艺界问题的根本在于"结合"。鉴于全党"对于文学艺术工作还没有一个统一的很好的决定"，现在就"准备做这样一个决定，所以我们召集了三次座谈会，……其目的也是要解决刚才讲的结合的问题，即文学家、艺术家、文艺工作者和我们党的干部相结合，和工人农民相结合，以及和军队官兵相结合的问题"。而说到结合，"这中间就要解决思想上的问题，其中一个基本问题，就是要破除资产阶级思想、小资产阶级思想的影响，才能够转变为无产阶级的思想，才能够有马列主义的党性。解决了这个思想上的问题，才能够在思想上与无产阶级、与工农大众相结合；有了这样的基础，才可能在行动上和工农兵、和我们党相结合。如果这个问题不解决，总是要格格不入的"。毛泽东透过现象看本质，以明确的"问题意识"引领全党在文艺问题上的聚焦点和发力点，以此来解读《讲话》，使人更有茅塞顿开之感。

第三，《结合》对高级干部不厌其烦、循循善诱，申说达成"结合"的具体路径。毛泽东认为，结合要"分两个方面，要向两方面的人做工作。对文学家、艺术家、文艺工作者来说，他们要与军队工作的同志、党务工作的同志、政治工作的同志、经济工作的同志接触，要与这些同志结合；对其他方面的人，则告诉他们要与文学家、艺术家接触、结合。总之，要向两方面做工作，要告诉双方各应采取什么态度"。毛泽东既没有将文艺界的"问题"完全归咎于一方面，也没有将问题大而化之，而是实事求是深入细致地剖析问题的实质，如抽丝剥茧般理清了解决问题的具体路径。

第四，指出对于文艺家的结合问题，是要求他们"要向工农兵取材，要和工农兵做朋友，像亲兄弟姐妹一样"，进而再去解决"太强调革命性而忽视艺术性"与"太强调艺术性而忽视革命性"两个偏向。毛泽东还在"革命性和艺术性都是由低级到高级"这个命题上，进一步发挥了《讲话》中关于"普及"与"提高"的命题。比之《讲话》，这里的论述生动了许多。

第五，《结合》对做文艺界工作的干部，即"文艺工作者"，在如何"结合"上提出了具体要求，认为"文艺是一支军队，它的干部是文艺工作者。它还要有一个总司令，如果没有总司令，它的方向就会错的。鲁迅、高尔基就相当于总司令，他们的作品，他们说的话，就当作方向的指导"。更具体地说：

> 我们要求我们的同志，在军队、政府、教育、民运、党务各方面工作的同志，对文学艺术工作者，不论是低级的还是高级的，要采取欢迎的态度，恰当的态度，对他们的缺点要采取原谅的态度；而在文艺家方面，对于工农兵的缺点也是要采取原谅的态度。有缺点，不原谅是不行的，将来一定还要有问题。一些知识分子、文艺家不和我们做朋友，这不只是知识分子、文艺家这一面有缺点，一些部门一定也有缺点，也有问题。中央关于知识分子的决定发表以后，还有好些问题没有解决，所以需要像三大纪律、八项注意一样，天天讲，使得在军事、政府、党务、经济、教育各方面工作的同志，对文化人、知识分子采取欢迎的态度，懂得他们的重要性，没有这一部人就不能成事。斯大林在联共第十八次代表大会上把这个问题当作一个理论问题来讲的。任何一个阶

级都要用这样的一批文化人来做事情，地主阶级、资产阶级、无产阶级都是一样，要有为他们使用的知识分子。在他们这个阶级完全知识化以前，还要利用别的阶级出身的知识分子。所以我们要慢慢地来，要进行宣传解释，光是写几篇文章作几次演说办不了事，一定要具体地一步一步地来，没有一次就成功那样容易的事。①

《结合》的对象尽管只是党内的部分高级干部，但是，熟悉党内组织体制运作的人也一定知道，有时那些未便在更大范围公布的信息，往往具有更大的影响力与约束力。如果把《结合》与下文要谈的"党务广播"《关于延安对文化人的工作的经验介绍》和《关于执行党的文艺政策的决定》放在一起"疑义相析"，其意义自然会水落石出。

五、《关于延安对文化人的工作的经验介绍》：延安文艺政策的里程碑

1943 年 4 月 22 日，延安曾经发出过一份"党务广播"《关于延安对文化人的工作的经验介绍》，尽管它的篇幅不长，但其内容涉及共产党的战时知识分子与文艺工作等各方面的政策，既总结"教训"也提供"借鉴"更要求"参考"；从"文艺政策"的角度解读，它列出的每一条都能称得上是硬邦邦的"干货"。再加上党务广播特有的传播渠道所构造的影响力，将其视作文艺制度构建的核心文本，自然实至名归。

在分析《关于延安对文化人的工作的经验介绍》之前，我们先有必要了解"党务广播"作为一种"文体"的"概念"与"分量"，否则，便无法理解这份"党务广播"的价值所在。

①《文艺工作者要同工农兵相结合》，《毛泽东文集》第 2 卷，第 432 页。

也许，1941年5月25日中共中央宣传部向全党发布的《关于电台广播的指示》，可以视作"党务广播"或"党务广播稿"的由来。这份文件指出电台广播是当时各抗日根据地对外宣传最有力的武器，要求各抗日根据地广播内容应以当地战争及政治、军事、经济、文化教育等各方面具体活动为中心，并以具体事实来宣传根据地的意义与作用。①

1942年1月24日，中共中央政治局发布《关于给〈解放日报〉写稿与供给党务广播材料的决议》，"同意毛主席指出今后《解放日报》应从社论、专论、新闻及广播等方面贯彻党的路线与党的政策，文字须坚决废除党八股。并决定由中央各部委（中央同志在内）及西北局每月供给广播新闻消息一件，写社论或专论一篇。同时中央各部委局及西北局每月供给党务广播材料一篇（以一千五百字为适宜），交书记处办公厅。②

1942年2月17日，中共中央办公厅发布《关于党务广播问题的通知》，指出"根据过去一年来党务广播的检查及各地反映，证明党务广播对全国工作的帮助是很大的。在某种意义上说，党务广播比办一个党内刊物的作用还大。因为在目前情况下，中央对全国党的领导、最迅速而有效的方式，除公开广播之外，就要靠机要电讯和党务广播"。"党务广播是为帮助各地了解党的动向，掌握党的政策，交换各地工作经验，推广党内教育而设立的……"③

1942年3月18日，中共中央办公厅发布了《关于收听党务广播的规定》，指出中央党务广播具有重要作用，"各地收到党播文件时，须选

---

① 樊为之主编：《文化工作史·中共中央在延安十三年史》（上），第359页，中央文献出版社2016年版。
② 《中共中央政治局关于给〈解放日报〉写稿与供给党务广播材料的决议》，第118页，中国社会科学院新闻研究所编：《中国共产党新闻工作文件汇编1921-1949》（上），新华出版社1980年版。
③ 《关于党务广播问题的通知》，第122页，中国社会科学院新闻研究所编：《中国共产党新闻工作文件汇编上1921—1949》，新华出版社1980年6月版。

择其与党政军民学各部门工作有关者，立即抄发各部门，一般的可作为党的内部文件看，材料可在党内刊物上发表，没有党内刊物的地方，可以单独印发，供给县委、区委及营级党的干部阅读。"①

由此，将"党务广播"理解为中共中央的"政策决定"，甚至比一般的"政策决定"更有分量，岂有谬哉？

那么，这份"党务广播"《关于延安对文化人的工作的经验介绍》中，关于党的文艺政策或文艺制度，都做了哪些"介绍"，以至于我们将其称之为"延安文艺政策的里程碑"呢？

首先，从结构上看，我们可以将《介绍》分成两部分。第一部分，是"从抗战后我们对文化人的工作，主要的是对文艺工作者的工作"，进行系统总结。第二部分，是回答"检讨我们这几年对文化人的工作，应当得出什么教训，作为今后工作的借鉴，作为各根据地对文化人的工作之参考呢"的问题。

在第一部分的"总结"里，"党务广播"将抗战以来党对文化人与文艺工作者工作分成三个阶段予以总结："第一阶段从抗战初期到陕甘宁边区文协第一次代表大会（一九四〇年一月）"，在这一阶段内，"在文化人中所发生的问题，也不是那样严重。""第二阶段从边区文协大会到毛主席召集的文艺座谈会前（一九四二年五月）。""在这一阶段内，在边区文协大会上，毛主席提出了新民主主义的文化，作为团结进步文化人的总目标。但是毛主席提出的这个方针，当时许多文化工作同志，并未深刻理解，使其变为实际。"因而，在延安文艺界发生了种种问题和偏向，"为了清算这些偏向，中央特召开文艺座谈会，毛主席做了报告与结论，上述的这些问题都在毛主席的结论中得到了解决"。"第三阶段，从座谈会到现在"。"在这一阶段中，就是把毛主席的结论，在文化

---

① 《中共中央办公厅关于收听党务广播的规定》，载倪延年主编：《中国新闻法制通史第5卷·史料卷》（上），南京师范大学出版社2015年版，第632页。

人中展开讨论，从思想上转变他们，并采取具体步骤把他们动员到实际工作中，在他们思想上达到相当成熟的时机。把党员作家召集起来诚恳坦白地把一切问题都说清。因此，在现在延安"文抗"全部文化人下乡去工作，而"文抗"也无存在之必要了，"鲁艺"也大部下乡工作，其他文化团体、文化机关也是这样"。①

"党务广播"因为是"广播稿"，目的是诉诸听众，它既不是"讲话"，也不是"论文"，所以，文字不长但简明扼要又平实有力，可谓字字千钧。

对于"党务广播"对这三个阶段的划分与评价，胡乔木认为"这份广播稿的发表是在整风后期了。你们看，其中讲'内奸破坏分子的暗中作祟'，就是在后期才有的说法。这一说法不可靠。广播稿的有些说法是为了突出毛主席的贡献，如说对毛主席提出的新民主主义文化方针，'文委亦未充分研究，使其变为实际'"。这是认为那一段时期张闻天同志领导中央文委工作，搞得不好。这种说法是当时的一种潮流"。②

"党务广播"最重要的内容是它的第二部分，即对"检讨我们这几年对文化人的工作，应当得出什么教训，作为今后工作的借鉴，作为各根据地对文化人的工作之参考呢"这些问题的回答，也就是广播稿标题所示的"经验介绍"，共有四条。四条"经验介绍"均以对比的方式入笔，先指出"过去"的做法有哪些问题，进而明确以后应该采取的正确方式；前两条主要指过去对文化人的态度过于"客气"，着重于如何"招待"，甚至流于"放任"，而造成了他们的许多问题，今后则"必须是当客气的时候客气，当批评的时候就应当批评。对做文化工作的党员，在党的原则问题上尤须严肃，不应迁就落后，造成党内的特别党

---

① 《关于延安对文化人的工作的经验介绍》（1943 年 4 月 22 日党务广播），载《陕甘宁边区抗日民主根据地》文献卷（下），中共党史资料出版社 1990 年版，第 449—450 页。下引同此不赘。

② 胡乔木：《胡乔木回忆毛泽东》，人民出版社 1994 年版，第 53 页。

员，致妨害党的统一与他们政治上的觉悟"。后面的第三、四两条尤为重要：

> 第三，过去我们的想法，总是把文化人组织进一个文协或"文抗"之类的团体，把他们住在一起，由他们自己去搞。长期的经验证明这种办法也是不好的，害了文化人，使他们长期脱离实际，结果也就写不出东西来，或者写出的东西也不好的。真正帮助文化人应当是分散他们，使之参加各种实际工作。
>
> 第四、根据文艺座谈会和整风的经验，在有准备有步骤的情况办法之下，是可以把文化人的思想弄通的，而上述的办法（思想及批评及实际工作）都是可以做得到的。不过要注意选择适当的时机，即是问题已经暴露，他们思想上又稍有准备的时机，来与他们一道讨论，而得到解决。整风运动是一个最好机会，应当利用整风运动来检查文化人的思想，检查我们对文化人的工作。

"党务广播"之所以是"里程碑"，盖在其不但"道前人之所未道"，更能"启以后之所当行"。"道前人之所未道"，是说在它之前，即便是毛泽东的讲话，也还没有如此明确地"总结"过去在文艺工作方面的种种"失误"；究其原因，或因时机未到，或因碍于前期主政文艺界的张闻天之面，亦未可知。"启以后之所当行"，是说在它之后，经由文艺座谈会和整风，延安在文艺工作方面积累的这些"经验"，势所必然而又理所必至地成为中共在文艺工作中的"金科玉律"。

六、《关于执行党的文艺政策的决定》：延安文艺制度的压卷之作

在上文我们循着时间线继文艺座谈会与《讲话》之后一路追索中共中央或毛泽东关于文艺工作政策、体制的重要文献，则毛泽东的《文艺工作者要与工农兵结合》与党务广播《关于延安对文化人的工作的经验介绍》以其耀眼华彩与重磅之力跃然历史的地表；然则至于1943年11月7日中共中央宣传部向全党印发《关于执行党的文艺政策的决定》（以下简称《决定》），"延安文艺制度"乃得以此"压卷之作"而最终成篇。何也？盖因这份《决定》是有关《讲话》的"讲话"，是将《讲话》上升为"文艺政策"的"政策"。从《讲话》到《决定》，是一个"过程"，也是一个"结束"。它标志着中共中央文艺政策最终形成，也标志着中共中央在延安时期对文艺制度的探索趋于成熟。

1943年10月19日，《讲话》在《解放日报》全文发表，时在文艺座谈会之后的一年又半。为配合对《讲话》的学习与贯彻，中宣部、中组部以及《解放日报》或做指示，或发文件，或刊文章，迅即掀起了一个学习的热潮。而在这些推动《讲话》落实的指示或文件中之最力者，自然要数中共中央宣传部向全党印发这份《关于执行党的文艺政策的决定》。《决定》不长，共有四条。

《决定》"第一条"开宗明义：十月十九日《解放日报》发表的毛泽东同志《在延安谈会上的讲话》规定了党对于现阶段中国文艺运动的基本方针。全党都应该研究这个文件，以便对于文艺的理论与实际问题获得一致的正确的认识，纠正过去各种错误的认识。全党的文艺工作者都应该研究和实行这个文件的指示，克服过去思想中工作中存在的各种偏向，以便把党的方针贯彻到一切文艺部门中去，使文艺更好地服务于民族与人民的解放事业，并使文艺事业本身得到更好的发展。[1]

---

[1] 《关于执行党的文艺政策的决定》，《解放日报》1943年11月8日。

"第二条"强调对"小资产阶级出身并在地主资产阶级教养下长成的文艺工作者"进行教育和改造，以及对文艺工作中的自由主义进行斗争的必要性；"第三条"明确了当前"战争环境与农村环境"中应重点发展戏剧与新闻通讯两种文体的必要性与可能性。《决定》最后一段强调：

> 毛泽东同志《讲话》的全部精神，同样适用于一切文化部门，也同样适用于党的一切工作部门。全党应该认识这个文件不但是解决文艺观文化观问题的教育材料，并且也是一般的解决人生观与方法论问题的教育材料，中央总学委对此已有明确指示，鉴于根据地知识分子大多数都是受过小资产阶级、资产阶级或地主阶级文艺的深刻影响的，在他们中间尤须深入地宣传这个文件。

《决定》的发出，当然标志着《讲话》的贯彻执行进到严格的"体制化"层面。

不得不说，以上为行文之便而将延安文艺运动的"事"与"文"隔开铺排，存在严重的缺陷；因为，无论从事实还是从逻辑上看，"四事"与"四文"的关系，原本就是互为因果而又相互穿插的连动举措："整风"整出了"文艺座谈会"，"座谈会"催生了《讲话》,《讲话》意犹未尽而由《结合》予以补充和延伸，它们一起推动了"下乡运动"的形成，而"下乡"下出了"秧歌剧"这个"彩蛋"，"彩蛋"进而"孵化"出了《经验介绍》，这时需要来一个《决定》将它们烩成有香有料的"延安文艺制度"这道名副其实的"文化大餐"。而这道"大餐"，乃为 20 世纪中国文学史的一场真正"转折"而特设；它哺育的，将是中国"当代文学史"的一页崭新篇章。

仍然不得不说的，还有本文循着学术界的惯例使用了"体制""政治"这样的概念，而这些概念在当今是很容易让人联想到维护既得利益特权的政治统治体制——此类政治体制当然是压抑性的，所以遭人诟病；但与之截然不同的是，延安文艺制度以至于解放区的政治经济体制，显然并非维护政治特权阶层既得利益的压抑性统治制度，而是革命政党为了推动正在进行途中的反帝反封建革命政治实践的顺利进行、为了推动文艺家们真心实意为革命服务、为人民服务而采取的一系列思想改进举措和文艺工作政策。正是因为这些举措和政策是为了革命和为着人民的，所以，延安和各解放区的绝大多数文艺工作者在经过了艰难的"改造"之后，才会心悦诚服地接受了它的洗礼，获得了思想的"新生"。也正因为如此，延安文艺制度才能推动延安和各解放区的文艺创作取得创造性的成就，尽管它也曾被毛泽东视为"有经有权"的历史性产物。

　　说来惭愧，本书是我的第一本"专著"。每当在收到师友不时寄来的大作而我却始终拿不出自己的"专著"回赠时，尴尬和难堪便像一个个小锤子一样，不时敲击着我的自尊心。有道是"秀才人情半张纸"啊！现在，这本小书终于在经历了各种难以言表的曲曲折折之后就要面世了，我的内心除了感慨，自然是惊喜和感动。

　　这本书其实是在我差不多二十年前博士论文基础上不断修改完成的。这二十年，世界和我们的国家、民族都经历了沧海桑田般的巨变，这是"百年未有之大变局"加速演进的结果。处在这一历史巨变当中，我和每个人一样，都在用自己的眼睛和心灵感受着现实不断带来的冲击。这个冲击的结果，对我的学术而言，几乎可以用从博士论文到本书的变化来概括。由此，我更加清晰地意识到，作为已然发生已经过去的历史，是不可能改变的；改变的，只是我们看待历史的眼光。

　　感谢我的恩师吴秀明教授。记得当年我在选择延安文学作为我的博士论文选题时，吴老师笑言自己虽然不做这方面的研究，但乐见学生跨出自己熟悉的领域去开垦新的学术荒地。正是老师的鼓励和信任，给了无知无畏的我以奋力开拓的勇气。论文写作期间老师对我如切如磋如琢如磨的教诲，永远温暖着我的心灵。

感谢业师解志熙教授。当年我把自己的博士论文寄给他，他除了勉励我之外，还邀请我参编他的老师严家炎先生主编的《二十世纪中国文学史》有关延安文学的一章。在反反复复修改这部分内容的过程中，我们往来探讨的电子邮件竟多达二十余封。这些邮件，见证了老师对后学的热忱，也诠释了一个真正学者的风范，是值得我永远珍藏的精神财富。

感谢中国大百科全书出版社的曾辉先生。他不让繁难，慨然接受了本书。我们虽然只在杭州匆匆见过一面，但他热情、真诚的笑脸，总在本书出版遇到问题时给我安慰和信心。我和他还有一个共同的爱好——书法，不过我始终是一个学徒。看他在微信朋友圈晒出来的那挺拔秀丽、法度俨然，又文气扑面、文采斐然的书法，我除了欣赏和羡慕外，总会油然而兴"字如其人"之叹。我当然也深感荣幸，这本肤浅的小书最后能在中国大百科全书出版社这样一家我一直仰慕的名社出版。因此，我要向中国大百科全书出版社，奉上一名渺小的学术学徒的深深的谢意。

本书写作过程中，曾受教于同学刘起林、张根柱、斯炎伟、郭剑敏等好友，向他们致以深深的谢忱。

本著中的多数章节先曾在《学术月刊》、《中国现代文学研究丛刊》等一些国内重要的学术刊物上发表过，有一些还被《新华文摘》、《人大复印资料·中国现代、当代文学》全文复印、转载过。每次发表和转载，都给我带来了经久不息的喜悦和鼓励。向这些扶植我、感动我、激励我的刊物和它们的编辑们致以深深的敬意！

　　值得再多说一句的，是本书的许多内容，也许在当年写作、发表的时候还多少有些新意，但到目前，其实已经多数变为了学术的常识。因此，我就权当这本浅薄的小书，既是记录我在学术之路上蹒跚学步的足迹，也是向我的老师、同好致敬和感谢的一件小小礼物吧。